Über dieses Buch
Aus der ersten Hälfte der sechziger Jahre stammen die sechs SF-Kurzgeschichten dieses Bandes. Sie alle weisen Frederik Pohl als brillanten Satiriker aus. Dazu kommen zwei Abhandlungen über Mathematik, und dieses stellt so etwas wie ein Novum innerhalb der Kurzgeschichtensammlung dieses Genres dar. Wir haben es also mit Science Fiction *und* ›Fact‹ zu tun. Pohl versucht mit diesen beiden Abhandlungen dem Leser das binäre Zahlensystem und die Art und Weise, wie man damit umgeht, näherzubringen. Verblüfft wird man nach beendigter Lektüre feststellen, daß man Einblick in die Rechenweise der Computer gewonnen hat und mittels zehn Fingern *nicht nur* bis zehn zählen kann.

Der Autor
Frederik A. Pohl, 1919 in den USA geboren, war literarischer Agent und Editor der SF-Magazine *Galaxy, If* und *Worlds of Tomorrow*. Außerdem war er als Werbefachmann tätig, was sich in seinen Romanen und Stories widerspiegelt, die die zeitgenössische städtische Gesellschaft und ihre Produktions- und Verbrauchsketten zum Thema haben. Darüber hinaus gilt Pohl als der Satiriker unter den SF-Autoren und der Roman ›The Space Merchants‹ (dt. ›Eine Handvoll Venus und Ehrbare Kaufleute‹), den er zusammen mit dem verstorbenen C. M. Kornbluth schrieb, als eines der besten satirischen SF-Werke.
Weitere wichtige Veröffentlichungen Pohls sind: ›Tod den Unsterblichen‹ (Fischer Orbit 2); ›Die Zeit der Katzenpfoten‹ (Fischer Orbit 13); ›Die letzte Antwort‹ (zus. mit C. M. Kornbluth) und die Kurzgeschichtensammlung ›Das Gold am Ende des Sternenbogens‹.

Frederik Pohl

Signale

Science Fiction Stories

Fischer
Taschenbuch
Verlag

Deutsche Erstausgabe
Fischer Taschenbuch Verlag
April 1975
Umschlagillustration: Eddie Jones
Umschlagtypographie: Jan Buchholz/Reni Hinsch
Titel der Originalausgabe: ›Digits & Dastards‹
Aus dem Amerikanischen übertragen von Horst Pukallus
Fischer Taschenbuch Verlag GmbH, Frankfurt am Main

Gesamtherstellung: Hanseatische Druckanstalt GmbH, Hamburg
Printed in Germany
ISBN 3 436 01739 6

Inhalt

Vorwort

Gewöhnlich werden drei Argumente angeführt, die beweisen sollen, daß Science Fiction tatsächlich eine Sache von großer Bedeutung ist: Sie bringe die Menschen der Wissenschaft näher, sie unterstütze bei jungen Leuten den Mut, eine wissenschaftlich-technische Laufbahn einzuschlagen, und sie sage die technischen Fortschritte der Zukunft voraus.
Diese Aussagen treffen wohl alle zu. Daran besteht kein Zweifel. Aber es gibt sehr unterschiedliche Science Fiction Stories, und wenn sie derartiges über Science Fiction verbreiten, verbreiten sie es nicht über mich.
Wie dem auch sei, in jedem Autor schlummert die Seele des Pedanten, und ich werde öffentlich eingestehen, daß ich schon lange den Wunsch hege, irgend jemandem irgend etwas beizubringen. Tatsächlich habe ich zwei Stücke dieser Sammlung – *Die Kunst, mit den Fingern zu rechnen* und dessen Begleitstück *Signale* – aus dieser Absicht heraus geschrieben. Das Ganze begann eigentlich vor einigen Jahrzehnten, als fünf Science-Fiction-Autoren, ich auch darunter, um den Couchtisch in Fletcher Pratts riesigem alten Haus in Highlands, New Jersey saßen. Irgend jemand erwähnte Binärzahlen und ein anderer sagte etwas wie »Ich frage mich, wie ein Binärbruch aussehen würde«. Und ein Dritter fragte: »Wie ist das denn mit Dezimalstellen?« Wir mußten schließlich feststellen, daß es keiner von uns so richtig wußte.
Ich will Sie nicht mit einer Nacherzählung der vielen Seitenpfade, auf welche mich jene zufällige Diskussion führte, belästigen – denn als ich versuchte, die Antworten dieser so unvorgesehen aufgeworfenen Fragen zu finden, verlor ich mich bei einigen Seitenästchen dieses Zweiges der Mathematik, den man Zahlentheorie nennt, und beachtete besonders die binäre Arithmetik und die eleganterweise hoffnungsloseste mathematische Freude, die Suche nach den Primzahltheoremen. Doch schließlich entdeckte ich nach ein oder zwei Jahren, daß ich inzwischen die Antworten auf die meisten Fragen jener Tischrunde wußte. Und da eine kurze Umschau zeigte, daß eine Menge Leute sie nicht wußten, doch an dem Problem interessiert zu sein schienen, schrieb ich *Die Kunst, mit den Fingern zu rechnen*.
Ihre Veröffentlichung in einem von Bob Lowndes' Magazinen zog eine riesige Menge Leserzuschriften nach sich – ich glaube mehr als alles andere, was ich jemals geschrieben habe. Das war sehr erfreulich. Das war es zumindest so lange, bis ich feststellen mußte, daß die Briefe alle von Mathematikern oder Hobbytech-

nikern stammten, denen bereits alles, was ich über die grundlegende Binärarithmetik zu sagen wußte, bekannt gewesen war (es stellte sich heraus, daß selbst meine Idee, derartig mit den Fingern zu rechnen, nach Martin Gardner bereits Ende des 19. Jahrhunderts von jemandem praktiziert worden war). Doch was war mit den Lesern, die ich ursprünglich hatte erreichen wollen?

Ich werde Ihnen sagen, was mit ihnen war – ich überwand meine Scheu und fragte ungefähr ein Dutzend Leute nach ihrer Meinung. Sie sagten ausnahmslos, ja, liebe Zeit, das Ganze sähe schon aus, als sei es ein interessantes und informatives Stück, durch das sie mit einer ganzen Menge Stoff aus der Binärarithmetik vertraut würden, und sie hätten unbedingt vor, es demnächst zu lesen.

Sie haben es nie gelesen!

So, jetzt kennen Sie mein Geheimnis und wissen, warum ich diese Einleitung geschrieben habe. Ich habe nicht vor, Ihnen irgend etwas über die Stories dieser Sammlung zu sagen – obwohl ich sie alle mit väterlichem Wohlwollen betrachte, müssen sie ihren eigenen Weg in der Welt machen. Ich hoffe, daß sie Ihnen gefallen werden. Falls nicht, so ist es nun zu spät, als daß ich daran etwas ändern könnte.

Trotzdem möchte ich Sie gerne um einen persönlichen Gefallen bitten. Würden Sie bitte die zwei Stücke über Binärarithmetik lesen? Ich meine, ganz durchlesen? Das wird Sie, das gebe ich zu, weitere 15 oder 20 Minuten kosten. Doch das ist relativ wenig. Stecken Sie doch einfach das Buch in Ihre Tasche! Wenn dann Ihr Zug das nächste Mal Verspätung hat oder Sie in einer Verkehrsstauung stecken oder Ihr Zeitplan sonst irgendwie durcheinander gerät und Sie die Zeit irgendwie totschlagen müssen . . . dann nehmen Sie doch das Buch heraus, nehmen Sie die Geschichten in Angriff und lesen Sie sie!

Wären Sie nicht gerne der erste aus Ihrem Häuserblock, der wie ein Computer rechnen kann?

Ja?

Frederik Pohl
Red Bank, New Jersey

Die Kinder der Nacht

I

»Wir hatten schon miteinander zu tun«, sagte ich zu Haber. »1988, als Sie das Büro in Des Moines geleitet haben.«
Er strahlte und streckte die Hand aus. »Klar, verdammtnochmal, stimmt! Ich erinnere mich, Odin.«
»Ich möchte nicht Odin genannt werden.«
»Nicht? Na schön. Mr. Gunnarsen ...«
»Auch nicht ›Mr. Gunnarsen‹. Nur ›Gunner‹.«
»In Ordnung, Gunner; fast hätte ich das vergessen.«
Ich sagte: »Nein, sie haben es nicht vergessen. Sie haben in Des Moines meinen Namen gar nicht gewußt. Sie wußten nicht einmal, daß ich existiere, weil Sie zu beschäftigt waren, unseren Kunden auf den Hund zu bringen. Ich habe Sie damals aus der Patsche gezogen, geradeso, wie ich jetzt daran gehe, Ihnen aus der Patsche zu helfen.«
Sein Lächeln war ein bißchen verunglückt, aber Haber war schon sehr lange in der Firma und würde sich von mir nicht verekeln lassen.
»Was wollen Sie damit sagen, Gunner? Ich bin Ihnen dankbar. Glauben Sie mir, Junge, ich weiß, daß ich hier Hilfe brauche ...«
»Und ich bin nicht Ihr Junge. Haber, Sie waren damals ein feister Kater, und Sie sind es heute noch. Ich möchte lediglich: Erstens, einen Einblick in die Filiale; zweitens, eine Sitzung der Filialleitung, Sie eingeschlossen, in dreißig Minuten. Geben Sie Ihrer Sekretärin entsprechende Anweisungen; inzwischen sehe ich mich um.«

Im Flugzeug nach Belport hatte ich eine Liste der Dinge aufgestellt, die ich erledigen wollte. Der oberste Punkt lautete:

1. Haber hinauswerfen.

Nach meinen Erfahrungen war das nicht die beste Lösung, weitere Mißerfolge auszuschließen. Ein paar Auswüchse beseitigt man damit, aber die anderen wuchern im Zwielicht weiter. M & B bezahlt mich nicht für kosmetische Operationen an ihren Habers, sondern dafür, daß ich die Arbeit der Habers zu Ende führe, wenn sie zu scheitern drohen.

Als Manager einer Werbeagentur war Haber ein Geschwür, aber als Fremdenführer mochte er taugen, obwohl er ständig schwitzte. Er zeigte mir die ganze Filiale. Sie lag hinter einer Fensterfront in einem der Geschäftsviertel – vor der Tür ein Perlenschnurvorhang, die Fenster geschmackvoll mit grauer Seide verhangen. Es sah aus wie das beste von vier Beerdigungsinstituten in der am meisten heruntergekommenen Gegend. Auf der Scheibe stand in goldenen Lettern:

MOULTRIE & BIGELOW
Werbeagentur
Filiale Northern Lake State
T. Wilson Haber
Filialleiter

»Werbung«, klärte er mich auf, »beginnt daheim. Man weiß, daß wir hier sind, eh, Gunner?«
»Erinnert mich an die Filiale in Iowa«, sagte ich, und er stolperte, obwohl es zu seinen Füßen kein Hindernis gab. Es war die Präsidentschafts-Kampagne von 1988 gewesen, in der Haber versucht hatte, den Kandidaten durchzubringen, der uns mit seiner Öffentlichkeitsarbeit beauftragt hatte, und jene zwölf rettenden Stimmen kamen nur noch ein, weil wir Haber nach Nassau in Urlaub schickten und ich mich auf seine Arbeit stürzte. Ich glaube, Habers Frau hatte schon damals eine Kapitaleinlage in der Firma.
Seine Ausstattung in Belport war recht gut, immerhin. Vier Projektionskabinen, jede mit einer Simplex 9090 und einer Operator-Rezeptionistin gab es in der vorderen Halle. Man kann nicht immer vom Äußeren ausgehen, aber die Testpersonen, die hier auf ihre Abfertigung warteten, schien einen guten, repräsentativen Querschnitt darzustellen – eine gute Zusammenstellung beider Geschlechter, aller Altersstufen und Einkommensschichten – und bei entsprechender Geschicklichkeit würden sich damit auch gute Resultate erzielen lassen. Die Projektionskabinen wurden von einem Steuerpult im Hintergrund gelenkt – ich sah einen der Programmierer und nickte ihm zu; guter Mann – nur weiter so mit der Telefax-Ausrüstung, dem Hauptarchiv, der Britannica, der Kongreß-Bibliothek, den Tagesnachrichten und so fort. Vom Steuerpult aus ließen sich Dialoge und Spots improvisieren, eine Werbefläche projizieren und dergleichen mehr, was immer man wollte und was die Registratur an variablen Möglichkeiten hergab, und ihre Wirkung auf die Persönlichkeit testen. Es gab eine Kabine zum Abhören von Bandaufzeichnungen. Die gesamte Einrichtung war klein und transportabel, aber komplett. Man vermochte hier ein 3-V-Interview so gut zu improvisieren oder aufzunehmen wie mit der Superausrüstung im Zentralbüro.
»Ein Klasse-Eins-Plan, nicht wahr, Gunner?« meinte Haber. »Für diese Angelegenheit arbeite ich ihn persönlich aus.«
Ich sagte: »Warum sind Sie noch nicht dabei?«
Er straffte sich. Seine Augen schienen klein und verschlagen zu werden, aber er erwiderte nichts. Er nahm meinen Ellbogen und führte mich zur Datenverarbeitung.

»Möchte Ihnen jemand zeigen«, sagte er, öffnete die Tür, schob mich hinein und ging.
Ein hochgewachsenes, schlankes Mädchen blickte von einer Maschine auf. »Na, hallo, Gunner«, sagte sie. »Lange her, was?«
»Hallo, Candace«, sagte ich.
Offenbar war Haber ein nicht ganz so feister Kater wie es bisher geschienen hatte, mit Sicherheit hatte er ein wenig über mein Privatleben in Erfahrung gebracht, bevor ich in seiner Filiale aufkreuzte. Die anderen Punkte auf meiner Liste, die ich im Flugzeug niedergeschrieben hatte, lauteten:

2. Aktion ›Big Lie‹
3. Den Fall mit den Kindern untersuchen
4. Fehler des Gegners erkennen
5. Candace Harmon heiraten?

Dies war ein relativ geringfügiger Auftrag für Moultrie & Bigelow, aber er war von sehr, sehr großer Bedeutung. Wichtig war, ihn korrekt auszuführen. Der Kunde war die Arkturische Konföderation.
Im Büro ging das Gerücht um, drei oder vier andere Agenturen hätten das Geschäft abgelehnt, bevor es uns angetragen wurde. Niemand wußte den genauen Grund, aber eigentlich war er klar. Der Grund war die reine Tatsache, daß es sich um die Arkturische Konföderation handelte. Es liegt nichts Gesetzwidriges oder Amoralisches darin, wenn eine Werbe-Firma einen Auftrag von Ausländern übernimmt. Das ist im Verbandsstatut durchaus vorgesehen, obwohl die meisten Leute das Pech haben, es nicht zu wissen: in der Smith-MacChiani-Vorlage von 1971. Und der Gesetzgeber entschied 1985, daß sie für außerirdische ›Ausländer‹ ebenso gilt wie für irdische, also zu einer Zeit, als die einzigen bekannten ›fremden Intelligenzen‹ die Mumien auf dem Mars waren. Nicht etwa, daß die Mumien jemals einen Auftrag an irdische Firmen vergeben hätten. Aber die Rechtsabteilung von Moultrie & Bigelow focht diese Auslegung durch, nur in Betrachtung potentieller Kunden aus dem All. Das ist die vorausschauende Art, auf die M & B arbeitet.
In den Augen mancher Leute trägt jeder Werbefachmann die Farben seiner Kunden. Das liegt in der Natur der Sache. Diese Leute würden einen Chirurgen nicht verdächtigen, der den Staatsfeind Nr. 1 operiert, mit diesem unter einer Decke zu stekken, nicht einmal den Rechtsanwalt, der ihn verteidigt. Bemüht man sich aber um das Ansehen eines Kunden, der in der Öffentlichkeit nicht gerade beliebt ist, überträgt sich die Abneigung zu einem gewissen Teil auf den PR-Mann.
Aber die Bilanz von M & B fällt immer günstig genug aus, um solche Begleiterscheinungen verkraften zu können. Die Firma M & B hat in bezug auf schwierige Fälle einen guten Ruf – die

letzte amerikanische Zigarettenfabrik befindet sich in ihrer Hand. Ebenso die kubanische Exilregierung, die immer noch glaubt, die Insel wieder in ihre Gewalt zu bekommen, um die Banknoten verschleudern zu können, die sie selbst gedruckt hat. Dennoch, aus zwei Gründen – um die Arbeit leicht nehmen zu können und wegen des Ansehens – protzt M & B nicht unbedingt mit unpopulären Kunden. Vor allem, wenn die Aufgabe mißlingt. Einer der sichersten Wege, schlechte Resonanz zu finden, ist das Bekanntwerden des Umstands, daß ein verdrehter Werbe-Stümper an einem Fall arbeitet.

Alles, was Haber in der letzten Zeit angepackt hatte, war schiefgegangen. In dieser Stadt war es zu spät für Projektionskabinen und Großarchive.

Bis zur Konferenz waren noch fünf Minuten verblieben, und ich verbrachte sie irgendwie bei den Projektionskabinen. Im Rezeptionsraum, wo sich ebenfalls Testpersonen befanden, bemerkte ich eine 3-D-Vorführung über den Heimatplaneten unseres Kunden. Sie war ziemlich attraktiv: weite, ruhige Meere, aus denen hier und da gebirgige Inselchen ragten.

Ich wandte mich ab und ging langsam hinaus, während ich innerlich kochte.

Ein Laie vermochte wahrscheinlich nicht festzustellen, wieviel falsche Wege Haber eingeschlagen hatte. Die großartige Vorführanlage war hier irgendwie nicht nützlich. Um gute Testergebnisse zu erzielen, braucht es eine Anzahl umfassender Interviews, umfangreiche Materialsammlungen. Und dafür benötigt man sehr viele Testpersonen, die man bezahlen muß. Und um sie zu bekommen, verlangt es große Auswahlmöglichkeiten, ein Gebiet, in dem sich aus dem vollen schöpfen läßt.

Man benötigt Anzeigenkampagnen in den Zeitungen und den anderen Medien; zwanzig Leute müssen interviewt werden, um eine verwendbare Person zu finden. Um befriedigende Durchschnittsergebnisse in einer Stadt wie Belport zu erzielen, bedarf es vielleicht einer Gruppe von fünfzig Testpersonen. Das bedeutet Gespräche mit tausend Menschen, die heimkehren und es ihren Frauen, ihren Müttern oder ihren Nachbarn weitererzählen.

In Städten wie Chikago oder Saskatoon macht man rasche Fortschritte dabei. Bei guter Interviewtechnik durchschaut die Testperson den Zweck der Befragung niemals genau, obwohl natürlich ein geschulter Reporter oder ein Privatdetektiv eine ganze Gruppe mit größter Korrektheit befragen können, ohne Anwendung unterschwelliger Appelle an Gefühle. Aber nicht in Belport, nicht, wenn die Filiale noch neu am Ort ist; nicht, wenn jede lebende Seele der Stadt darüber informiert ist, was wir tun, weil die Arbeitspläne Tagesgespräch an jedem Kaffeetisch sind. In Belport hatten wir in kurzer Zeit alle Trümpfe verschleudert.

Wie gesagt, ein Laie würde das wahrscheinlich nie bemerken. Aber in Haber hätte man keinen Laien vermuten dürfen.

Ich hatte eben auch die Statustabellen gesehen. Die Volksabstimmung über die Bewilligung der Betätigungsrechte für unseren Kunden kam in weniger als zwei Wochen zur Entscheidung. Als Haber die Filiale eröffnet hatte, ergaben Befragungen, daß die Abstimmung mit einem Ergebnis von 4 : 3 negativ ausgehen würde; nun, sechs Wochen danach, hatte Haber das Verhältnis auf 3 : 2 verschlechtert und ging in jeder Hinsicht auch weiter den Bach hinunter.

Unser Kunde würde außerordentlich betrübt sein – vielleicht war er es bereits, wenn er die ihm zugeleiteten Zwischenergebnisse richtig interpretiert hatte.

Und es war eine Art von Kunde, mit dem man es ungern verderben wollte. Ich meine, die anderen waren im Vergleich dazu weniger bedeutsam. Die Arkturische Konföderation war eine Kultur, so reich und mächtig wie die ganze Erde mit ihrem unsinnigen Gemisch von nationalen Regierungen und privaten Machtbereichen zusammen, und da die Arkturier sich mit solchem Klüngel nicht befassen, jedenfalls nicht auf eine Weise, die für uns einzusehen wäre, war dieser Kunde ... so groß wie alle möglichen irdischen Kunden zusammen.

Die Arkturier waren entschlossen, sich in Belport niederzulassen, und es war Sache von M & B – und besonders von mir, Odin Gunnarsen – dafür zu sorgen, daß sie ihre Niederlassung bekamen.

Zu dumm, daß sie vor sechs Monaten noch gegen die Erde Krieg geführt hatten.

In der Tat befanden wir uns in diplomatischem Sinne noch im Kriegszustand. Es war ein Waffenstillstand, kein Friede, der zur Einstellung der H-Bomben-Angriffe geführt hatte.

Wie gesagt, M & B ist bekannt für die Übernahme schwieriger Fälle.

An Habers Seite machten die vier anderen Mitglieder der Filialleitung Gesichter, als suchten schlimme Befürchtungen sie heim; es waren Candace Harmon, der Testprogrammleiter und zwei jüngere technische Assistenten. Ich setzte mich in den Sessel am Kopfende des Konferenztischs, ohne abzuwarten, wo Haber sich hinzusetzen wünschte, und sagte: »Wir machen flott hier, weil wir in einer ärgerlichen Lage sind und für Artigkeiten keine Zeit haben. Sie sind Percy?« Das war der Programmleiter; er nickte. »Und Ihr Name ist mir nicht bekannt«, sagte ich zu seinem Nachbarn. Er wies sich als der Chef-Reproduktor aus, ein hagerer Glatzkopf namens Tracy Spockman. Sein Mitarbeiter quetschte heraus, daß er Manny Brock sei.

Ich hatte leichte Aufgaben für all diese Hohlköpfe ausgesucht und die unteren Dienstränge für alle Eventualitäten ausgespart; so begann ich mit dem Chef-Reproduktor.

»Spockman, wir haben für die Arkturier einen Kontaktmann für Handelsfragen aufzubauen, und der sind Sie. Dazu dürften Sie befähigt sein; wenn ich mich richtig entsinne, haben Sie für ein Jahr die Duluth-Filiale geführt.«

Er nuckelte ausdruckslos an einer kalten Pfeife.

»Danke, Mr. Gunn-«

»Nur ›Gunner‹.«

»Also, vielen Dank, Mr. Gunner, aber als Chef-Reproduktor ...«

»Mr. Brock wird Sie vertreten können. Wie ich mich von Duluth her entsinne, pflegen Sie Ihre Arbeit langfristig vorzubereiten, so daß Mr. Brock ohne Schwierigkeiten anknüpfen kann.«

Das war nach aller Wahrscheinlichkeit richtig. Außerdem konnte es hier keinen großen Schaden mehr anrichten, wenn jemand mit höheren Anforderungen als bisher belastet wurde. Ich überreichte Spockman die Seite mit den Stellengesuchen, die ich am Flughafen aus der Zeitung gerissen hatte, und eine Reihe von Notizen dazu, die ich auf dem Weg ins Büro angefertigt hatte.

»Stellen Sie die Mädchen ein, die ich angekreuzt habe, mieten Sie ein Büro und schreiben Sie ein paar Briefe für mich. Sie ersehen meine Absichten aus dem Notizzettel. Schreiben Sie jeden erwähnenswerten Grundstücksmakler der Stadt an, ob sie ein zusammenhängendes Gebiet von fünftausend Acre verschaffen können, das in dem Bereich liegt, das in der Vorlage für den Volksentscheid bezeichnet ist. Holen Sie von allen großen Bauunternehmen Kostenvoranschläge ein. Besondere Angebote für jeden Bau – insgesamt werden es fünf Gebäude sein, denke ich. Kümmern Sie sich zugleich um Angebote der Firmen für Klimatechnik, Installation und Heizung. Schreiben Sie ferner alle Lebensmittelkonzerne an, ob sie interessiert sind, Angebote für die Versorgung der Arkturier mit Nahrung einzureichen. Holen Sie Informationen aus Chikago ein, was die Arkturier essen; ich weiß es nicht mehr – kein Fleisch, glaube ich, aber jede Menge grünes Gemüse; jedenfalls, finden Sie das heraus und machen Sie in den Briefen entsprechende Angaben. Elektronikhersteller, Büroausstattung, Kraftfahrzeughandel – und so weiter, Sie finden alles in den Notizen. Ich möchte, daß morgen früh jeder Geschäftsmann in Belport zu kalkulieren anfängt, wieviel Profit er aus einer arkturischen Niederlassung schlagen könnte. Alles klar?«

»Ich denke schon, Mr. Gunner. Ich habe ebenfalls nachgedacht. Wie steht es mit Schreibwarenhandel, Anwälten und ...«

»Fragen Sie nicht – kümmern Sie sich darum. Nun zu Ihnen da unten ...«

»Henry Dane, Gunner.«

»Henry, wie steht es mit den Klubs in Belport? Ich meine die spezialisierten Vereinigungen. Die Arkturier sind großartig in Navigation und Segeln und ähnlichem; sehen Sie zu, was sich mit den Motorboot-Klubs und dergleichen anstellen läßt. In der Zeitung habe ich gelesen, daß am nächsten Samstag eine Blumenmesse stattfindet. Es ist zwar recht spät, aber bringen Sie dort noch einen Vortrag über arkturische Schwämme unter. Wir fliegen welche zur Dekoration ein. Man hat mir gesagt, daß die Arkturier gute Gärtner sind, daheim jedenfalls – sie bevorzugen die biologischen Wissenschaften – nette Leute, plantschen gern im Wasser.«

Ich zögerte und blickte auf meine Notizen.

»Ich habe etwas gehört über Veteranenverbände, die es hier geben soll, aber ich weiß nichts Genaues. Haben Sie Informationen über – was gibt's?«

Er machte ein zweifelndes Gesicht. »Es geht bloß darum, ich möchte ungern Ärger mit Candy bekommen, Gunner.«

Und so mußte ich den Tatsachen ins Gesicht sehen und mich Candace Harmon zuwenden.

»Worum geht es, Schätzchen?« fragte ich.

»Ich glaube, Henry denkt an meine Gesellschaft für arkturisch-amerikanische Freundschaft.«

Ich fand heraus, daß dies eine von Habers glorreichsten Ideen sein sollte. Ich war nicht überrascht. Nach mehreren Wochen und Ausgaben von mehr als dreitausend Dollars besaß die Gesellschaft ganze einundvierzig Mitglieder. Wieviel davon waren Angestellte von M & B?

»Nun, alle bis auf acht«, bekannte Candace. Sie lächelte nicht, schien das aber erheiternd zu finden.

»Machen Sie sich keine Sorgen darum«, empfahl ich Henry Dane. »Wir lösen den Verein wieder auf. Candace wird keine Zeit dafür haben. Sie wird mit mir zusammenarbeiten.«

»Fein, Gunner«, sagte sie. »Was ist zu tun?«

Ich stand schon einmal kurz davor, Candace zu heiraten, und seither habe ich es in jeder Minute bereut, es unterlassen zu haben. Candace Harmon war ein verdammt nettes Mädchen.

»Das«, antwortete ich, »was Gunner dir zu tun aufträgt. Wir wollen sehen. Erstens, ich habe fünfhundert arkturische Tiere bestellt, die morgen eintreffen. Ich habe sie bisher nicht gesehen, aber sie wurden geschildert wie kleine Katzen, gescheit und langlebig. Du mußt einen Weg finden, sie so schnell wie möglich zu verkaufen – womöglich findet sich eine Tierhandlung, die sie für fünfzig Cents das Stück verschleudert.«

Haber protestierte. »Mein lieber Gunner! Die Fracht allein ...«

»Sicher, Haber, jedes Exemplar kostet uns über vierzig Dollars, bis es bloß hier ist. Noch weitere Fragen? Nicht? Das ist gut. Bis zum Wochenende besitzen fünfhundert Haushalte so ein Tierchen; wenn ich jedem Käufer einhundert Dollars draufzahlen

müßte, ich würde es tun. Ferner: Jemand muß für mich einen Veteranen ausfindig machen, je versehrter, um so lieber ist er mir, am besten einen, der bei einem Bombardement ...«
Ich gab noch ein Dutzend weitere Anweisungen – eine Kunstausstellung mit arkturischen Reliefs, die mehr den Tastsinn ansprachen als das Auge, zahlreiche 3-D-Shows – die ganze Routine. Nichts davon würde die Operation retten, aber es würde die komplizierte Situation überbrücken helfen, bis die richtige Orientierung erarbeitet war.
»Wie heißt doch gleich wieder der Bursche, der für den Kongreß kandidiert – Connick?«
»Stimmt«, sagte Haber.
»Was wissen wir über ihn?« fragte ich, zu Candace gewandt, die prompt antwortete: »Einundvierzig Jahre, Methodist, verheiratet, drei Kinder aus eigener Ehe sowie ein Adoptivkind, eine Kriegswaise; kandidierte letztes Jahr für den Senat und fiel durch, spielt eine große Rolle in der hiesigen Handelskammer und in ...«
»Nein, das meine ich nicht. Welche *Geschichten* wissen wir über ihn?« unterbrach ich.
Candace sagte langsam: »Also, Gunner, das ist ein netter Mensch ...«
»Schön, aber das weiß ich, Schätzchen. Ich habe davon in der Zeitung gelesen. Also erzähl mir von dem geheimen Schmutz auf seiner Weste.«
»Es wäre nicht richtig, ihn für Nichts zu ruinieren!«
Ich fegte jeden Gedanken an Fairneß beiseite
»Was soll das heißen, ›für Nichts‹?«
»Es muß dir doch klar sein, daß wir diese Volksabstimmung verlieren.«
»Schätzchen, ich habe Neuigkeiten für dich. Dies ist der größte Auftrag, den ich jemals hatte, und ich bin froh darum. Wir *müssen* gewinnen. Was weißt Du über Connick?«
»Nichts. Überhaupt nichts«, sagte sie schnell.
»Aber Du kannst etwas erfahren.«
Candace antwortete sichtlich aufgebracht.
»Natürlich, da dürfte etwas vorhanden sein.«
»Natürlich. Finde es heraus. Heute.«

II

Aber ich vertraute in diesem Fall keinem mehr ganz, nicht einmal Candace. Da Connick immerhin die zentrale Figur der Opposition war, nahm ich ein Taxi und fuhr zu ihm.
Es war schon dunkel, eine kalte klare Nacht. Über den pilzförmigen Turmbauten des Geschäftsviertels stieg bereits die Mond-

sichel empor. Fast gerührt blickte ich den Mond an; sicher hätte ich ihn verabscheut, wäre ich dort oben gewesen.
Als ich die Fahrt bezahlte, kamen von einer Seite des Hauses zwei Gören in Winterkleidung heraus, um mich zu betrachten. Ich sagte: »Hallo. Ist euer Vater daheim?«
Einer war ungefähr fünf Jahre alt, mit Sommersprossen und großen, blauen Augen; der andere war dunkler, braunäugig, und er hinkte. Der Blauäugige sagte: »Vater ist unten im Keller. Mutter wird Sie einlassen, wenn Sie klingeln. Sie brauchen nur den Knopf dort zu drücken.«
»So funktioniert das also. Danke.«
Connicks Frau trat heraus, eine hübsche, blonde, aber magere Dreißigerin; die Kinder waren wohl um das Haus gelaufen und hatten den Alten von meinem Erscheinen unterrichtet, denn als die Frau mir gerade den Mantel abnahm, trat er mir schon entgegen.
Ich schüttelte seine Hand und sagte: »Wie ich an dem Duft aus Ihrer Küche bemerke, wollen Sie bald essen. Ich möchte Sie nicht lange aufhalten. Mein Name ist Gunnarsen, und ...«
»Und Sie kommen von Moultrie & Bigelow – hier, nehmen Sie Platz, Mr. Gunnarsen – und Sie möchten wissen, ob ich es mir nicht überlegen und die arkturische Niederlassung doch befürworten will. Nein, Mr. Gunnarsen, das will ich nicht. Aber Sie möchten doch vor dem Essen einen Drink mit mir nehmen? Und möchten Sie nicht zum Essen bleiben?«
Er war ein offenherziger Bursche, dieser Connick. Ich mußte mir eingestehen, daß er mich aus dem Gleichgewicht gebracht hatte.
»Nun, ich weiß nicht recht«, sagte ich nach einem Augenblick. »Wie ich sehe, haben Sie den Grund meines Besuchs erkannt.«
Er bereitete die Drinks. »Well, eins nach dem andern, Mr. Gunnarsen. Sie glauben doch nicht wirklich, mich umstimmen zu können, oder?«
»Das kann ich nicht sagen, bevor ich weiß, warum Sie die Führung der Opposition gegen die arkturische Niederlassung übernommen haben, Connick. Und das ist es, was ich herausfinden will.«
Er reichte mir einen Drink, setzte sich mir gegenüber nieder und nahm einen nachdenklichen Zug aus seinem Glas. Es war guter Scotch. Dann sah er sich um, ob seine Kinder außer Hörweite waren, und sagte: »Die Sache verhält sich so, Mr. Gunnarsen: Wenn ich könnte, würde ich jeden lebenden Arkturier umbringen, und wenn es das Leben einer Million Menschen kosten sollte, wäre mir dieser Preis nicht zu hoch. Ich möchte hier keine Niederlassung, weil ich mit diesen mörderischen Bestien nichts zu schaffen haben will.«
»Ich sehe, Sie sind aufrichtig«, sagte ich, mein Glas leerend, und fügte hinzu: »Wenn Sie Ihre Einladung zum Essen ernst gemeint haben, nehme ich gern an.«

Ich muß sagen, es war eine nette Familie; ich hatte schon oft bei Wahlkämpfen mitgewirkt, und Connick war ein guter Kandidat, weil er ein guter Mann war. Sein Verhalten zu den Kindern und zu mir bewies es. Ich schien nicht den geringsten Eindruck auf ihn zu machen.

Aus meiner Sicht war das natürlich nicht allzu schlimm, konnte sich geschäftlich aber nachteilig auswirken.

Während des Essens mied Connick das Gespräch über die Volksabstimmung, was mir durchaus angenehm war, aber sobald wir fertig und allein waren, sagte er: »Na schön. Jetzt können Sie loslegen, Mr. Gunnarsen. Obschon ich nicht einsehe, warum Sie hier sind und nicht Tom Schlitz persönlich.«

Schlitz war sein Gegner. Ich meinte: »Ich glaube, Sie kennen sich in unserem Geschäft nicht richtig aus. Wofür sollten wir ihn benötigen? Er ist ohnehin dafür.«

»Und ich bin ohnehin dagegen, aber ich vermute, das ist genau der Zustand, den Sie ändern wollen. Well, wie lautet Ihr Angebot?«

Für meine Ansprüche kam er zu schnell zum Kern der Sache. Ich versuchte, Mißverständnissen vorzubeugen.

»Aber, Mr. Connick, Sie denken doch nicht, daß ich Sie bestechen will?«

»Ja, ich weiß, daß Sie das nicht wollen. Weil Sie gescheit genug sind, um zu wissen, daß ich kein Geld nehme. Deshalb bieten Sie kein Geld. Was bieten Sie denn? Unterstützung durch Moultrie & Bigelow für mich statt für Schlitz? Das ist wirklich ein gutes Angebot, aber der Preis ist zu hoch. Ich möchte ihn nicht zahlen.«

»Well«, meinte ich, »wir beabsichtigen durchaus ...«

»Ja, das dachte ich mir. Kein Interesse. Glauben Sie denn wirklich, ich benötige Hilfe, um zu gewinnen?«

Das war ein guter Ansatzpunkt, den ich nutzen mußte. Ich räumte ein: »Nein, nicht, wenn alle gleich wären. Noch haben Sie einen guten Vorsprung, wie Ihre und unsere Beobachtungen übereinstimmend zeigen. Aber es sind nicht alle gleich.«

»Womit Sie meinen, daß Sie dem Schlitzohr helfen. All right, dann gibt es ein Rennen Kopf an Kopf.«

Ich hielt mein Glas hoch, und er füllte es erneut. Ich antwortete: »Mr. Connick, ich sagte Ihnen schon, daß Sie von diesem Geschäft nichts verstehen. Und das stimmt. Ein Kopf-an-Kopf-Rennen gibt es nicht, weil Sie gegen uns nicht gewinnen können.«

»Ich kann es Ihnen sicher ganz schön schwer machen.« Er leerte nachdenklich das Glas. »Jedenfalls macht ihr Gehirnwäscher euch ganz schön breit. Jedermann weiß, wie mächtig ihr seid, und ihr braucht es nicht beweisen. Ich möchte wissen, ob der König wirklich an seine neuen Kleider glaubt.«

»Sie täuschen sich, Mr. Connick. M & B ist der bestgekleidete König, den Sie je gesehen haben, mein Wort darauf.«

Ein wenig die Stirn runzelnd, meinte er: »Ich glaube, davon muß ich mich selbst überzeugen. Offen gesagt, ich bin der Auffassung, daß die Leute sich ihre Meinung schon gebildet haben und Sie das nicht mehr ändern können.«

»Das haben wir keineswegs nötig«, sagte ich. »Wissen Sie nicht, Connick, warum die Leute so abstimmen, wie man es erlebt? Sie stimmen nicht nach ihren ›Meinungen‹ ab. Sie richten sich nach Vorurteilen und Einflüsterungen. Ehrlich, ich würde lieber an Ihrer Seite arbeiten als gegen Sie. Schlitz wäre leicht zu schlagen. Er ist Jude.«

»So etwas gibt es in Belport nicht, Mann«, sagte Connick ärgerlich.

»Antisemitismus, meinen Sie. Natürlich nicht. Aber wenn ein Kandidat Jude ist und es spricht sich herum, daß er vor fünfzehn Jahren im Parkverbot stand – und es gibt immer etwas, das unter die Leute gerät, Connick, glauben Sie mir – dann stimmen Sie wegen dieses Strafzettels gegen ihn. Das ist es, was ich meine. Die Wähler – nicht alle, versteht sich, aber genug, um das Resultat zu beeinflussen – treten unter dem Eindruck solcher und anderer Mätzchen in die Wahlkabine. Wir haben ihre Meinung nicht zu verändern. Wir brauchen dem Wähler nur bei der Entscheidung behilflich sein, nach welchem Teil seiner Meinung er sich richten muß.«

Ich ließ ihn mein Glas nochmals füllen und nahm einen Schluck. Allmählich spürte ich eine entsprechende Wirkung.

»Danke, Connick«, sagte ich. »Ich vermute, Sie sind Demokrat und pflegen sich zu überlegen, wen Sie wählen. Es ist klar, wie Sie in der Präsidentschaftswahl abstimmen, oder? Sie werden für den demokratischen Kandidaten votieren.«

Connick sagte, nicht eben fest: »Nicht unbedingt, aber wahrscheinlich.«

»Nicht unbedingt, klar. Und warum nicht unbedingt? Vielleicht, weil Sie den Burschen kennen, der auf dem demokratischen Dampfer fährt – oder womöglich kennen Sie jemand, der ihm mißgünstig gesonnen ist, weil er die Portokasse nicht verwalten durfte oder nicht in den Kongreß delegiert wurde. Tatsache ist, Sie haben etwas *gegen* ihn, gerade deshalb, weil Sie verstandesgemäß eigentlich *für* ihn sind. Wie also votieren Sie? Wie auch immer, die entscheidenden Stimmungen gewinnen erst Oberhand *im Augenblick der Stimmabgabe*. In keinem anderen Moment. Das ist keine Frage des Prinzips. Eben genau dann. Nein, wir haben keine Meinungen zu ändern ... weil die meisten Leute nicht genug Verstand besitzen, um überhaupt Meinungen bilden zu können!«

Er erhob sich und füllte geistesabwesend sein Glas nach – ich war nicht der einzige, der das Getränk zu spüren begann.

»Ich möchte nicht an Ihrer Stelle sein«, sagte er, halb zu sich selbst.

»Es macht mir nichts aus.«

Er schüttelte den Kopf, dann raffte er sich auf und meinte: »Well, danke für die Lektion. Ich kannte mich wirklich nicht so aus. Aber ich kann Ihnen etwas verraten, das Sie nie schaffen werden. Sie werden mich nie bewegen können, in *irgendeiner* Frage für arkturische Interessen einzutreten.«

Ich lächelte höhnisch. »Sie sprechen zu offenen Ohren! Führer des Volkes! Er wirft einen objektiven Blick auf jedes Problem!«

»Na schön, ich bin nicht objektiv. Sie stinken.«

»Rassenvorurteile, Connick?«

»Seien Sie kein Narr.«

»Es gibt natürlich«, sagte ich, »so etwas wie ein arkturisches Aroma. Sie können es nicht abschaffen.«

»Ich sagte nicht, daß sie riechen. Ich sagte: ›stinken‹. Ich will sie nicht in dieser Stadt, niemand will sie hier. Nicht einmal Tom Schlitz.«

»Sie brauchten sie nicht einmal ansehen. Erdklima vertragen sie nicht, wissen Sie. Zu warm für sie – zu dichte Atmosphäre. Connick, ich wette hundert Dollars, daß Ihnen vor Ablauf eines Jahres kein Arkturier unter die Augen gerät, nicht, bevor die Niederlassung gebaut und eingerichtet ist. Und dann, davon gehe ich aus – was ist denn?«

Er sah mich an, als sei ich ein Idiot, und ich begann mich beinahe wie ein solcher zu fühlen.

»Nun«, sagte er, wieder in jenem Ton, in den er verfiel, wenn er mehr zu sich selbst sprach, »ich glaube, ich habe Sie überschätzt. Sie halten sich für den lieben Gott, und ich habe Ihren Wahn akzeptiert.«

»Was meinen Sie?«

»Unentschuldbar schlechte Arbeit in Ihrem Stab, Mr. Gunnarsen«, sagte er unter tadelndem Kopfnicken. »Es sollte meine Laune heben. Aber leider, wie Sie wissen, kann es das nicht. Es erschreckt mich. Mit den Möglichkeiten, die Ihnen zur Verfügung stehen, sollten Sie besser informiert sein.«

»Nun reden Sie schon!«

»Es ist nur, daß Sie die Wette verloren haben. Wußten Sie wirklich nicht, daß sich ein Arkturier in der Stadt befindet?«

III

Als ich zum Wagen zurückkehrte, summte das Telefon, und der Anrufaufzeichner blinkte mich an. Der Anruf war von Candace.

»Gunner, ein Kontroll-Team der Waffenstillstandskommission hat die Hochrechnungen eingesehen, um sich über die Prognosen zur Volksabstimmung zu informieren, und ist natürlich hinter den Stand der Dinge gekommen. Einer von ihnen ist ein Arkturier.«

Die Arbeit war insgesamt so schlecht nicht, nur unverzeihlich langsam. Aber das war ein geringer Trost.
Ich rief das Hotel an und wurde mit einem Stabsoffizier verbunden – mehr konnte das Hotel nicht für mich tun. Es war ein Colonel, der sagte: »Ja, Mr. Knafti ist über Ihre Arbeit informiert, und ganz besonders verzichtet er darauf, Sie zu sehen. Dies ist eine Gruppe der Waffenstillstandskommission, Mr. Gunnarsen. Wissen Sie, was das heißt? Wissen Sie das genau?«
Und er legte auf. Nun, ich wußte, was das hieß – frostiges Verhandlungsklima in jeder Hinsicht – jedoch nicht gewußt hatte ich, daß es sie so hart treffen würde.
Es war ein Schlag aufs Auge, von welcher Seite ich es auch betrachtete. Connick gegenüber stand ich jetzt wie ein Trottel da, nachdem ich ihn einzuschüchtern versucht hatte. Weil die Arkturier in der Tat stinken – es bringt nicht eben den größten Beifall, wenn etwas, das man den Leuten schmackhaft machen will, auf hundert Meter wie halbverfaulte Knoblauchzehen riecht. Es war nicht vorteilhaft, wenn die Leute den Geruch schon jetzt mitbekamen. Und vor allem wegen des zu erwartenden Geschwätzes, das, dessen war ich sicher, irgendein fanatischer, blödsinniger, wirrköpfiger Bursche verbreiten würde: Sam, schon von dem Arkturier gehört, der hier herumspioniert? – Yeah, Charlie, die verfluchten Wanzen unterstellen praktisch, wir würden die Volksabstimmung verfälschen. – Verdammt richtig, Sam, und weißt du, was noch? Sie stinken, Sam.
Eine halbe Stunde später kam ein Anruf von Haber.
»Gunner-Boy! Guter Gott! Das ist das bittere Ende!«
»Das hört sich an«, sagte ich, »als hätten Sie von dem Arkturier in der Waffenstillstandskommission erfahren.«
»Sie wissen Bescheid? Und Sie haben *mir* nichts mitgeteilt?«
Ich hätte ihn erschlagen können, weil er *mich* nicht früher informiert hatte, aber das wäre nutzlos gewesen. Das versuchte ich ihm klarzumachen, aber er verfiel sofort in seine feiste Engstirnigkeit.
»Chikago hat mich nicht vorgewarnt. Kann ich das ändern? Sagen Sie mal ehrlich, Gunner-Boy!«
Gunner-Boy hing sehr ehrlich auf. Ich begann mich ziemlich müde zu fühlen. Für einen Augenblick erwägte ich, eine Aufmunterungspille zu nehmen, aber der leichte Schwips, den Connicks Scotch bei mir hinterlassen hatte, war aufheiternd genug gewesen, und nebenbei, es wurde spät. Ich suchte das Hotel auf, in welchem Candace für mich reserviert hatte, und kroch ins Bett.
Es brauchte nur wenige Minuten, bis ich einschlief, aber zuvor nahm ich noch einen feinen Duft wahr. Es war jenes Hotel, in dem auch das Team von der Waffenstillstandskommission eingezogen war.
Es konnte nicht wirklich dieser Arkturier namens Knafti sein, den

ich roch. Es war bloß Einbildung. So beruhigte ich mich, als ich mich umdrehte und einschlief.

Das Sprechgerät im Kopfkissen summte, und Candaces Stimme sagte aus dem Kissen: »Wach auf und mach dich fertig, Gunner, ich komme hinauf.«
Ich rappelte mich auf, schüttelte den Kopf und inhalierte ein paar Züge Amphetamin. Wie üblich wurde ich sofort hellwach, aber mit dem unumgänglichen Nachteil, daß ich mich unausgeschlafen fühlte. Ich legte einen Bademantel an und bereitete im Duschraum das Frühstück, als sie an die Tür klopfte.
»Es ist geöffnet«, rief ich. »Möchtest du Kaffee?«
»Sicher, Gunner.«
Sie trat ein und sah mir zu, wie ich den Kaffee bereitete. »Orangensaft?«
Sie nahm den Kaffee und schüttelte den Kopf, so mixte ich nur ein Glas Saft, trank es leer, und nahm den Kaffee mit ins Zimmer. Das Bett hatte sich bereits selbsttätig in eine Couch verwandelt, und ich lehnte mich darin zurück, den Kaffee trinkend.
»Also, Schätzchen«, sagte ich. »Welcher Art ist der Dreck auf Connicks Weste?«
Sie zögerte, öffnete dann ihre Handtasche, holte eine Fotografie heraus und reichte sie mir. Die Aufnahme zeigte eine alte Metallschablone, deren Kopfteil in alter Schrift überschrieben war: *Die Armee der Vereinigten Staaten*; der Text lautete:

Der Truppe zur Kenntnis, daß
DANIEL T. CONNICK
ASIN AJ-32880515
mit sofortiger Wirkung aus dem Regierungsdienst der Vereinigten Staaten ausscheidet
und
Der Truppe zur weiteren Kenntnis:
diese Entlassung erfolgt
UNEHRENHAFT

»Well, was sagst du nun?« meinte ich. »Siehst du, Schätzchen? Da ist immer etwas zu finden.«
Candace trank ihren Kaffee aus, stellte die Tasse mit einer zierlichen Geste auf dem Fensterbrett ab und holte eine Zigarette heraus. Das war ihre Art: Sie tat alles zu seiner Zeit, in einer ordentlichen, vernünftigen Weise, der ich nicht gewachsen war – und die ich unwiderstehlich fand.
Unzweifelhaft wußte sie, was ich dachte, weil sie es unzweifelhaft ebenfalls dachte, aber es war keine Schwermut in ihrer Stimme, als sie sagte: »Du hast ihn gestern getroffen, nicht wahr? Und du willst ihm immer noch in den Rücken fallen?«

Ich sagte: »Ich bemühe mich darum, daß er bei der Volksabstimmung geschlagen wird, ja. Dafür werde ich bezahlt. Ich und noch einige andere.«
»Nein, Gunner«, sagte sie, »*mich* bezahlt M & B nicht dafür, wenn du das meinst. Dazu zahlen sie nicht genug.«
Ich erhob mich und setzte mich neben sie. »Noch Kaffee? Nein? Nun, ich glaube, er ist ohnehin alle. Schätzchen ...«
Candace stand auf, ging durch das Zimmer und setzte sich in den Ohrensessel.
»Du wirst plötzlich wach, wie? Bleiben wir beim Thema. Wir sprachen über ...«
»Wir sprachen«, unterbrach ich, »über einen Job, für den wir beide bezahlt werden. Und du hast einen Teil davon für mich erledigt – du hast mir verschafft, was ich über Connick wissen mußte.«
Ich brach ab, weil sie den Kopf schüttelte.
»Da bin ich keineswegs sicher.«
»Wie das?«
Nun, auf dem Bild sieht man es nicht, aber ich weiß, wie es zu dieser Entlassung kam. ›Desertation in gefährlichem Dienst‹. Auf dem Mond, bei der UN-Raumtruppe. Im Jahre 1998.«
Ich nickte, denn ich verstand. Connick war nicht der einzige. In jenem Jahr hatte die halbe Raumtruppe verrückt gespielt. November. Ein Meteoritenhagel und eine Sonneneruption zur selben Zeit. Der Generalstab der Raumtruppe hatte beschlossen, daß die Mannschaften ehrenvoll zugrunde gehen sollten und die US-Armee gebeten, jeden Soldaten vors Kriegsgericht zu stellen, der es wagte, seinen Posten zu verlassen und sich in die unterlunaren Schutzräume zu begeben, und die Armee hatte die Laune besessen, diesem Verlangen eifrig zu entsprechen.
»Aber die meisten Betroffenen erhielten vom Präsidenten Amnestie«, meinte ich. »Er nicht?«
Candace schüttelte den Kopf. »Er hat sich nicht darum bemüht.«
»Mmm. Well, dann gilt die Unehrenhaftigkeit der Entlassung noch.« Ich verließ das Thema. »Etwas anderes. Was ist eigentlich mit diesen Kindern?«
Candace drückte die Zigarette aus und stand auf.
»Deshalb bin ich hier, Gunner. Der Punkt stand auf deiner Liste. Also – zieh dich an.«
»Warum?«
Sie grinste. »Für meinen Seelenfrieden, zum Beispiel. Um den Fall mit den Kindern zu untersuchen, wie du es nennst. Ich habe für dich einen Termin in der Klinik ausgemacht, in fünfundfünfzig Minuten.«
Man muß beachten, daß ich bis auf Gerüchte nichts über die Kinder wußte. Der verfluchte Haber, er hatte eine Erklärung für überflüssig gehalten. Und Candace sagte nur: »Warte, bis wir in der Klinik sind. Du wirst schon selbst sehen.«

Donnegan General war ein Block aus sieben Stockwerken cremefarbener Ziegel, mit Klimaanlage, durchgängig von innen beleuchtet. Kleine, aseptische Lämpchen funkelten blau, wo die Ventilatorschächte ihre Klappen geöffnet hatten. Candace parkte den Wagen in einer Tiefgarage, geleitete mich in einen Aufzug und dann in einen Warteraum. Sie schien sich hier gut auszukennen. Sie blickte auf die Uhr, erklärte, wir seien einige Minuten zu früh eingetroffen, und deutete auf eine Informationsmappe, die einen Aufriß des Gebäudes enthielt, mit bunten Hinweisen, die den Besuchern die Wegfindung erleichtern sollten. Sie enthielt auch, recht beeindruckend gestaltet, Wissenswertes über Art und Umfang von Donnegan General. Die Klinik verfügte über zweiundzwanzig komplett ausgerüstete Operationssäle, eine Samen- und eine Organbank, Röntgen- und radiologische Abteilungen, eine Tiefgefrierkammer, die am besten ausgestattete Prothesen-installation der Erde sowie eine Geriatriksektion; und schließlich: Einen voll eingerichteten und voll besetzten Flügel für Kinder.
»Ich dachte«, sagte ich, »dies sei eine Einrichtung für Kriegsversehrte?«
»Genau. Da kommt unser Mann.«
Ein Navy-Offizier trat ein, streckte Candace die Hand entgegen und lächelte sie an.
»Schön, dich zu sehen. Und Sie müssen Mr. Gunnarsen sein.«
Während wir uns die Hände schüttelten, stellte Candace uns einander vor. Der Offizier war Commander Tom Whitling; sie sprach ihn mit dem Vornamen an. Er meinte: »Wir müssen uns beeilen. Wie ich dir sagte, für elf Uhr ist eine große Inspektion vorgesehen – irgendeine Anordnung von höchster Stelle. Ich möchte nicht drängen, aber ich hätte es lieber, wenn wir bis dahin fertig wären . . . das hier ist ein wenig ungewöhnlich.«
»Nett von Ihnen, daß Sie uns helfen«, sagte ich. »Gehen Sie nur voran.«
Wir fuhren in einem Aufzug ziemlich hoch und gelangten schließlich ins obere Stockwerk des Gebäudes, in einen Korridor, dessen Wände mit Walt Disney-Figuren bedeckt waren. Von einer Dachterrasse erklang das Getingel einer Musikbox. Drei Kinder jagten schreiend einander den Korridor entlang, an uns vorbei. Sie bewegten sich sehr schnell dafür, daß zwei von ihnen Krücken verwenden mußten.
»Zum Teufel, was machen Sie hier?« fragte Commander Whitling scharf. Ich schaute zweimal hin, aber er hatte weder zu mir noch zu den Kindern gesprochen. Gemeint war ein Mann mit einem jugendlichen Gesicht, aber einem dichten, schwarzen Bart, der hinter einem Donald-Duck-Mobil stand und unscheinbar und unschuldig aussah.
»Oh, Mr. Whitling«, sagte der Mann. »Oweh, da muß ich doch glatt wieder einmal in das falsche Stockwerk geraten sein.«

»Carhart«, sagte der Commander drohend, »wenn ich Sie noch einmal hier erwische, haben Sie für ein ganzes Jahr keine Sorgen mehr mit dem Aufzug.«
»Jawohl! In Ordnung, Mr. Whitling.«
Als der Mann salutierte und sich mit gekränkter Miene entfernte, bemerkte ich, daß der linke Ärmel seines Bademantels aufgerollt war, leer, in die Tasche geschoben.
»Man kann manche Leute einfach nicht fernhalten«, sagte Whitling mit ausgebreiteten Armen. »Also, hier sind wir, Mr. Gunner. Sie sehen ja selbst.«
Ich blickte mich aufmerksam um. Es waren Kinder – hinkende Kinder, stolpernde Kinder, blasse Kinder, matte Kinder.
»Aber was sehe ich genau?« fragte ich.
»Nun, die Kinder, Mr. Gunnarsen. Die befreit wurden. Jene, welche die Arkturier vom Mars entführten.«
Und, da fiel mir alles ein. Ich erinnerte mich an den Überfall auf die Marskolonie.
Ein interstellarer Krieg ist eine Unternehmung im Schneckentempo, weil der Weg von einem Stern zum andern soviel Zeit in Anspruch nimmt. Die wichtigsten Schlachten im Krieg mit dem Arkturus hatten auf der Oberfläche des Mars stattgefunden, und die Raumschlacht der Flotten bei der Umlaufbahn des Saturn. So hatte der Krieg, vom Anfang bis zum Ende, von dem Überraschungsangriff auf die Marskolonie bis zur Unterzeichnung des Waffenstillstandsabkommens in Washington, elf Jahre gedauert.
Ich erinnerte mich, einen Film mit einer Rekonstruktion des Überfalls gesehen zu haben. Es war ein warmer Sommertag, Mittagszeit, Eis schmolz zu Wasser. Der Ort: Die Kolonie bei den südlichen Quellen. Aus dem kleinen, sinkenden Sonnenball erschien ein Schiff.
Ein Raumschiff. Es war aus glänzendem, goldenen Metall, und im Schein eines goldenen Strahlenkranzes, der ihm Ähnlichkeit mit der stachligen Nase eines Maulwurfs verlieh, um den ausgeschrägten Bug, sank es herab. Es landete mit einer elektrischen Entladung auf dem feinkörnigen, orangefarbenen Sand, und heraus stiegen die Arkturier.
Natürlich wußte damals noch niemand, daß sie Arkturier waren. Sie hatten in einer weiten, nichtekliptischen Bahn die Sonne umkreist, beobachtend und forschend, und den kleinen marsianischen Außenposten als Ziel ihrer ersten Attacke ausersehen. Unter der Schwerkraft des Mars waren sie Zweifüßler – zwei ihrer klebrigen Beine reichten, um ihre Körper unter diesen Bedingungen zu tragen – mannshoch, in engen goldenen Anzügen. Die Kolonisten liefen ihnen entgegen, um sie zu begrüßen – und wurden getötet. Alle. Alle Erwachsenen.
Die Kinder jedenfalls wurden nicht getötet, nicht so schnell, oder, besser gesagt, nicht auf so leichte Art. Einige hatten schließ-

lich überlebt, und davon wiederum befanden sich einige hier in der Donnegan General-Klinik.
Aber nicht alle.
Mein geringer Verstand begann langsam zu begreifen. Ich meinte: »Dann sind dies die Überlebenden.«
Candace, die dicht neben mir stand, sagte: »Die Mehrzahl, Gunner. Jene, die nicht gesund genug sind, um wieder ins normale Leben zurückgeschickt werden zu können.«
»Und die anderen?«
»Nun, sie haben zumeist keine Angehörigen mehr – sie wurden getötet, du weißt ja. So wurden sie hier in Belport zu Pflegeeltern gegeben. Einhundertundacht – nicht wahr, Tom? Und nun erhältst du vielleicht eine Vorstellung davon, wogegen du anzukämpfen hast.«

In dem Flügel befanden sich etwa einhundert jener Kinder, und ich bekam nicht alle zu sehen. Zu einigen hatte man keinen Zutritt. Whitling erzählte etwas davon, aber konnte mir den Raum nicht zeigen, in dem die jüngsten und am schlimmsten zugerichteten Kinder lebten, und der ständig auf der Bluttemperatur eines lebenden Organismus gehalten werden mußte. Darin war eine gnotobiotische Atmosphäre mit etwas höherem Oxygen- und Feuchtigkeitsgehalt als in der Erdatmosphäre; dazu erhöhter Druck, um die geschwächten Metabolismen bei der Verarbeitung des Oxygens zu unterstützen. Rechts davon, weiter den Korridor entlang, lagen die kleinen Einzelzimmer, worin sich die entsetzlichsten Fälle von allen befanden. Die ansteckend verseuchten Fälle. Die Unheilbaren. Die Unglücklichen, deren bloßer Anblick für die anderen unerträglich war. Whitling war zuvorkommend genug, mir durch die Beobachtungsklappen Einblick in einige Kammern zu gewähren, in denen sie lagen (oder sich krümmten oder stocksteif dort standen), zur Isolation ohne Ende verurteilt. Eine der arkturischen Versuchsserien waren Transplantationen gewesen, und das Projekt war anscheinend von einer launenhaften Persönlichkeit geleitet worden. Das jüngste Opfer war gerade über drei Jahre alt, das älteste um die zehn.
Der Eindruck, den ihre Menge auf mich machte, war beunruhigend, und wenn ich die Gefühle, die ihr Anblick bei mir verursachte, übergehe, dann nur, weil sie allzu leicht zu erraten sind.
Kinder in tiefster Qual! Selbstverständlich waren jene, die man wieder unter die Menschen gelassen hatte, nicht in so schockierendem Zustand wie diese. Aber ihr Schicksal verkrampfte jedes Herz – sogar das meine – und jedesmal, wenn die Pflegeeltern, einer ihrer Nachbarn oder ein zufälliger Besucher dieses Ziehen im Herz spürte, mußte sie zugleich der Gedanke überkommen: *Das haben die Arkturier getan.*
Nachdem sie die potentiell gefährlichen Erwachsenen ermordet

hatten, fingen sie die wehrlosen Kleinen als begehrte Forschungsexemplare.
Und ich hatte gehofft, dies mit fünfhundert arkturischen Haustierchen aufwiegen zu können!
Whitling führte mich auf diesem Rundgang durch den ganzen Flügel, und in seiner Stimme klangen die Anklagen mit, die ich zu besänftigen hatte; er liebte und umsorgte diese Kinder.
»Hallo, Terry«, sagte er, während er sich auf der Dachterrasse über ein Bett beugte und dem kleinen Patienten durch das schneeweiße Haar fuhr. Terry lächelte zu ihm empor.
»Natürlich kann er uns nicht hören«, sagte Whitling. »Wir haben vor vier Wochen neue Gehörnerven eingepflanzt – habe es selbst gemacht – aber sie funktionieren nicht. Der dritte Versuch. Und natürlich ist jeder Eingriff mit einem größeren Risiko als der vorherige verbunden: Antikörper.«
Ich bemerkte: »Er sieht nicht älter als fünf Jahre aus.« Er nickte. »Aber der Überfall auf die Kolonie war . . .«
»Oh, ich verstehe«, sagte Whitling. »Die Arkturier waren natürlich auch an der Fortpflanzung ihrer Gefangenen interessiert. Ellen – sie wurde vor ein paar Wochen entlassen – war damals erst dreizehn, aber sie mußte sechs Kinder austragen. Das hier ist Nancy.«
Nancy war vielleicht zwölf Jahre alt, und in ihrer Haltung und in ihren Armbewegungen glich sie einer aufgescheuchten Ente. Sie kam hinter einem Ball hereingestolpert, blieb stehen und betrachtete mich voller Abneigung und Mißtrauen.
»Nancy ist eine der Gesündesten«, erklärte Whitling stolz. Er bemerkte meinen Blick. »Nein, es ist nichts schiefgegangen«, fügte er hinzu. »Sie wurde auf dem Mars geboren. Sie hat sich noch nicht der irdischen Schwerkraft angepaßt, das ist alles; sie ist nicht plump – der Ball springt ihr zu langsam. Das ist Sam.«
Sam war fast zehn Jahre alt; er kicherte auf seinem Bett, während er den offenbar äußerst schwierigen Versuch unternahm, den Kopf aus dem Kissen zu heben. Eine süße, junge Schwesternhelferin zählte bei ihm, während er die Brust mit dem Kinn anstieß, eins und zwei, eins und zwei. Nach fünf Übungen sank er grinsend zurück.
»Sein Zentralnervensystem war fast völlig dahin«, sagte Whitling zärtlich. »Aber wir machen Fortschritte. Die Regeneration des Nervengewebes ist furchtbar . . .«
Ich hörte nicht zu; ich vermochte den Blick nicht von dem Grinsen des Jungen abzuwenden, das schwarze Zahnstummel sehen ließ.. »Mangelerscheinungen«, sagte Whitling, der meinen Blick wiederum bemerkt hatte.
»All right«, sagte ich. »Ich habe genug gesehen, und jetzt möchte ich hier raus, bevor man mich zum Windelnwechseln einsetzt. Ich danke Ihnen, Commander Whitling, ich glaube, ich muß Ihnen danken. Wo geht es hinaus?«

IV

In Habers Büro wollte ich jetzt nicht zurück. Ich hatte Angst, welche Art von Gespräch sich ergeben könnte. Aber ich mußte erfahren, wie es um unsere Arbeit stand, und ich mußte essen.
So nahm ich Candace mit zurück ins Hotel und bestellte uns zwei Mahlzeiten.
Ich stand an dem geheizten Fenster und schaute hinaus auf die Stadt, während Candace aus der Filiale die erforderlichen Informationen einholte. Ich hörte nicht einmal hin, weil Candace wußte, was ich erfahren wollte; ich betrachtete bloß die Stadt ringsum, wie sie sich an einem durchschnittlichen trägen Montag darbot. Belport war sternförmig angelegt, mit einem zentralen Ballungsgebiet, in dem die pilzförmigen Bauten vorherrschten, die vor zwanzig Jahren beliebt waren. Das Hotel, in dem wir uns befanden, war ebenfalls ein solches Haus, und von meinem Fenster aus vermochte ich drei weitere zu sehen, undeutlich unter und über mir erkennbar, zu beiden Seiten, und hinter ihnen bemerkte man die kirchturmähnlichen Apartmentbauten der Wohnviertel. Ich konnte auf dem Hauptverkehrsstraßen eine langsam daherkriechende Schlange von bunt geschmückten Fahrzeugen erkennen, versehen mit den Parolen unserer Umzüge. Oder denen der Opposition. Aus vierhundert Fuß Höhe schien der Unterschied keine Rolle mehr zu spielen.
»Du weißt, Schatz«, sagte ich, als sie das 3-V abschaltete, »daß es unvernünftig ist. Ich gebe zu, daß das mit den Kindern eine traurige Angelegenheit ist, und wer könnte sich ihrem Anblick verschließen? Aber sie haben verdammt nicht das geringste damit zu tun, ob die Arkturier draußen am See einen telemetrischen Stützpunkt mit Handelsaufgaben bekommen oder nicht.«
Candace sagte: »Warst du es nicht, der mir beigebracht hat, daß Logik nichts mit Public Relations zu schaffen hat?«
Sie stellte sich neben mich an das Fenster, machte eine Drehung, setzte sich halb auf die Leiste und las von ihrem Notizblatt vor.
»Zwischentestergebnisse um einen halben Punkt positiver ... Haber sagt, ich könne dir versichern, das sei ein Sieg – es würde gewiß noch zwei weitere Punkte geben, ohne Berücksichtigung der arkturischen Kätzchen. Die Briefe wegen der Angebote sind abgeschickt. Chikago genehmigt eine Budget-Erhöhung. Das ist das wichtigste.«
»Danke.« Die Tür läutete, und sie wandte sich ab und ließ den Kellner mit dem Essen ein. Ohne großen Appetit sah ich ihr zu, außer vielleicht Appetit auf das, was im Menü nicht enthalten war: Candace selbst. Dennoch versuchte ich zu speisen.
Candace war anscheinend nicht geneigt, mir die Einnahme des Essens zu erleichtern. Statt dessen verhielt sie sich in der Tat so, wie es ansonsten beileibe nicht ihrem Charakter entsprach. Wäh-

rend des ganzen Essens redete sie, und ihr einziger Gesprächsstoff waren die Kinder. Ich hörte von Nina, die mit fünfzehn Jahren nach Donnegan General gekommen war – die mit niemand sprechen wollte, einundfünfzig Pfund wog und schrie, bis man ihr erlaubte, sich unter dem Bett zu verstecken. »Und nach sechs Monaten«, sagte Candace, »gab man ihr ein Püppchen, und durch *dessen* Mund sprach sie zu ihnen.«

»Woher weißt du das alles?« fragte ich.

»Von Tom. Und dann gab es dort die entkeimten Kinder ...«

Sie erzählte mir von ihnen, über die Reihen von Injektionen und Markeinpflanzungen, die nötig geworden waren, die Abwehrkräfte der Körper zu reaktivieren, ohne die Patienten umzubringen. Und von jenen mit den zerstörten Gehör- und Sprachzentren; wahrscheinlich hatten die Arkturier sich für die Frage interessiert, ob Menschen ohne lautliche Artikulation zu rationalem Denken fähig sind. Von jenen, die zu Ernährungsforschungen mit chemisch erzeugter purer Glukose aufwachsen mußten. Von jenen, die man künstlich zu Blutern gemacht hatte. Von den Kindern ohne Tastsinn und den Kindern ohne entwickelte Muskulatur.

»Tom hat dir all das erzählt?«

»Und einiges mehr, Gunner. Und bedenke, das sind die Überlebenden. Einige Kinder, die umsichtig genug waren ...«

»Wie lange kennst du Tom?«

Sie legte ihre Gabel nieder, schüttete Zucker in den Kaffee und nahm einen Schluck, während sie mich über den Rand der Tasse anschaute. »Oh, seit ich hier bin. Zwei Jahre. Seit kurz vor der Ankunft der Kinder, natürlich.«

»Sehr gut, nehme ich an.«

»O ja!«

»Er mag diese Kinder wirklich – das habe ich bemerkt. Und du magst sie auch.«

Ich schlürfte weiter meinen Kaffee, der wie dünnes Spülwasser schmeckte, langte nach einer Zigarette und sagte: »Ich glaube, ich habe womöglich zu lange gewartet, für deine Situation hier, oder wie?«

»Nun ja, Gunner«, sagte sie vorsichtig. »Ich denke, wahrscheinlich hast du den Zug abfahren lassen.«

»Ich will dir sagen, was ich noch glaube, Schatz. Ich glaube, du hast mir etwas zu sagen, was nicht die Abstimmung in der nächsten Woche betrifft.«

Und sie sagte, nicht ungewichtig: »In der Tat, Gunner, Weihnachten werden Tom Whitling und ich heiraten.«

Ich schickte sie in die Filiale zurück und streckte mich rauchend auf dem Bett aus; dabei beobachtete ich den Rauch, wie er von den Ventilatoren in den Wänden aufgesogen wurde. Es war ziem-

lich friedlich und ruhig, weil ich den Schreibtisch so eingestellt hatte, daß er bis auf weiteres alle Anrufe lediglich aufzeichnete. In mir war kein Gefühl.
Perfektion ist so selten, daß es interessant ist, auf einen Fall zu stoßen, in welchem jemand in jeder Hinsicht perfekt falsch vorgegangen ist.
Würde ich jetzt meine kleine Liste hervorgezogen haben, ich hätte keinen Punkt abhaken können. So oder so. Ich hatte Haber nicht gefeuert, und ich verspürte auch keine Lust mehr dazu, denn in diesem Fall hatte er nicht einmal so schlecht gearbeitet wie ich; die Resultate wiesen es aus. Ich hatte die Kinder besichtigt, nun gut. Ein wenig zu spät. Ich hatte Connick gesehen, den Opponenten Nummer Eins gegen den arkturischen Antrag, und was ich erfahren konnte, würde Connick Schaden zufügen, nun ja, aber ich vermochte nicht einzusehen, wie es uns eine erfolgreiche Arbeit ermöglichen sollte. Und selbstverständlich war ich weit entfernt davon, Candace Harmon zu heiraten.
Denke nach, dachte ich, als ich mit dem Stummel eine neue Zigarette entzündete, da war ein fünfter Punkt, und auch in dieser Hinsicht war ich gescheitert.
Die Klassiker der Public Relations beweisen uns deutlich, wie wenig sie mit Vernunft gemein hat, und doch hatte ich mir erlaubt, in die älteste und höchst schwachsinnige Falle zu tappen, der man in unserer Branche begegnen kann. Man erinnere sich der Meisterstreiche unserer Branche: »Die Juden versetzten Deutschland den Dolchstoß!« – »Achtundsiebzig (oder neunundfünfzig oder einhundertundacht) zugelassene Kommunisten im State Department!« – »Ich will nach Korea!« Für ein Thema ist Rationalität nicht genug; in der Tat ist sie *schädlich*, wenn man die Drüsen der Menschen anregen will, weil es, vor allen anderen Aspekten, einen so neuen, frischen und revolutionär einfachen Eindruck hinterlassen muß, daß ein bedrückendes, verwirrendes und unbequemes Problem plötzlich in einem aufmunternden und hoffnungsfrohen Licht erscheint. Oder so mußte der Durchschnittsmensch es sehen. Und seit er jede Menge Unfreundlichkeiten einstecken, quälende Stunden auf der Suche nach einem kleinen persönlichen Glück im Angesicht eines bankrotten Deutschland verbringen, in der Angst vor einem Machtwechsel oder in einem Krieg ohne Aussicht leben mußte, seither vermag keine *rationale* Lösung mehr der Engstirnigkeit beizukommen ... weil er bereits alle rationalen Lösungen begutachtet und sie entweder für nutzlos oder für zu kostspielig befunden hat.
Was ich in Belport hätte konzentriert anwenden müssen, war das breit angelegte, irrationale, geistesverwirrende Spektakel. Die Aktion ›Big Lie‹, wenn man so will. Und ich hatte es kaum zu einer geringfügigen Flüsterpropaganda gebracht.
Zu sehen, auf welch vielerlei Weise ich den falschen Weg gegan-

gen war, erwies sich als interessant. Einschließlich der, mag sein, größte Irrweg: Candace Harmon war mir durch die Lappen gegangen. Und dann, während ich solchen Gedanken nachhing, die in mir beinahe Haß gegen mich selbst weckten, läutete die Tür, und ich öffnete, und davor stand dieser Bursche im Olivgrün der Raumtruppe und sagte: »Folgen Sie mir, Mr. Gunnarsen, das Team von der Waffenstillstandskommission möchte mit Ihnen reden.«

Für einen schockartigen Moment war ich wieder neunzehn Jahre alt. Ich war Raumsoldat 3/c auf dem Mond und schützte die Aristarchus-Basis vor Invasoren aus dem All. (Damals hielten wir das alle für einen großen Witz. Das zeigt, wie ein Witz recht unglücklich zu bitterem Ernst werden kann.) Dieser Bursche war ein Colonel, sein Name Peyroles, und er führte mich den Gang hinunter zu einem Privataufzug, den ich nie bemerkt hatte, und der uns in das Pilzdach beförderte, in eine Zimmerflucht, gegen die meine wie der Keller unter der Hunderennbahn zu Old Levittown wirkte. Der Geruch wurde übermächtig. Jetzt fiel mir die passende Antwort auf diese Zumutung ein, und ich holte mein Nasopax heraus. Der Colonel sah mich nicht einmal an.

»Setzen Sie sich!« bellte er und ließ mich vor einem nicht in Betrieb befindlichen Heizungskörper stehen. Etwas war los; aus einem Nebenzimmer vernahm ich mehrere Stimmen.

». . . eine Puppe verbrannt, und, bei Gott, wir werden einen richtigen verbrennen . . .«

». . . riecht wie ein Stinktier . . .«

». . . dreht mir den Magen um . . .«

Und der letzte Sprecher, wer immer es sein mochte, kam der Sachlage so ziemlich am nächsten – obwohl ich innerhalb der wenigen Sekunden, seit ich die Zimmerflucht betreten hatte, den Geruch fast nicht mehr wahrnahm. Es war komisch, wie man sich damit abfand. Wie eine Scheibe Käse: Beim ersten Schnuppern scheint sie auf den Magen zu schlagen, aber sehr schnell haben sich die Geruchsnerven daran gewöhnt und eine Abwehr errichtet.

». . . na schön, der Krieg ist vorüber, und wir müssen mit ihnen auskommen, aber die Heimatstadt eines Mannes . . .«

Was auch immer in dem Zimmer geschah, es ging lautstark vor sich. Die Geduld war schnell verloren in der Anwesenheit von Arkturiern, weil der Geruch natürlicherweise jeden anwiderte. Die Leute mögen schlechte Gerüche nicht. Sie sind nicht nett. Sie erinnern uns an Schweiß und Exkremente, und wir haben es zum Stützpfeiler unseres Lebens gemacht, daß sie in den allerpersönlichsten Bereich gehören. Schließlich ertönte ein lauter militärischer Ruf nach Ordnung – ich erkannte die Stimme von Colonel Peyroles – und dann folgte eine Stimme, die, obwohl sie Englisch sprach, einen sonderbar nichtmenschlichen Klang hatte. Ein Arkturier? Wie war sein Name, Knafti? Aber nach allem, was ich ver-

nommen hatte, vermochten sie menschliche Laute nicht nachzuahmen.
Wer es auch war, er bereitete der Sitzung ein Ende. Die Tür flog auf; ich sah ein Dutzend feindselig abgewandter Gesäße das Zimmer durch eine andere Tür verlassen. Der Colonel der Raumtruppe kam zu mir, und mit ihm ein ziemlich junger Mann mit einem blassen Engelsgesicht, der ein Bein nachzog und Zivilkleidung trug . . . und, ja, der Arkturier. Es war der erste, dem ich so nahe gegenüber stand, in so kleiner Gesellschaft. Er wabbelte auf vier von sechs Beinen herüber, die wie mit Kleiderhaken bewehrt waren, der obere Teil des Körpers stak in einer goldenen Hülle, und er wandte mir sein Gesicht zu, dessen große schwarze Augen mich anstarrten.
Peyroles schloß die Tür hinter ihnen, trat neben mich und sagte: »Mr. Gunnarsen . . . Knafti . . . Timmy Brown.«
Ich besaß nicht die leiseste Ahnung, was ich tun oder sagen sollte. Knafti sah mich gnädig und erhaben an. Der Junge nickte. Ich sagte: »Erfreut, daß ich Sie sehe, meine Herren. Wie Sie vielleicht wissen, habe ich mich schon einmal mit Ihnen in Verbindung zu setzen versucht, aber Ihre Leute haben mich abgewiesen. Ich vermute, die Dinge liegen nun in anderen Händen.«
Colonel Peyroles warf einen finsteren Blick auf die Tür, die er soeben verschlossen hatte, hinter der noch immer Stimmen lärmten, sagte aber dann zu mir: »Sie vermuten ziemlich richtig. Das war übrigens eine Bürgerdelegation.«
Ein Mann unterbrach ihn, indem er die Tür aufriß, sich in den Rahmen lehnte und schrie: »Peyroles! Kann das Ding verstehen, was ein ehrlicher Mann sagt? Ich hoffe es. Ich hoffe, daß es mich versteht, wenn ich sage, daß ich es zu meiner persönlichen Aufgabe mache, es zur Hölle zu schicken, wenn es sich morgen um diese Zeit noch in der Stadt aufhält. Und wenn irgendein Menschenkind oder ein sogenanntes Menschenkind von Ihrem Schlage mir in den Weg tritt, jage ich ihn ebenfalls zur Hölle!«
Er warf die Tür zu, ohne eine Antwort abzuwarten.
»Sehen Sie? meinte Peyroles ärgerlich. Mit disziplinierten Truppen hätten solche Dinge nicht geschehen können. »Das ist es, worüber wir mit Ihnen sprechen wollen.«
»Ich verstehe«, sagte ich, und es stimmte, ich verstand sonnenklar, weil es sich bei der Person, die unter der Tür gestanden war, um den hauptsächlichen Vertreter arkturischer Interessen in Belport gehandelt hatte, auf den wir zählten, das alte – wie nannte Connick ihn? – das alte Schlitzohr Tom Schlitz, der Mann, der zur Durchsetzung unserer Interessen gewählt werden sollte.
Beurteilte man die Bedeutung der Äußerungen, die ich von der Bürgerdelegation gehört hatte, dann lag Mordlust in der Luft. Ich konnte verstehen, daß die Kommission sich reserviert verhielt und mich heranzog, bevor die Dinge völlig außer Kontrolle ge-

rieten und in einem Mord gipfelten, wenn man das Umbringen eines Arkturiers so nennen will ...

... obschon, so fiel mir ein, Knafti zu lynchen, mochte nicht das Dümmste sein, das geschehen konnte; der Haß der Bevölkerung würde personell kanalisiert ...

Ich schob den Gedanken beiseite und wurde geschäftlich.

»Über was?« fragte ich. »Ich schätze, Sie wollen, daß ich etwas für Ihr Image unternehme.«

Knafti setzte sich, falls dies eine analoge Handlung war, auf ein Doppelgerüst. Der blasse Junge flüsterte ihm etwas zu und trat zu mir. »Mr. Gunnar*sen*«, sagte er, »ich bin Knaf*ti*.« Er sprach die Vokale mit großer Präzision aus und beendete jeden Satz mit einer Dehnung der letzten Silbe, als habe er Englisch aus einem Wörterbuch gelernt. Ich verstand ihn mühelos. Aber ich begriff nicht, was er meinte. Ich benötigte einen Augenblick, um zu realisieren, was er sagen wollte, und Peyroles griff helfend ein.

»Er meint, er spricht momentan für Knafti«, sagte der Colonel. »Dolmetscher, verstehen Sie?«

Der Junge bewegte kurz die Lippen – als müsse er einen Gang einlegen – und sagte: »Das stimmt, ich bin Timmy *Brown*. Knaftis Übersetzer und Assis*tent*.«

»Dann fragen Sie Knafti, was er von mir will.«

Ich versuchte es auf seine Weise zu sagen – eine Art von Niesen für das ›K‹ und ein unbeschreibliches Pfeifen für das ›f‹.

Timmy Brown bewegte erneut seine Lippen und sagte: »Ich, Knafti, wünsche Sie aufzuhalten ... zu verlassen ... abzubrechen Ihre Operation in Bel*port*.«

Auf seinem Gerüst wedelte der Arkturier mit seinen schleimigen Beinen und schnatterte wie ein Eichhörnchen. Der Junge zirpte zurück und sagte: »Ich, Knafti, lobe Ihre wertvolle Mitarbeit, aber hören Sie auf da*mit*.«

»Womit er meint«, grollte Colonel Peyroles, »Sie sollen die Klamotten hinschmeißen.«

»Timmy – ich meine, Knafti, dies ist meine Aufgabe, für die ich bezahlt werde. Die Arkturische Konföderation selbst hat uns beauftragt. Ich erhalte meine Anweisungen von Arthur S. Bigelow jr. und führe sie aus, ob Knafti das gefällt oder nicht.«

Zirpen und Schnattern zwischen Knafti und dem blassen humpelnden Jungen. Der Arkturier verließ sein Gerüst, bewegte sich zum Fenster und blickte hinaus auf den Himmel und die Hubschrauber. Timmy Brown sagte: »Es spielt keine Rolle, wie Ihre Befehle aussehen mögen. Ich, Knafti, sage Ihnen, Ihre Arbeit ist schäd*lich*.« Er zögerte, etwas murmelnd. »Wir wünschen nicht, unsere Basis um den Preis der Wahrheit zu erlangen, und ...« – er wandte sich flehentlich nach dem Arkturier um – »... es ist augenfällig, daß Sie die Wahrheit verfälschen wol*len*.«

Er zirpte zu dem Arkturier, der seine matten schwarzen Augen von der Scheibe abwandte und zu uns kam. Genau besehen, gehen Arkturier nicht. Sie schleppen sich auf dem kleineren Teil des Körpers dahin. Ihre Beine sind geschmeidig und dünn, und welche nicht zur Fortbewegung benutzt werden, dienen der Gestik. Knafti setzte jetzt die Mehrzahl für eine heftige Gestikulation ein, als er dem Jungen eine kurze Serie von Lauten entgegenzirpte.

»Andernfalls«, beendete Timmy Brown die Unterredung, »versichere ich, Knafti, Ihnen, müssen wir den Krieg fortset*zen*.«

Sobald ich wieder in meinem Zimmer war, benachrichtigte ich Chikago und erbat Anweisungen und eine Erklärung; ich erhielt die erwartete Antwort:

> Stellung halten. Anfrage bei ASB jr. läuft.
> Erwarten Sie Instruktionen.

So wartete ich, aber versäumte keineswegs, Candace in der Filiale anzurufen, wo ich den letzten Stand der Dinge erfuhr. Ich erzählte ihr von der Unruhe beim Komitee und erkundigte mich nach ihrer Meinung.

Sie schüttelte den Kopf. »Wir haben ihren Terminplan, Gunner. Es heißt darin bloß: ›Sitzung mit städtischer Delegation‹. Aber einer der Delegierten hat eine Sekretärin, die mit einem Mädchen von Records & Accounting zu Tisch geht, und ...«

»Und du wirst etwas erfahren. Gut, erledige das, und nun, wie sehen die Tabellen aus?«

Sie verlas kurze Auszüge und Lageberichte. Sie erwiesen sich als gemischt, aber insgesamt nicht schlecht. Meinungsumfragen zeigten in der Tat einen kleinen Trend zugunsten der Arkturier. Es war nicht viel, aber das erste reale Plus, das ich hier erlebte, und doppelt verwirrend, bedachte man Knaftis Anwandlungen und das Gezänk der Bürgerdelegation.

Ich fragte: »Wie kommt das, Schätzchen?«

Candaces Gesicht auf dem Bildschirm zeigte die gleiche Verwirrung wie meines.

»Wir sind bei den Nachforschungen.«

Es gab weitere Pluspunkte. Die Blumenausstellung hatte überraschend großen Gewinn in der Haltung der Leute gebracht – unter jenen, die sie beachteten. Natürlich war das nur ein winziger Teil der Bevölkerung von Belport. Die arkturischen Kätzchen wiesen ebenfalls ein Plus für uns aus. Schlecht stand es weiterhin um die Beschlüsse der Schulpflegschaft-Sitzungen, Candaces Gesellschaft für arkturisch-amerikanische Freundschaft, und in sehr traurigem Umfang beim nachbarlichen Kaffeeklatsch.

Nun wußte ich, worum ich mich kümmern mußte, ich sah, wo die Kinder den negativsten Einfluß ausübten. Wo die Bürger im Kreis ihrer Familien interviewt wurden, war die Reaktion außerordentlich mies, im Gegensatz zu den Ergebnissen, die bei der

Befragung unter außerfamiliären Umständen erzielt wurden – am Arbeitsplatz, auf der Straße, im Theater.
Das Wesentliche daran war, was ich bereits Connick erzählt hatte. Kein Mann ist ein eingleisiges Wesen. Er legt ein bestimmtes Verhalten an den Tag, wenn es um sein Ansehen als Oberhaupt der Familie geht, ein anderes auf einer Cocktail-Party, ein anderes am Arbeitsplatz, ein anderes, wenn ein hübsches Mädchen neben ihm im Hubschrauber sitzt. Elementare Erkenntnisse. Aber die Leute unserer Branche haben ein halbes Jahrhundert gebraucht, um ihre Anwendung zu erlernen.
In diesem Fall lagen die Maßnahmen auf der Hand. Familiäre Elemente herunterspielen, die anderen betonen. Ich bestellte noch mehr Lichterparaden auf dem Fluß und einen Schönheitswettbewerb für Teenager. Ich sagte die vierzehn vorgesehenen Picknick-Rennen ab und ordnete eine Überwachung der Kaffeeklatsch-Versammlungen an.
Damit befolgte ich nicht genau die Anweisungen aus Chikago. Aber das war gleichgültig. Alles konnte mit einem einzigen Wort rückgängig gemacht werden, und obendrein waren es nur Kleinigkeiten. Die große Erleuchtung blieb weiterhin aus.
Ich zündete mir eine Zigarette an, dachte eine Minute lang nach und sagte: »Schätzchen, besorge mir ein paar der synoptischen Auszüge der Befragungen von Familienhäuptern, besonders von solchen, die solche Kinder in Pflege haben. Ich möchte keine Integrationsfaktoren oder Analysen. Nur das bloße Interview, ohne Beiwerk.«
Und kaum war sie vom Bildschirm verschwunden, schaltete sich Chikago mit einer Nachricht ein, die auf mich wartete.

> Rückfrage von ASB jr. Alle Budget-Begrenzungen aufgehoben. Sie haben freie Hand, können Sie garantieren, wiederhole: garantieren, daß wir gewinnen?

Die Antwort fiel nicht aus, wie ich gedacht hatte. Aber die Frage war berechtigt. Ich überdachte sie für einen Moment.
Bigelow jr. hatte mir bereits völlig freie Hand gewährt – wie immer; wie könnte ein Feuerwehrmann von meiner Art sonst arbeiten? Wenn er seine Erklärung jetzt wiederholte, konnte das kaum bedeuten, daß er der Auffassung war, ich habe ihn das erste Mal nicht verstanden. Es konnte auch nicht zutreffen, daß er mich der Käuflichkeit verdächtigte. Er meinte das eine: Gewinnen Sie, egal wie.
Ließ es sich unter diesen Umständen schaffen? Natürlich konnte ich gewinnen. Ja. Vorausgesetzt, ich bekam die große Erleuchtung. Eine Wahl kann man immer gewinnen, jede Wahl, überall, wenn man bereit ist, den entsprechenden Preis zu zahlen.

Schwierig war, den Preis in Erfahrung zu bringen. Kein Geld. Manchmal ist eine menschliche Existenz der Preis, in jener Rolle zum Beispiel, in welcher Connick sich befand. Bereite den Göttern ein Menschenopfer, und dein Gebet wird erhört ...
Aber war Connick das Opfer, das die Götter beanspruchten? Würde es helfen, ihn zu opfern, beachtete man, daß sein Gegner einer der Männer gewesen war, die in den Räumen des Waffenstillstands-Teams Knafti angebrüllt hatten? Und wenn – war mein Dolch scharf genug, sein Blut fließen zu lassen?
Nun, bisher hatte es immer geklappt. Und wenn Connick nicht der richtige Mann war, ich würde den richtigen finden. Ich antwortete angenehm kurz: Ja.
Und in weniger als einer Minute, als hätte Bigelow jr. neben dem Apparat gestanden und auf dieses Wort gewartet – und womöglich traf dies zu! – kam seine Rückantwort:

> Gunner, wir haben den Auftrag der Arkturischen Konföderation verloren. Der AK-Verbindungsmann hat alle Zusagen zurückgenommen. Sie erklärten den Vertrag für nichtig und gaben zu verstehen, daß sie auch die militärischen Verträge aufheben wollen. Ich muß Ihnen nicht sagen, daß wir die Leute benötigen. Es besteht die Möglichkeit, daß sehr gute Resultate sie umstimmen. Dafür müssen wir kämpfen. Ich setze Ihnen keine Grenzen, Gunner, gewinnen Sie die Abstimmung.

Dann ertönte das Rufsignal der Filiale. Wahrscheinlich war es Candace, aber ich hatte jetzt keine Lust, sie zu sprechen. Ich schaltete alle Empfangskanäle aufnahmebereit, entkleidete mich, stieg unter die Dusche, stellte den starken Strahl ein und ließ das Wasser auf mich herabtrommeln. Das war keine Denkhilfe, sondern Denkersatz.
Ich wollte nicht mehr denken. Ich hatte keine Lust mehr. Ich wollte nicht daran denken, ob a) der Krieg erneut ausbrechen, und wenn, in welchem Maße ich daran mitschuldig sein würde; b) was ich mit dem netten Kerl namens Connick anstellen sollte; c) ob es das wert war, oder d) wie sehr ich mich am bevorstehenden Weihnachtsfest hassen würde. Ich ließ mich nur noch von dem heißen Strahl wohlriechenden, schäumenden Wassers betäuben. Als meine Haut weiß und runzlig wurde, verließ ich die Dusche, obwohl ich zu keinen Entscheidungen und zu keinerlei Lösungen gelangt war, kleidete mich an, aktivierte die Kanäle und ließ sie alle blinken, summen und lärmen.
Candace nahm ich zuerst an die Reihe. Sie sagte: »Gunner! Guter

Gott, hast du von der Waffenstillstandskommission gehört? Sie haben eine Erklärung abgegeben ...«
»Ich weiß. Was gibt es noch, Schätzchen?«
Gutes Mädchen, sie hielt den Laden in Gang und versäumte trotzdem nichts.
»Dann gab es da die Sitzung der Bürgerdelegation beim Team ...«
»Ich war dabei. Sie haben sich mit den Militärs zerstritten. Was noch?«
Sie warf einen flüchtigen Blick auf die Papiere in ihrer Hand, zögerte und meinte: »Nichts von Bedeutung. Äh, Gunner, die 3-V-Show heute abend ...«
»Yeah, Schätzchen?«
»Soll ich sie streichen?«
Ich sagte: »Nein. Es stimmt, wir wollen unsere Zeit nicht für die Gesellschaft für Arkturische-Amerikanische Freundschaft vergeuden, oder was dergleichen im Terminkalender steht, aber andererseits müssen wir die Zeit nutzen. Ich weiß bloß noch nicht, was am besten zu tun ist.«
»Aber Junior sagte ...«
»Schätzchen«, meinte ich, »Junior sagt viel, wenn der Tag lang ist. Irgend jemand in der Nähe, der auf meinen Skalp scharf ist?«
»Well«, sagte sie, »da ist Mr. Connick. Ich dachte, du wolltest ihn nicht sehen.«
»Doch, das will ich. Ich empfange jeden.«
»Jeden?« Sie war überrascht und schaute wieder in ihre Papiere. »Da ist jemand vom Team ...«
»Von mir aus kann es vollzählig kommen.«
»... und Commander Whitling von ...«
»... von der Klinik. Sicher, und richte ihm aus, er möge ein paar Kinder mitbringen.«
»... und ...« Sie unterbrach sich und sah mich an. »Gunner, treibst du Unfug mit mir? Du willst doch nicht im Ernst alle diese Leute sehen.«
Ich lächelte, streckte die Hand aus und legte sie auf das Bildtelefon. Für sie mußte es aussehen, als krieche eine riesige, verschwommene Hand in ihren Bildschirm, aber sie würde wissen, was los war. Ich sagte: »Du könntest dich nicht mehr irren. Ich will. Ich will, ich will sie alle sehen, je mehr, um so besser, und am besten ist es, sie alle im Büro zu empfangen. Sorge dafür, Schätzchen, weil ich inzwischen sehr beschäftigt sein werde.«
»Womit beschäftigt, Gunner?«
»Damit beschäftigt, mir zu überlegen, warum ich sie sehen will.«
Und ich schaltete das Bildtelefon aus, erhob mich und ging, ließ die anderen Anrufer hinter mir ins Leere gackern. Was ich benötigte, war ein langer, langer Spaziergang, und den unternahm ich.

Als ich müde wurde, ging ich in die Filiale und scheuchte Haber aus seiner Privatwohnung auf. Ich ließ ihn neben dem Schreibtisch warten, der sich bis vor kurzer Zeit noch in seinem Besitz befand, während ich mich mit Candace besprach und feststellte, daß sie alle Termine dieses Abends für mich erledigt hatte; dann befahl ich ihm, sich zu verkrümeln. »Und vielen Dank«, sagte ich.
Er verharrte auf seinem Weg zur Tür. »Wofür, Gunner?«
»Für ein sehr hübsches Büro, in dem man die Zeit totschlagen kann.« Ich wies auf das Mobiliar. »Als ich in Chikago Ihre Verwaltungskosten eingesehen habe, wunderte ich mich, womit Sie fünftausend Dollars durchbringen konnten, Haber, und ich gestehe, daß ich zuerst vermutete, Sie würden sich Handsalben genehmigen. Aber ich habe mich getäuscht.«
Verletzt meinte er: »Gunner-Boy! So etwas würde ich mir nie erlauben!«
»Ich glaube Ihnen. Warten Sie eine Minute.« Ich überlegte eine Sekunde und beauftragte ihn, einige der Techniker hereinzuschicken, sowie mich durch niemand, aber auch niemand, unter welchem Vorwand er es auch versuchen sollte, stören zu lassen. Ich schüchterte ihn mächtig ein. Er verschwand, ein zitternder, ein wenig verärgerter, gereizter und bewundernd aufschauender Mann, ich glaube, weil jetzt bevorstand, wie der große Gunner sich aus der Affäre ziehen würde. Indessen instruierte der große Gunner kurz die Techniker, nahm ein zehnminütiges Nickerchen, trank den Martini aus dem Frühstücksfach und schüttete den Rest in den Abfluß.
Da bis zu dem von Candace vereinbarten Termin noch fast eine Stunde Zeit verblieb, sah ich mich in Habers Büro um, welche Unterhaltsamkeiten es bot.
Da war sein Schriftwechsel. Ich blätterte ihn durch und vergaß ihn; er enthielt keine wissenswerten Schätze jener Sorte, die mich interessieren, er war nicht einmal für Klatschtanten geeignet. Da gab es die Bücher im Regal. Aber ich hatte keine Lust, die Staubschicht abzuwischen, die sogar von den Reinigungsgeräten nicht erfaßt worden war. Da waren seine private Bar, und eine Sammlung von Fotografien in der untersten Schublade seines Schreibtisches.
Ziemlich lange blickte ich bloß gelangweilt vor mich hin und wartete, bis endlich einer der Techniker kam und berichtete, die von mir gewünschten Arrangements seien ausgeführt, und der 3-V-Bandeffekt-Monitor könne jetzt von dem Schreibtisch aus bedient werden; da fiel mir auf, daß ich jetzt einen vergnüglichen Weg hatte, die Zeit totzuschlagen.
Haben Sie jemals mit den Möglichkeiten eines 3-V-Monitors gespielt, mit einer ganzen Bibliothek von Bandeffekt-Streifen zur Verfügung? Man ist wie Gott.
Die Maschine spielt die gespeicherten Video-Bänder ab. Aber sie

vermag auch Blickwinkel und Perspektive zu manipulieren oder zwei Bänder zu überschneiden ... so daß man, wie ich es schon praktiziert hatte, eine Person, die man nicht leiden kann, in eine Verlegenheitssituation stellen und auf einen Montagebildschirm projizieren kann, und nur ein Studiotechniker vermag die Stellen zu finden, an denen das Muster seinen Zuschnitt verrät.
Seit Kinder im Spiel jede denkbare Situation erschaffen und wie unter realen Verhältnissen sich verhalten, ist dies Prinzip eine einleuchtende Möglichkeit, die Propaganda der gröbsten Probleme zu entheben.

Natürlich weiß jeder, daß so etwas möglich ist. So genügt der bloße Augenschein längst nicht mehr, um sich von etwas zu überzeugen, nicht einmal einem Wähler. Und die Gesetze sind in dieser Beziehung hart. Ich hatte daran gedacht, zum Beispiel Connick in ein schreckliches Bild zu projizieren. Aber es würde nicht gut ausgehen. Die Gegenseite besaß noch genug Zeit, den Hinweis auf Wahlschwindel zu verbreiten, und ein Betrug von solcher Bedeutung würde seinen eigenen unaufhaltsamen Weg in die Schlagzeilen machen. So verwandte ich die Maschine zu einem Zweck, der mich stärker interessierte. Ich benutzte sie als Spielzeug.
Ich begann, indem ich die lunare Aristarchus-Basis als Hintergrund wählte und ein Korps Raumsoldaten in langen Mondschritten aufmarschieren ließ, und setzte einer der behelmten Figuren mein eigenes Gesicht ein, fuhr mit der imaginären Kamera vor und zurück und beobachtete R 3/c, Odin Gunnarsen, als Jungen von neunzehn Jahren, beängstigend unvernünftig, aber er tat seine Arbeit. Er war ein ganz netter Junge, dachte ich objektiv, und fragte mich, was später mit ihm schiefgegangen war. Ich löschte die Projektion und suchte nach neuen Vergnügungen. Im Speicher fand ich Candaces Bild, und ich erfreute mich für eine Weile an ihr. Ihr offenes, freundliches Gesicht verlieh den fantastischen Körpern von einem halben Dutzend 3-V-Stripperinnen etwas Würde, aber ich stoppte die Kinderei.
Ich suchte nach umfangreicheren Ausblicken. Ich breitete den ganzen Schimmer des Sternenhimmels über den Bildschirm der Maschine. Ich machte die Krümmung der Vorderpranke des Großen Bären aus und folgte ihrem Verlauf über den halben Himmel, bis ich den orangenen Arkturus lokalisiert hatte. Dann stürzte ich auf den Stern zu; während kleinere Sterne anwuchsen und prasselnd aus ihrer Bahn purzelten, erkannte ich seine sieben graugrünen Planeten und lokalisierte Nummer Fünf, den Planeten, der Knafti ausgebrütet hatte. Ich entriß dem Computerhirn der Maschine rekonstruierte Weltraum-Bombardements zu meinen Diensten, und ich sah Höllenbomben riesige Pilze verseuchten Wassers in den arkturischen Himmel schleudern, die Inselstädte

von Flutwellen gepeitscht und im Tode verschlungen werden.
Dann zerstörte ich den ganzen Planeten. Ich verwandelte Arkturus in eine Nova und beobachtete, wie die glühende Gasmasse der Sonne sich aufblähte und den Planeten erfaßte, die Meere zum Kochen brachte, die Städte unter Schlacken begrub ... und bemerkte, daß ich schwitzte. Ich entnahm dem Spender einen neuen Drink und schaltete den Monitor ab. Und dann sah ich auch, daß das matte Blaulicht über der Tür intensiv glühte. Es war Zeit; meine Gäste waren eingetroffen.

Connick hatte drei von seinen Kindern mitgebracht; Whitling zwei Kinder aus Donnegan General; Knafti kam mit Timmy Brown und Colonel Peyroles.
»Willkommen auf der Geisterbahn«, sagte ich. »Der Lynch-Mob fällt in diesem Jahr jung aus.«
Sie schnauzten alle zugleich auf mich ein – oder, alle außer Knafti, dessen Zwitschern und Schnattern nicht genug Volumen besaß, durchzudringen. Ich hörte zu, und als sie Anzeichen der Beruhigung zeigten, langte ich wieder in die Saufkiste des fetten Katers Haber, goß mir einen ordentlichen Schluck ein und sagte: »Also, wer von euch Kriechern möchte zuerst durchdrehen?« Und sie begannen erneut zu toben, während ich soff. Alle, außer Candace Harmon, die nur bei der Tür stand und mich anblickte.
So sagte ich: »All right, Connick, Sie zuerst. Wollen Sie, daß ich in den Nachrichten verbreiten lasse, daß Sie eine unehrenhafte Entlassung hatten? ... Und nebenbei, vielleicht möchten Sie meinen bediensteten Denunzianten kennenlernen; Miß Harmon dort hat den Schmutz ausgegraben, der Sie betrifft.«
Ihr Freund kläffte etwas, aber Candace sah mich nur weiter an. Ich erwiderte den Blick nicht, sondern richtete meine Augen auf Connick. Er schielte mich an, schob die Hände in die Taschen und meinte mit beachtlicher Selbstbeherrschung: »Sie wissen, daß ich damals erst siebzehn Jahre war.«
»Sicher. Ich weiß noch mehr. Ich weiß, daß Sie in dem Jahr nach der Entlassung einen Nervenzusammenbruch erlitten, Raumkrankheit, wie die Einseifer es nennen. Auf dem Mond nannten wir es Gelbfieber.«
Er blickte rasch seine Kinder an, die beiden eigenen und das Adoptivkind, und sagte schnell: »Sie wissen, daß ich die Amnestie hätte beanspruchen können ...«
»Aber Sie taten es nicht. Wichtig ist nicht, daß Sie desertiert sind. Wichtig ist, daß Sie nicht ganz bei Trost waren. Und, so behaupte ich, Sie sind es noch heute nicht.«
Timmy Brown stotterte: »Einen Mo*ment.* Ich, Knafti, habe die Einstellung der ...«
Aber Connick stieß ihn zur Seite. »Warum, Gunnarsen?«

»Weil ich diese Abstimmung zu gewinnen beabsichtige. Ich frage nicht nach den Kosten – ganz besonders nicht, was es Sie kostet.«

»Ich, Knafti, habe angeordnet ...« setzte Timmy Brown nochmals an.

»Die von der Waffenstillstandskommission erlassenen Befehle ...« Das war Peyroles.

»Ich frage mich, wer schlimmer ist, ihr oder die Wanzen!« Und das war Candaces junger Freund aus der Klinik, und dann legten sie wieder alle zusammen los. Sogar Knafti schleppte seinen goldenen Schneckenwanst näher heran, schnatternd und pfeifend, und Timmy Brown weinte tatsächlich, während er mir beizubringen versuchte, ich mache alles falsch, müsse sofort aufhören, die ganze Sache sei gegen die Befehle, und warum wolle ich nicht davon Abstand neh*men*?

Ich brüllte: »Schluß jetzt, allesamt!«

Sie hörten nicht darauf, aber ihre Lautstärke sank allmählich wieder. Ich redete über sie hinweg.

»Was, zur Hölle, geht es mich an, was irgendeiner von euch will? Ich werde für meine Arbeit bezahlt. Meine Arbeit ist, dafür zu sorgen, daß die Leute sich in einer bestimmten Weise verhalten. Und das mache ich. Mag sein, daß man mich morgen dafür bezahlt, zu erreichen, daß sie sich entgegengesetzt verhalten, und das werde ich ebenfalls tun. Zum Teufel, wer seid ihr eigentlich, mich herumkommandieren zu wollen? Ein Mistkäfer wie du, Knafti? Ein Militärquacksalber wie du, Whitling? Oder du, Connick. Ein ...«

»Ein Kandidat im Dienst der Öffentlichkeit«, sagte er deutlich. Und ich gab es ihm. Er begann nicht zu schreien, aber er übertönte mich. »Und als solcher habe ich die Pflicht ...«

Ich brüllte ihn nieder. »Kandidat! Sie sind ein Kandidat bis zu der Sekunde, in der ich die Wähler davon in Kenntnis setze, daß Sie ein Bekloppter sind, Connick! Und dann sind Sie tot! Und ich sage es ihnen, das verspreche ich, falls ...«

Ich hatte keine Chance, den Satz zu beenden, weil Connicks Kinder, alle drei, sich auf mich stürzten. Sie schleuderten die Papiere von Habers Tisch und zerschmetterten seine sandkristallene Karaffe, aber gelangten nicht an meine Kehle, die offensichtlich ihr Ziel war, weil Connick und Timmy Brown sie zurückdrängten. Nicht gerade sanft.

Ich erlaubte mir ein Hohnlachen. »Ihre Kinder mögen Sie, das gebe ich zu – auch das vom Mars. Jener, den Knaftis Leute für Vivisektionen gebraucht haben – an dem Knafti vielleicht selbst gearbeitet hat, möglich oder nicht. Nette Vorstellung, nicht wahr? Der freundliche Käfer dort, er mordet Säuglinge, zerschnitzelt Kinder ... oder wußten Sie nicht, daß Knafti einer der Oberkäfer an dem kindermörderischen Projekt war?«

Timmy Brown kreischte wild: »Sie wissen nicht, was Sie *tun*! Es war schließlich nicht Knaftis *Schuld*!«
Sein aschfahles Gesicht war verstört, seine Grimasse bleckte faule Zahnstummel. Und er weinte.

Wenn man ein einzelnes Molekül erhitzt, schießt es davon wie eine Katze mit einer Blechbüchse am Schwanz, aber es läßt sich nicht sagen, wohin es verschwindet. Erhitzt man ein Dutzend, schwirren sie nach allen Seiten davon, aber man weiß noch immer nicht, in welche Richtungen. Falls man jedoch ein paar Milliarden Moleküle erhitzt, wie sie etwa in einer Menge dünnen Gases enthalten sind, die in einen Fingerhut paßt, weiß man, wohin sie sich bewegen: Sie expandieren. Niemand kann sagen, wie ein einzelnes Molekül sich verhält – wem es gefällt, der kann es mit Eigenwilligkeit des Moleküls umschreiben – aber Massen unterliegen Massengesetzen. Massen jeder Art, auch eine so begrenzte Masse wie die grollende Truppe, die mich in Habers Büro heimsuchte. Ich ließ sie schelten, und sie schalten über mich. Sogar Candaces Blick war finster, ihre Augen hatten sich verdunkelt, und ihre Lippen arbeiteten, obwohl sie mich so schweigend und fest wie immer ansah.
Connick brachte endlich die Entscheidung.
»All *right*«, schrie er, »Leute, hört zu! Wir wollen die Sache jetzt durchstehen!«
Er stand auf, ein Kind unter jedem Arm, das dritte und jüngste hinter sich gegen die Tür pressend. Er blickte mich mit solchem Ekel an, daß ich es körperlich spüren konnte – und ich fühlte mich nicht wohl dabei, obschon ich nichts anderes erwartet hatte, und er sagte: »Es stimmt. Sammy hier ist eines der Kinder vom Mars. Mag sein, daß ich deswegen auf falsche Gedanken gekommen bin – er ist jetzt mein Kind, und wenn ich an die Stinkkäfer denke, wie sie schneiden ...«
Er unterbrach sich und wandte sich Knafti zu.
»Nun, ich begreife jetzt etwas. Ein Mann, der so etwas täte, wäre ein Feind. Ich würde ihm das Herz mit den bloßen Händen ausreißen. Aber Sie sind kein Mann.«
Grimmig ließ er die Kinder fahren und trat vor Knafti. »Ich kann Ihnen nicht verzeihen. Gott helfe mir, es ist unmöglich. Aber ich kann Sie, genau betrachtet, nicht mehr verantwortlich machen als einen Blitz, der in mein Haus schlägt. Ich glaube, ich habe einen Fehler gemacht. Vielleicht begehe ich jetzt wieder einen. Aber – ich weiß nicht, wie man das bei Ihnen macht – ich möchte Ihnen die Hand schütteln. Oder was immer, zur Hölle, Sie an deren Stelle haben. Ich habe Sie mir vorgestellt als perverse Mörder und unflätige Bestien, aber ich versichere Ihnen hier und jetzt, daß ich bereit bin, mit Ihnen zu arbeiten – für Ihre Niederlassung, für den Frieden, für alles, was wir gemeinsam

anpacken können – und auch mit einigen anderen Leuten hier im Raum!«
Ich blieb nicht, um die rührselige Szene zu verfolgen, die jetzt begann. Ich hatte es nicht nötig, da die Kameras und Bandgeräte, welche die Techniker in jeder geeigneten Ecke des Büros installiert hatten, an meiner Stelle arbeiteten. Ich hoffte nur, daß ihnen kein einziges Wort und kein Schrei entgangen war, weil sich die Szene wohl kaum wiederholen ließ.
Lautlos öffnete ich die Tür und ging. Und als ich mich entfernte, erwischte ich Connicks Jüngsten, wie er hinter mir zu der 3-V-Anlage im Wartesaal schlich, und ich streckte einen Arm aus, um ihn fernzuhalten.
»Stinker!« zischte er. »Drecksack!«
»Vielleicht hast du recht«, sagte ich zu ihm, »aber jetzt geh zurück und leiste deinem Vater Gesellschaft. Du bist heute im Abendprogramm zu sehen.«
»Quatsch! Jeden Montag gucke ich Dr. Schiwago, und in fünf Minuten fängt es an, und . . .«
»Heute fällt es aus, Junge. Das hast du auch mir zu verdanken. Wir haben die ganze Sendezeit für eine andere Show gekauft.«
Ich begleitete ihn zurück ins Büro, schloß die Tür, nahm meinen Mantel und verschwand.

Candace wartete mit dem Wagen auf mich. Sie saß selbst am Steuer.
»Langt es noch für die Maschine um zwanzig Uhr dreißig?« fragte ich.
»Klar, Gunner.«
Sie steuerte den Wagen auf die Hauptstraße, schaltete ihn auf Servo-Lenkung, verständigte den Flughafen und entzündete zwei Zigaretten. Ich nahm eine und blickte mürrisch aus dem Fenster. Unter uns, auf den Kriechspuren, bewegte sich ein Fackelzug mit Festwagen, Gesangvereinen und Freibier an jeder Ecke. Ich öffnete das Handschuhfach, nahm ein Fernglas und blickte hindurch.
»Du brauchst nicht nachprüfen, Gunner. Ich habe mich darum gekümmert. Sie preisen alle das Programm an.«
»Ich sehe es.«
Nicht nur, daß die Marschierer Transparente trugen, die für unsere abendliche Show warben, welche die Sender schon auszustrahlen begannen, auch beförderten die Fahrzeuge Bildgeräte und Verstärker. In der ganzen Prozession sah man, wohin man blickte, nichts als Knafti, riesig und erschreckend in seinem goldenen Brustpanzer, wie er die Kinder ergriff und sie vor der Attacke des Monsters von einem fremden Planeten schützte. Das Monster war ich. Die Techniker hatten in allerkürzester Zeit eine glänzende Trickarbeit geleistet. Die ganze Szene lief ab, so realistisch, als hätte ich es wirklich so erlebt.

»Möchtest du hören?« Candace reichte mir einen hyperbolischen Long-Hearer, aber ich benötigte ihn nicht. Ich erinnerte mich, was die Stimmen sagen würden. Connick würde da sein, mich anzuklagen. Timmy Brown würde mich anklagen. Die Kinder, alle. Colonel Peyroles würde anklagen, und Commander Whitling und sogar Knafti. All dieser Haß, und nur ein Ziel.
Mich.
»Natürlich wird Junior dich entlassen. Er muß es tun, Gunner.«
Ich sagte: »Ich brauche ohnehin Urlaub.« Es spielte keine Rolle. Früher oder später, wenn der Trubel vorbei war, würde Junior eine Möglichkeit finden, mich wieder einzuschleusen. Einmal würden die Prozesse beendet. Einmal würde die Waffenstillstandskommission ihre Arbeit abschließen. Einmal würde ich einen kleinen Fisch auf der Gehaltsliste abgeben, mit einem unwichtigen Posten in einer Filiale der Firma. Mit einer unbedeutenden Zukunft.
Wir glitten über eine spiralenförmige Rampe zu den Parkplätzen des Flughafens hinab. »Bis dann, Schätzchen«, sagte ich, »und ich wünsche euch beiden ein frohes Weihnachtsfest.«
»Gunner! Ich wünschte ...«
Aber ich wußte, was sie wirklich wünschte, und ließ sie nicht aussprechen. Ich sagte: »Er ist ein netter Bursche, dieser Whitling. Und du weißt ja. Ich nicht.«
Ich gab ihr keinen Abschiedskuß.
Der Jet stand startbereit. Ich schob mein Ticket in den Entwerter, erhielt Grünlicht, betrat die Maschine und belegte einen Fensterplatz auf der abgewandten Seite.
Man kann jede Sache gewinnen, wenn man den Preis zu zahlen gewillt ist. Es braucht nur ein Menschenopfer.
Als der Jet zu röhren, zu erbeben und schließlich von der Startbahn abzuheben begann, realisierte ich endgültig die Tatsache, daß der Preis ein für allemal entrichtet war.
Ich sah Candace auf dem Dach der Verladehalle stehen, der Düsenrückstoß riß an ihren Kleidern. Sie winkte mir nicht zu, aber sie stand dort, solange ich sie zu sehen vermochte.
Dann würde sie natürlich an ihre Arbeit zurückkehren; und letztlich, am Weihnachtsmorgen, zu dem netten Burschen von der Klinik gehen. Haber würde seine inzwischen bedeutungslose Filiale wieder in Obhut nehmen. Connick würde jetzt gewinnen. Knafti würde seinen unbegreiflichen Geschäften mit der Erde nachgehen. Und falls einer von ihnen einmal an mich denken sollte, dann mit Ekel, Zorn und Verachtung. Aber auf die Art gewinnt man Wahlen. Man muß den Preis zahlen. Es war eben Pech in diesem Spiel, daß ausgerechnet ich der Preis war.

Der Unhold

Wie schön sie ist, dachte Dandish, und wie hilflos. An ihrem Nacken baumelte der Identifikationsstreifen aus Plastik, und da sie gerade aus ihrem Flüssigkeitstank kam, trug sie nichts anderes.
»Bist du wach?« fragte er, aber sie regte sich nicht.
Dandish fühlte seine Erregung wachsen; sie lag so still, so ohne Schutz. Ein Mann könnte jetzt zu ihr kommen und ihr jedes und alles antun, und sie würde sich nicht wehren. Oder besser gesagt, natürlich nicht reagieren. Ohne sie zu berühren, wußte Dandish, daß ihr Körper warm und trocken war, zu vollem Leben erwacht, und in wenigen Minuten würde sie zu Bewußtsein kommen.
Dandish verbrachte diese Minuten, ohne das Mädchen noch einmal anzusehen, dessen Name, wie er wußte, Silvie war, das er aber nie zuvor gesehen hatte. Er war der Kapitän und einziges Besatzungsmitglied des namenlosen interstellaren Raumschiffs, das im Kälteschlaf befindliche Kolonisten von der Erde durch das weite, leere, langweilige All zu einem Planeten transportierte, der in den astronomischen Karten keinen Namen, sondern nur eine Nummer trug, doch jetzt Eleanor genannt wurde. Als er wieder hinschaute, war sie erwacht, aber die Sicherheitsgurte hielten sie noch in dem Behälter fest; ihr Haar hatte sich jetzt gelöst, und ihr Gesicht zeigte den Ausdruck von Ärger.
»Na schön. Wo sind Sie? Ich weiß, was gespielt wird«, sagte sie. »Wissen Sie eigentlich, was man dafür mit Ihnen anstellen wird?«
Dandish erschrak. Er mochte den Schrecken nicht, weil er ihn in Panik versetzte. Neun Jahre lang war nur das Gewisper der Sterne in das Schiff gedrungen; er hatte Zeit genug besessen, um sich daran gewöhnen zu können, aber es hatte ihn nur geängstigt. Es befanden sich siebenhundert Behälter mit Kolonisten an Bord, aber sie lagen bewegungslos und zerbrechlich in ihrem Bad aus flüssigem Helium und waren keine unterhaltsame Gesellschaft. Außerhalb des Schiffs war das nächste menschliche Wesen vielleicht zwei Lichtjahre entfernt anzutreffen, ausgenommen womöglich irgendein Raumer, der auf entgegengesetztem Kurs flog, wahrscheinlich weiter entfernt als der nächste Himmelskörper. Alles an dieser Reise war furchterregend. Die Einsamkeit war ein Schrecken. Durch wenige Zentimeter geschliffenes Glas zu starren und nichts zu sehen als die fernen Sterne, war ein Grund zur Panik. Vor fünf Jahren hatte Dandish beschlossen, nicht mehr nach draußen zu starren, aber er hatte den Vorsatz nicht einhalten können, er blickte immer wieder durch das kristallene Glas und lieferte sich seiner entsetzlichen Vision aus, die Versiegelung

könne brechen, das Glas hinausfallen, er hinterdrein, in seinem stählernen Gefängnis, endlos rotierend bis in das Herz eines der zehn Millionen Sterne hinein. In diesem Schiff war jedes Geräusch alarmierend. Seit niemand außer ihm mehr bei Bewußtsein war, schien jedes Knirschen von Metall, jeder dumpfe Aufprall eines Gegenstandes auf einen anderen, jedes noch so geringfügige Geräusch eine Bedrohung darzustellen, und jedesmal schwamm Dandish in einem Meer von Angst, für Stunden oder Tage, bis er das gebrochene Rohr oder die unverschlossene Tür, die ihn erschreckt hatten, finden und in Ordnung bringen konnte. Er träumte quälend von Feuer. Das war kindisch in einem Schiff aus Stahl und Glas, aber er träumte nicht von einem Häuserbrand, sondern von dem ungeheuren Feuer der Sterne.

»Kommen Sie heraus, damit ich Sie sehen kann«, forderte das Mädchen.

Dandish bemerkte, daß sie ihre Blöße nicht zu bedecken suchte. Nackt war sie erwacht und nackt blieb sie. Sie hatte sich aus den hinderlichen Gurten befreit und den Behälter verlassen, und jetzt ging sie in dem Raum umher, in dem sie erwacht war, und suchte ihn.

»Man hat uns gewarnt«, rief sie. » ›Nehmt euch in acht!‹ – ›Es wird euch leid tun!‹ – ›Hütet euch vor den Rowdies, die den Raum unsicher machen!‹ Das alles hat man uns bei der Auswanderungsbehörde gesagt, und jetzt sind Sie hier, na gut. Wo immer Sie auch stecken. Wo sind Sie? Um Gotteswillen, kommen Sie hervor, damit ich Sie sehen kann.«

Halb stand sie, halb schwebte sie wie ein Engel über dem Boden, während sie nervös auf unsichtbaren Fetzlein vertrockneter Haut auf ihren Lippen kaute und sich vorsichtig nach allen Seiten umblickte. Sie sagte: »Was für eine wilde Geschichte wollen Sie mir erzählen? Daß ein Meteor das Schiff zerstört und alle bis auf uns beide getötet hat, und daß wir zu einem endlosen Flug ins Nichts verdammt sind, nichts mehr tun können, als uns ein heiteres Zusammenleben einzurichten?«

Dandish betrachtete sie durch die Beobachtungsfenster zum Wiederbelebungsraum, antwortete jedoch nicht. In bezug auf seine Opfer war er ein Feinschmecker, in der Tat. Er hatte lange Zeit über seinem Plan zugebracht. Physisch war sie großartig, sehr jung, schlank, zierlich. Nach diesen Kriterien hatte er sie aus dreihundertzweiundfünfzig weiblichen Kolonisten ausgesucht, indem er die Mikrounterlagen mit ihren persönlichen Daten und Fotografien durchgeschaut hatte wie ein hi-fi-Liebhaber einen Katalog. Sie war die beste von allen. Dandish war nicht gescheit genug, um solche Daten auch nach psychologischen Gesichtspunkten beurteilen zu können, und deshalb hatte er sich an den einsehbaren Tatsachen orientiert. Er hatte ein vertrauensvolles und leichtgläubiges Opfer gewollt. Silvie, sechzehn Jahre alt und etwas

unterdurchschnittlich intelligent, schien höchst geeignet zu sein. Es war verwirrend, daß sie nicht mehr Angst zeigte.
»Dafür brummen sie Ihnen fünfzig Jahre auf!« schrie sie, sich umblickend, wo er sich verbergen konnte. »Das wissen Sie doch, oder?«
Der Behälter, dessen Sensoren registriert hatten, daß der Körper entfernt war, bereitete sich automatisch auf einen weiteren Einsatz vor. Sein dünnes Plastikpolster löste sich aus den Ecken, rollte sich ein und fiel in einen seitlich angebrachten Müllkasten. Aus einem Schlitz am Behälterrand entfaltete sich ein neues, aseptisches Polster und wurde befestigt. Die Generatoren überprüften ihre Funktionstüchtigkeit mit einem Tastimpuls, fanden sich fehlerfrei und aktivierten sich einsatzbereit. Eine Behälterwand senkte sich. Das Instrumentenbrett schwenkte vorsichtig in Position.
Das Mädchen war stehengeblieben, um den Vorgang zu beobachten; dann schüttelte sie den Kopf und lachte. »Haben Sie Angst vor mir?« rief sie. »Kommen Sie, wir wollen den Unsinn beenden.« Sie fügte hinzu: »Von mir aus: Gut, Sie haben mir einen Schreck eingejagt, und jetzt geben Sie mir ein paar Kleider, und dann wollen wir uns gemütlich über die Sache unterhalten.«
Enttäuscht wandte Dandish seine Aufmerksamkeit ab. Ein Signal erinnerte ihn daran, daß es Zeit für die halbstündliche Überprüfung der Schiffskontrollen war, und, wie er es bereits einhundertfünfzigtausendmal getan hatte, noch einhunderttausendmal tun mußte, prüfte er die Temperatur in den Heliumtanks, glich die Quantität des Heliums in den einzelnen Tanks aus, vergewisserte sich über den Stand der Reserven, verglich den Kurs des Schiffs mit den Flugkoordinaten, maß den Energieverbrauch und wandte sich schließlich wieder dem Mädchen zu.
Seine Maßnahmen hatten kaum eine Minute in Anspruch genommen, aber sie hatte bereits Kamm und Spiegel gefunden, welche er für sie bereit gelegt hatte und beschäftigte sich eingehend mit ihrem Haar. Ein Nachteil der Kälteschlaftechnik lag in dem Verhalten so feiner Strukturen wie dem Haar und den Finger- und Zehennägeln. Bei der Temperatur flüssigen Heliums wurde die organische Materie so trocken und spröde wie Prinz-Rupert-Drops, und bei der Entwicklung der Handhabungsmechanismen mußte dies berücksichtigt werden, indem man den Körper in einen elastischen Kokon hüllte und während der Einfriermaßnahmen den Gebrauch von Gegenständen vermied, die hart oder scharfkantig waren. Dennoch pflegten Nägel und Haare irgendwie ständig abzubrechen. Die Auswanderungsbehörde hämmerte den Kolonisten endlos die Notwendigkeit geschnittener Nägel und kurzer Haare ein, aber die Kolonisten waren nicht immer einsichtig. Silvie sah nun wie eine Schaufensterpuppe aus, an der sich ein Perückenmacherlehrling versucht hatte. Sie löste ihr Problem

schließlich, indem sie die Reste ihres Schopfes zu einem kleinen Knoten wand und den Kamm fortlegte; rings um ihren Kopf schlängelten sich dünne Haarsträhnen wie die Ausläufer eines Sandsturms.
Traurig drückte sie den Knoten in den Nacken und sagte: »Ich vermute, Sie finden das sehr lustig.«
Dandish überdachte die Frage. Er fühlte sich nicht zum Lachen gehalten. Vor zwanzig Jahren, als Dandish ein Teenager mit dem langen, fließenden Haar und den lackierten Fingernägeln war, eine Aufmachung, die der Kindermode des Jahres entsprach, hatte er fast jede Nacht von eben einer solchen Situation geträumt. Ein Mädchen für ihn, als sein Eigentum – nicht, sie zu lieben, zu vergewaltigen oder zu heiraten, aber als Sklavin zu haben, ohne daß jemand ihn davon abhalten könnte, mit ihr zu tun, was er auch wollte – davon hatte er jede Nacht in hundert Variationen geträumt. Er hatte nie jemand von seinem Traum erzählt, jedenfalls nicht direkt, aber in der Schulzeit, als sie angewandte Psychologie durchnahmen, brachte er es vor, als habe er davon in einem Buch gelesen, und der Lehrer, durch seine Augen geradewegs in seine Träume starrend, erklärte, das sei der unterdrückte Wunsch, mit Puppen zu spielen. »Dieser Bursche praktiziert ein Rollenspiel«, meinte der Lehrer, »das aus dem Wunsch resultiert, eine Frau zu sein. Diese eindeutigen Ventile unterdrückter Homosexualität können zahlreiche Formen annehmen ...« Und so weiter, und so fort, und obwohl die Träume in ihrem physischen Ergebnis so zufriedenstellend wie zuvor endeten, erwachte der junge Dandish am Morgen mit schlechtem Gewissen und Zorn.
Aber Silvie war weder ein Traum noch eine Puppe.
»Ich bin keine Puppe!« sagte Silvie so scharf, so plötzlich, daß Dandish einen Schock erlitt. »Kommen Sie heraus und benehmen Sie sich vernünftig!«
Sie richtete sich auf und hielt sich an einem der Griffe fest, die für die Bewegung bei Schwerelosigkeit überall angebracht waren, und obschon sie verwirrt und verärgert aussah, machte sie noch immer einen verängstigten Eindruck.
»Wenn Sie nicht völlig verrückt sind«, sagte sie deutlich, »was ich annehme, obwohl alles für das Gegenteil spricht, werden Sie nichts unternehmen, womit ich nicht einverstanden bin; Sie verstehen mich. Sie kommen ja nicht weit damit, nicht wahr? Sie können mich nicht töten – Sie könnten sich nicht herausreden, und nebenbei, man läßt Mörder nicht in der 1. Klasse reisen; nach der Landung brauche ich nur einen Polizisten rufen, und Sie fahren für die nächsten neunzig Jahre U-Bahn-Lokomotive.« Sie kicherte. »Ich kenne so etwas. Mein Onkel ist bei einer Steuerhinterziehung aufgeflogen, und jetzt ist er als automatischer Bagger im Amazonas-Delta eingesetzt. Sie sollten seine Briefe lesen.

Also kommen Sie endlich raus, dann werden wir sehen, ob ich mich nachsichtig mit Ihnen zeigen kann.«

Ihre Ungeduld wuchs, und sie schüttelte den Kopf. »Übrigens, da ich schon recht lange wach bin, müßte ich mal für Kleine Mädchen gehen, und nachher möchte ich etwas essen.«

Dandish fühlte eine schwache Befriedigung darüber, daß er diese Bedürfnisse vorausgesehen und entsprechend vorgesorgt hatte. Er öffnete die Tür zu den Waschräumen und schaltete den Grill ein, in dem bereits Notrationen auf ihre Zubereitung warteten. Als Silvie zurückkam, standen Kekse, Speck und heißer Kaffee für sie bereit.

»Ich vermute, Sie haben keine Zigarette?« fragte sie. »Naja, ich werde es überstehen. Wie steht es mit Kleidern? Und wie wäre es, wenn Sie sich endlich zeigen würden?«

Sie streckte sich, gähnte und begann zu essen. Augenscheinlich hatte sie eine Dusche genommen, wie es nach dem Erwachen aus dem Kälteschlaf grundsätzlich empfehlenswert war, um vertrocknete Hautschichten fortzuspülen; um ihr verdorbenes Haar hatte sie ein kleines Handtuch gewickelt. Dandish hatte das Tuch widerwillig in den Waschräumen gelassen, aber es war ihm nicht eingefallen, daß sein Opfer es um den Kopf wickeln könnte.

Silvie saß nachdenklich über dem Rest ihrer Mahlzeit und sagte nach einer Weile, als verlese sie einen Aufsatz: »Wie ich es verstehe, sind Raumfahrer immer recht seltsame Menschen, denn wer würde sonst ins Weltall reisen, für zwanzig Jahre hintereinander, auch für Geld würde das kaum jemand tun, nicht einmal für viel Geld. Also, Sie sind verrückt. Wenn Sie mich wecken, aber sich nicht sehen lassen, nicht mit mir reden wollen, dann kann ich es nicht ändern. Nun, ich verstehe, daß das Leben hier an Bord Sie verwirrt hat. Vielleicht wünschen Sie nur ein bißchen Gesellschaft? Ich begreife das. Ich könnte sogar mitmachen, und wir reden nicht mehr darüber. Andererseits, vielleicht bereiten Sie gerade irgend eine böse Geschichte vor. Ich weiß nicht, ob Ihnen das möglich ist, weil Sie natürlich genau getestet wurden, bevor man Ihnen diesen Job gegeben hat. Aber einmal angenommen. Was geschieht dann? Wenn Sie mich töten, werden Sie geschnappt. Töten Sie mich nicht, berichte ich alles nach der Landung, und Sie werden ebenfalls geschnappt. Ich habe Ihnen von meinem Onkel erzählt. Heute befindet sich sein Körper in den Tiefkühlhallen auf der sonnenabgewandten Seite des Merkur, und sein Gehirn baggert Kanäle im Amazonas-Delta. Mag sein, daß Sie das für nicht so schlimm halten. Onkel Henry mag es kein bißchen. Er hat keinerlei Gesellschaft, ähnlich wie Sie, und er sagt, daß seine Kontaktschläuche ständig wund sind. Natürlich könnte er sich versetzen lassen, aber er käme lediglich in einen anderen Apparat, der genauso ungemütlich wäre, und so knirscht er bloß mit den Zähnen – ich glaube, man sagt besser: Seine

Greiferzähne – und macht seine Sache, so gut es geht. Neunzig Jahre! Bis jetzt hat er bloß sechs geschafft. Sechs, als ich die Erde verließ, meine ich, was immer das jetzt sein mag. Das würde Ihnen nicht gefallen. Warum kommen Sie nicht lieber heraus und reden mit mir?«

Fünf oder zehn Minuten später, nachdem das Mädchen Grimassen geschnitten, sich einen Keks bereitet und ihn wütend gegen die Wand geschleudert hatte, von wo eine automatische Reinigungseinheit ihn entfernte, sagte sie: »Verflucht, dann geben Sie mir wenigstens ein Buch zu lesen.«

Dandish zog sich von ihr zurück und lauschte für ein paar Minuten dem endlosen Summen des Raumschiffs, dann aktivierte er den Gefrierbehälter. Er war lange genug Verlierer gewesen, um zu wissen, wann er seine Niederlage eingestehen mußte. Das Mädchen sprang auf, als die Seitenwände des Behälters sich öffneten. Weiche Tentakel ergriffen sie und legten sie auf den Boden des Behälters, und die Sicherheitsgurte legten sich über sie und rasteten ein.

»Sie verdammter Narr!« schrie sie, aber Dandish antwortete nicht. Die Betäubungsmaske senkte sich über ihr widerstrebendes Gesicht, und sie kreischte: »Warten Sie einen Augenblick! Ich habe nie gesagt, ich würde nicht ...«

Aber was sie sagen wollte, vermochte sie nicht mehr auszusprechen, weil die Maske ihre Worte erstickte. Innerhalb einer Sekunde schlief sie ein.

Eine Plastikfolie entfaltete sich und hüllte sie ein, legte sich über ihr Gesicht, ihren Körper, ihre Beine, auch um das Handtuch auf dem Kopf, und der Behälter rollte lautlos zu der Gefrierkammer. Dandish beobachtete den weiteren Vorgang nicht. Er wußte, was geschehen würde, und außerdem erinnerte ihn das Signal an die halbstündliche Überprüfung. Temperatur: Normal; Energieverbrauch: Normal; Kurs: Korrekt; von der Gefrierkammer war ein neuer Tank unterwegs in die Kältehallen, ansonsten: Normal.

Good bye, Silvie, sagte Dandish zu sich selber, du warst ein schöner Reinfall.

Vielleicht später, mit einem anderen Mädchen ... Aber Dandish hatte neun Jahre benötigt, um Silvie zu wecken, und er bezweifelte, daß ihm genug Zeit blieb, einen zweiten Versuch zu unternehmen. Er dachte an Onkel Henry, der am Amazonas einen Bagger steuerte. Dandish hätte an seiner Stelle sein können. Er genoß immerhin die Vergünstigung, seine Strafe im Steuermechanismus eines Sternenschiffs absitzen zu dürfen.

Er starrte mit den Rezeptoren, die jetzt seine Augen waren, hinaus auf die zehn Millionen Sterne. Er tastete sich mit den Radarantennen, die seine Arme waren, durch den Raum. Er trieb auf einem Strom von Ionen, fünf Millionen Meilen lang, der aus den Triebwerken kam, dahin. Er dachte an die Tonnen von hilflosem Fleisch in seinem Rumpf, die ihm hätten Lust bereiten können, befände sich sein eigener Körper nicht mit dem von Onkel Henry auf der Nachtseite des Merkur, an die Ängste, an denen er sich hätte weiden können, wäre es ihm gegeben, Angst einzujagen. Er hätte geschluchzt, wäre zum Schluchzen noch seine Stimme vorhanden gewesen.

Erde 18

Diese liebreizende Flugstrecke zwischen Los Angeles und Old Nueva York gehört zu den pittoreskesten planetarischen Routen der Erde. Von Ost nach West begegnet man überall den Spuren der frühen Tabakindianer, die den schrumpfenden Büffelherden bis zum Großen Goldrausch nach Hollywood folgten. Von West nach Ost trifft man stellenweise auch auf den Verlauf der Vernichtungs-Eklipse von 1999. Reich an historischen Sehenswürdigkeiten, herrlich in seinen natürlichen Schönheiten, ist Erde 18 als freundliches und preiswertes Erholungsziel berühmt, für alle, deren Haushalt keine größeren Vorhaben erlaubt.
0 km; wir beginnen die Besichtigung von Erde 18 mit der urzeitlichen Ansiedlung El Pueblo de Nuestra la Reine de Los Angeles, einst die (flächenmäßig) größte Gemeinde auf diesem Kontinent, heute die Niederlassung von ein paar tausend Menschen unter Verwaltung einer weganischen Raumbasis, die bei Capella XV unter Vertrag steht. Zur Zeit der Eroberung der Erde wurden hier von den Eingeborenen verschiedenartige Verteidigungsanlagen geschaffen, die sich aber als nutzlos erwiesen und heute von den Weganern als Trainingsobjekte für die Zerstörung von Verteidigungsanlagen gebraucht werden. Kaum noch etwas erinnert an dieses einst mächtige System von Mauern und Befestigungen, örtlich als Autobahnen bekannt. Auch an die Leute, die sie bauten, erinnert nichts mehr.
Von hier aus ist eine Anzahl von Abstechern möglich, welche der erfahrene Reisende aber zu meiden pflegt:

4 km westlich, erreichbar über die lokale Route Wilshire Boulevard, die La Brea Tar Pits, ein Gebiet von zehn Hektar Pleistozän-Asphaltschichten, Bestandteil einer sedimentären Serie aus Sand, Lehm und Kies, gegenwärtige Dicke zwischen 10 und 50 m. In ihrer geologischen Vergangenheit enthielten diese Schichten offen daliegende Teeradern, wahrscheinlich mit einem dünnen Wasserfilm getarnt, um die durstige Fauna anzulocken. Kleine Tiere blieben im Teer stecken und lockten Fleischfresser an, die sie zerreißen wollten, aber selbst gefangen wurden und ihrerseits spätere Formen anzogen, wie Sportsfreunde, Kaugummihändler und Postkartenverkäufer. Unter den Spezies, die wir im Teer entdecken, befinden sich Werwölfe, Säbelzahntiger und Mastodonten, die ausgestorben, und Hunde, Katzen und Menschen, die nicht ausgestorben sind.

46 km südöstlich, zu erreichen über die lokale Route JJ, befindet sich Disneyland, einst bewohnt von Amerikanischen Indianern, frühen Raumfahrern, Cowboys, Bankräubern und anderen primitiven Formen, die nicht mehr existieren.

324 km. Hoover-Wüste. Diese mächtige Dunstglocke, die nur mit Atemmasken zugänglich ist, bietet einen furchteinflößenden Anblick. Benannt nach dem Helden uralter Mythen (vgl. Hooverville, Hoovertown, Hoover-Staubsauger etc.); der Name verweist immer auf etwas Schäbiges oder Reinigungsbedürftiges. Aus jener Zeit stammt diese massive Ruine. Mehr als 500 m lang und knochenhart, war es einst ein riesiges Reservoir für die Wasser des Colorado-River, bis Einwohner des Staates Arizona, erzürnt über die ihrer Meinung nach ungerechte Verteilung des Wassers, eines Nachts unter den Damm krochen und die Schleusen öffneten.

489 km. Der Grand Canyon, 360 km lang und an manchen Stellen fast 30 km breit, wird an Größe und Schönheit oft mit der Polarspalte von Aldebaran XVIII verglichen, aber leider nie von denen, die Aldebaran XVIII besucht haben. An seinen scharf zerklüfteten Wänden können die aufeinandergefolgten Gesteinsformationen fast eine Milliarde Erdjahre zurückverfolgt werden, angefangen bei prä-kambrischen Mineralien und Quarzen, die kein einziges Fossil aufweisen, über Schichten, die aus Kambrium, Devon, Mississippium und dem Perm stammen, bis zu frischen Ablagerungen, die an archäologischen Funden, wie Coca-Cola-Kronkorken und verschmorten Bildröhren, äußerst reich sind.
Die unteren Regionen des Grand Canyon per Fuß oder per Tentakel zu erforschen, ist für Besucher, die sich davon nicht zuviel versprechen, ein fröhliches Unterfangen. Die Eingeborenen besorgen Packtiere für jene, die es wagen wollen, den alten Felswegen bis auf den Grund des Canyons zu folgen, wo solche Wüstenpflanzen wie Agaven und Spanische Bajonette prächtig erblühen. Die Packtiere sind kräftig, beweglich und eigens für ihr schweres Werk gezüchtet, eignen sich jedoch nicht für den Transport von Besuchern, die mehr als 120 Kilo wiegen. Für Besucher höheren Gewichts sind Vierfüßler, etwa »Pferde« oder »Maultiere«, erhältlich.
Die niederen Bereiche des Coconino-Plateaus, welches den südlichen Rand des Canyons bilden, sind freigegeben für Besucher mit Panzerkleidung oder Verteidigungswaffen. Diese Gebiete wurden von kleinen beteigeuzischen Chamäleons besiedelt, die, getarnt als Baumstümpfe oder Findlinge, neben den Wegen auf ihre Beute lauern.

677 km. Wupatki National-Denkmal. Dieser Fleck hat eine ereignisreiche und faszinierende Geschichte. Bedauerlicherweise ist nichts davon überliefert.

146 km nördlich, auf der planetarischen Route 356, kann man vielleicht die Lage der ehemaligen Navajo-Felswohnungen ausmachen, wo sich heute nur eine flache und uninteressante Ödnis befindet. Ihr jetziger Zustand datiert aus dem Jahre 1985, als ein Senator aus Arizona sie erfolgreich als Häuser klassifizieren und als Bestandteil »städtefeindlicher, rückschrittlicher Programmatik« demolieren ließ.

Bei 1088 km verläuft die Flugstrecke südlich des Mt. Taylor (3400 m), ein Gipfel der Rocky Mountain-Kette. Es empfiehlt sich erhöhte Aufmerksamkeit, da es sich bei dem schneebedeckten Gipfel im Süden nicht um einen Berg, sondern um ein großes beteigeuzisches Chamäleon handelt.

Bei 1204 km, wenn sich der Gleitapparat in einer Höhe von über 400 m befindet, kann man das Glück haben, südwärts ein schlammiges Rinnsal seinen unscheinbaren Weg fließen zu sehen, das einmal die Grenze zwischen den Provinzen Mexiko und Usa bildete. Seicht, schmal und zeitweise unbeständig, wurde dieser Fluß von den Eingeborenen spöttisch The Big River oder Rio Grande genannt.

1482 km. Die Karlsbad-Kavernen. An diesem Punkt berührt die Flugstrecke den Aufenthaltsort des nahezu letzten überlebenden Eingeborenendaseins in seiner Form, wie es vor dem Kontakt bestand. In diesem unterirdischen Reich gibt es, wie man weiß, mehr als 60 km Gänge und aneinandergrenzende Hohlräume, von denen einige eine Länge von fast einem Kilometer erreichen, und es ist eine Höhle von 85 m Höhe bekannt. Vor rund 60 Millionen Erdjahren dadurch entstanden, daß Wasser die Gips- und Kalksteinschichten forterosierte, wurden die Kavernen 1995 von Flüchtlingen besetzt, welche die nukleare Vernichtung fürchteten, und indem sie sich mit primitiven Arten der Nahrungssynthetisierung und Wasserzirkulation behalfen, haben Sie dort bis heute überlebt.
Die Gegend wurde zum Galaktischen Wildschutzgebiet erklärt, und das Betreten ist nicht erlaubt, außer Sie sind im Besitz eines lizensierten Intergalaktischen Wanderverzeichnisses und mit Unsichtbarkeitsfeld, Leisetretern usw. ausgerüstet. Genehmigungen sind beim Parkdirektor einzuholen. Wissenschaftler und Regierungsbeauftragte können bei Legitimierung zu außergewöhnlichen Besuchen zugelassen werden, auch mit dem besonderen Recht, nicht im Plan enthaltene Wege zu beschreiten und sich

Musterexemplare anzueignen, wobei letzteres aber einer schriftlichen Vereinbarung bedarf.
Die Höhlenkolonie umfaßt annähernd 1500 Menschen, und obwohl die Volkszählungen in den letzten Jahren in jedem Sommer einen Rückgang der Geburten verzeichnet haben, erwartet man, daß ihre Anzahl sich bei 1000 einpendeln wird. Die Eingeborenen sind kriegerisch und von einer mystischen Idee durchdrungen, die sie »Massive Vergeltung« nennen. Viel von ihrer religiösen Aktivität konzentriert sich auf den alljährlichen Kriegstanz und eine große Rollenspiel-Zeremonie, in der beliebte Helden, bekannt als Teller (d. h. der Gute) und Pauling (d. h. der Böse), in einem simulierten Kampf um die Entscheidung ringen, ob der »Knopfdruck« erfolgen soll oder nicht. Im allgemeinen gewinnt Teller immer, aber in einer mehr symbolhaften Fassung der Zeremonie wird der »Knopfdruck« oft auch durch eine Horde maskierter Meuchelmörder verhindert, in einem Ritus, der sich »Zivile Einmischung in Strategische Konzeptionen« nennt. Der »Knopfdruck« mag zu irgendeiner Zeit einmal etwas mit tatsächlich vorhandenen Waffen zu tun gehabt haben, aber inzwischen wurde natürlich dergleichen Zeug von sirianischen Ingenieuren unschädlich gemacht oder entfernt. Die Wohnstätten sind grundsätzlich in den Fels gehauen, obschon es auch Versuche gegeben hat, in den größeren Hohlräumen Hütten zu errichten, worin das Dorfleben noch mehr von seiner ursprünglichen Vitalität hat, die Frauen Kuchen backen und die Kinder versorgen, während die Männer ihren herkömmlichen Aufgaben nachgehen, wie Fledermausjagd und Fernsehreparatur.
In den vergangenen Jahren gab es in den Hallen der Protektoratsversammlung manche Debatte, wie das endgültige Schicksal dieser Kolonie aussehen solle; manche Parteigänger beantragten, den Höhlenbewohnern mitzuteilen, daß der Krieg aus sei und ihnen die Rückkehr an die Oberfläche zu ermöglichen, die eher konservativen Elemente befürworten, sie im gegenwärtigen Zustand zu belassen. Es ist anzunehmen, daß die letztere Auffassung sich weiter durchsetzen wird, zumindest so lange, wie der Planet ein adäquates Angebot anderer Proteine produziert.

2473 km. Houston, obwohl in hübscher Lage, ist für mehr als einen kurzen Abstecher nicht geeignet, weil es dort unerfreulich nach einer natürlichen hydrokarbonischen Zusammensetzung riecht. Das »Öl«, wie es heißt, das früher als Brennstoff gebraucht wurde, verpestet das Trinkwasser, die Luft und die Umgangsformen der Ansässigen, welche ernsthaft glauben, es könne wieder einmal von Wert sein, und die den Besuchern gegen Schokolade und buntes Glas »Verpachtungen« anzudrehen versuchen.

2576 km. Bei Galveston kann man bei Ebbe das rostende Wrack des nuklearen Schiffes *Savannah* erkennen, eines der ersten atomgetriebenen Fahrzeuge der Erde. Die örtliche Legende überliefert, daß seine Maschinen, angetrieben von »Kobalds« oder »Kobolde«, unter dem Kommando einer legendären Gestalt namens Rickover, niemals neuen Kraftstoff benötigten. Rituelle Streitigkeiten unter den Ansässigen machten es zur Zeit des Stapellaufs unmöglich, eine Mannschaft zu finden, das Schiff ging nie zu Wasser, tatsächlich ließen sie es nie dazu kommen.

3132 km. Hier verläuft der Kurs für eine Strecke von etwa 1500 km über das offene Meer; gerade südlich vom Mississippi-Delta liegt Gulfhaven, ein modernes Domizil für aquatische Formen, ausgestattet mit Druckkammern, Dampfgeneratoren, Wirbelerzeugern etc. Gulfhaven ist die einzige Touristenattraktion auf Erde 18, dessen Verwaltung und Finanzierung zu 100% unter terrestrischer Kontrolle stehen. Das Projekt wurde von Vereinigungen von Saiph III und dem Procyon-System gemeinschaftlich gefördert; die heutige Konstruktion wurde natürlich mit importierten Maschinen ausgeführt, meistens von Rigel VI. Unter den zahlreichen Formen des Sports und der Unterhaltung, welche dieser Ort bietet, sind auch Schwimmen, Strömungsschwimmen, Schwebeschwimmen, Tauchen, Versickern, Spirale und Gurgeln.
Die Einheimischen sind intelligent, kultiviert und zur Zusammenarbeit geneigt. Sie sind nicht mit der zweifüßigen Landform zu verwechseln, mit der sie einst um die Vorherrschaft über den Planeten rangen. Aquatisch, aber Luftatmer, sind die Terrestrier von Gulfhaven örtlich als »Delphine« bekannt.

4145 km. Amphibische Formen mögen Geschmack an einem Aufenthalt über den Everglades finden, ein Gebiet von 5000 km², ganz mit Sumpf, Wald, Morast und Wasserwegen ausgefüllt. Reich an jeder Abart jagbaren Getiers, werden die Everglades als Paradies für Jäger beschrieben, in dem beste Jagderfolge möglich sind: Bär, Otter, Rotwild, Weißbandenten, rosa Löffelenten, Mallard-Enten, Alligatoren, Menschen, weiße und blaue Reiher, Panther, Ochsenfrösche, Seekühe, Küstensperlinge und Schlangen sind dort heimisch. Meerforellen, Tarpon, Seewolf und andere maritime Wirbeltiere reizen die Besucher aquatischer Form. Insgesamt, die Everglades sind in dieser Gegend, wie man sich vorzustellen vermag, als Ausflugsziel von Intergalaktischer Spitzenklasse bekannt, für nahezu jede Art Besucher; ihre Attraktionen wurden durch die Parkverwaltung um ein enormes Programm entsprechender Bauten erweitert, darunter Kampfarenen, Gasthäuser und Grillstuben, mit eingeborenem Personal, das unschöne Reste entfernt.

ACHTUNG:

Dieses menschliche Personal ist nicht in die Gültigkeit Ihres Intergalaktischen Jagdscheins einbezogen. Bitte erweisen Sie der Parkverwaltung den Gefallen und erlegen Sie, wenn Sie auf eine kräftige Mahlzeit oder auf eine Trophäe bedacht sind, nur wilde Exemplare, denn das eigens ausgebildete Personal ist schwer zu ersetzen. Falls Sie unglücklicherweise ein Mitglied des Personals erwischen, melden Sie es unverzüglich dem Parkdirektor. Es ist ein angemessener Schadenersatz je Kilogramm (einschl. Kleidung) zu entrichten.

4267 km. In Miami Beach ist einfache Unterkunft schon für einige »Pennies« dortiger Währung erhältlich, in solchen Einrichtungen wie dem Eden Roc oder dem Fontainebleau. Südflorida hat ein subtropisches Klima (273°–288° A.) und präsentiert eine mannigfaltige, lieblich blühende Pflanzenwelt, allerdings nicht irdischer Herkunft. Gäste mit geologischem Interesse werden die Ostküste etwas höher gelegen als die Westküste finden, da der Golf von Mexiko die westlichen Erdformationen stärkerem Druck ausgesetzt hat; infolgedessen entdeckt man die älteren Gesteinsformationen leichter im Osten. In Bradenton (128 km NNW) sind die rostenden Überreste jener hydraulischen Kräne zu besichtigen, welche 1983 errichtet wurden, als ein »Kongreßmann« vom 9. Bezirk eine gewaltige staatliche Geldbewilligung durchfocht, um diese geologische Unregelmäßigkeit zu bekämpfen und »das verdammte Ding wieder gerade zu stellen«.

4591 km. Früher als Cape Canaveral bezeichnet, existiert hier jetzt ein Nationalpark; die Gegend ist reich an historischen Bezügen. Die Leute sind freundlich und verschaffen käufliche Andenken. Die Männer sind hochgewachsen, tragen weiche Kappen und sprechen einen merkwürdigen lokalen Dialekt. In Anwesenheit von Fremden zeigen die Frauen sich nicht. Ein interessanter Zug ihres Dialekts ist ihr numerisches System, das lautet: »Fünf, vier, drei, zwei, eins, oh, zur Hölle mit allem!« Die hervorragendste örtliche Sehenswürdigkeit ist ein steinerner Turm von 35 m Höhe, der ein primitives Raketengeschoß darstellt, berühmt als NASA-Totem, nach den Initialen der Nationalen Allgemeinen Sozialistischen Aktionäre, einer Gruppe, die als erste die Raketenforschung unterstützte.
Manny, ein Strandklub, bietet Lunch-Pakete für Durchreisende an und eine schlichte Mahlzeit für jene, die an Ort und Stelle im Anblick der verrosteten Startgerüste zu speisen wünschen. Eine dort erhältliche Delikatesse ist geräucherter Salm, der für die Eingeborenen unter dem Namen »Lachs« eine umfassende religiöse Bedeutung einnimmt.

4922 km. Brunswick, Georgia, der Ort der ersten weganischen Invasion von See durch weganische Marinetruppen während der Eroberung der Erde, ist nun grundsätzlich wegen seiner Wanderdünen bekannt, die sich nach Norden und Süden erstrecken, so weit das Auge reicht. Weganische Amphibienpanzer, von unterseeischen Terrassen der an Sandbänken reichen Küste her vorrückend, rollten hier landeinwärts, zerstrahlten Einzelziele mit Lasern und zerpulverten den Gegner mit einem synchron zu ihrem Vormarsch langsam vorausschreitenden Hagel von taktischen Nukleargranaten. Die anormal dichte Bevölkerung wurde restlos ausradiert. Ein Weganer fiel aus, als er sich bei einem Zusammenstoß seines Amphibienpanzers mit einer landenden Sturmplattform die Hüfte ausrenkte. Zur Besichtigung ist Brunswick kaum geeignet, weil schier nichts mehr zu sehen übrig ist, aber das hat man davon, wenn man Weganer an solche Aufgaben läßt.

Ein Abstecher nach Atlanta (426 km WNW) wird für den historisch gesonnenen Besucher von mehr Interesse sein. Diese Geisterstadt, heute lediglich von einigen kleinen Vierfüßlern und Taubenschwärmen bewohnt, war einst als große menschliche Ansiedlung angesehen und besaß so etwas wie den Status eines regionalen Kapitols. Nach griechischen Mustern erbaut – das besagt, unter Leitung einer vergnügungssüchtigen Aristokratie und mit der Arbeitskraft von Sklaven – wurde sie herabwürdigend als »Athen des Südens« bezeichnet. Hier kulminierte der weganische Ansturm in einem Brand der Stadt, ein Tag, der in jenem klagenden Volkslied der Eingeborenen weiterlebt: »Matschhirn Bormann, wir glaubten dich krepiert, aber du hast uns beschissen!«

5543 km. Washington. Das Klima dieser ehemaligen Provinzmetropole ist feucht-schwül, fieberverseucht und malariaträchtig, so daß sich der Aufenthalt in den Monaten Mai bis Oktober und Dezember bis März empfiehlt. Am günstigsten, falls das noch das richtige Wort ist, sind November oder April, wenn bloß das Wetter schlecht ist. Die Männer sind groß, faul und finster, mit buschigen Augenbrauen. Die Frauen pflegen sie zu beschimpfen. Der drollige Name der Stadt stammt aus dem Volksmund, der glaubt, dies Gebiet sei einst von zahllosen »Regierungsdienern« bewohnt gewesen, die äußerst fruchtbar waren, deren natürliche Vermehrung aber durch die Zerstörung ihrer Weidegründe zum Stillstand kam. Es wird behauptet, daß sie durch gegenseitiges Händewaschen am Leben blieben (vgl. *9007 Terrestrische Volkssprichwörter,* von I. Asenion), seither wird der Ort als »Wasch mir schon!« beschrieben.
Zimmer sind im »Weißen Haus zum Röss'l« erhältlich, aber Reisende sind angehalten, sich vor der Insektenpest zu hüten. In Fäl-

len dringenden Bedarfs lassen sich Mahlzeiten bei den Händlern in der Constitution Mall erhökern. Meiden Sie die Pennsylvania Avenue, wo sich Bettler (der lokale Terminus lautet: »Lobbyist«) in riesigen Mengen herumtreiben, winselnd und bettelnd verstümmelte Beine oder schwärende Wunden vorweisend, die sie als »Verringerte Abschreibungen« bezeichnen.
Der Aufenthalt ist nicht empfehlenswert.

Westlich steht, über 200 m hoch, die Ruine des Pentagons, von dessen fünf Seiten man sagt, sie symbolisierten die fünf Zweige der Regierung des alten Amerika: die Legislative, die Exekutive, die Justiz, das Militär und der Amerikanische Ärzteverband. Seine äußeren Korridore machen einen ausgestorbenen, geheimnisvollen Eindruck, besonders attraktiv für Kinder. Es ist jedoch nicht ratsam, die inneren Räumlichkeiten ohne einheimischen Führer zu betreten, oder zwei, falls jemand besonders hungrig sein sollte.

94 km nordwestlich, erreichbar auf der örtlichen Route XX-3, liegt Gettysburg, Schauplatz einer kleineren Auseinandersetzung zwischen Eingeborenen, aber ehrwürdigen Ansehens, da es nach dem legendären General und Ölprospektor J. Getty Eisenhoover benannt ist, der während der berühmten Kampagne »54,40‰ oder Krieg« gewählter Präsident der Vereinigten Staaten war – eine Gestalt, die eine Rolle bei der Erlangung Verringerter Abschreibungen (s. o.) spielt.

5781 km. In Philadelphia verbirgt ein altes Lamakloster einen bösartigen Fetzen, der für die Eingeborenen einen Brennpunkt religiöser Aufmerksamkeit darstellt. Im Erdjahr 1776 mit Metallplatten gedruckt, nennt es sich »Unabhängigkeitserklärung« und stellt ein Programm auf, das die Beseitigung bestimmter Ärgernisse verlangt, wie stehendes Militär und »eine Vielzahl neuer Beamter und ... Schwärme von Offizieren (die) unsere Bürger quälen und aussaugen«. Es mag interessant, aber fruchtlos sein, sich die Konsequenzen vorzustellen, wäre ein solches Programm erfolgreich durchgeführt worden.

5946 km. Old Nueva York. Diese Bucht, in welcher der Hudson in den Atlantischen Ozean fließt, gilt als ehemaliger Standort einer großen Stadt. Die Legenden liefern verschiedene Gründe für ihr Verschwinden. Davon ausgehend, daß sie der »Geldspeicher der Welt« war, behaupten manche Theorien, daß mit dem Rückgang des Geldumlaufs und dem Aufkommen von Kreditkarten die Bedeutung der Stadt allmählich verschwand und die »guten alten Zeiten« zurückkehrten. (Vgl. das rituelle Unterpflügen bei den Landbewohnern, das der Versöhnung böser Geister, wie der

Landvermessungsbehörde, gewidmet war.) Eine andere Legende erzählt von einer Zeit, in der man bei gewissen Zeremonien mächtige Monolithen errichtete. Diese Zeremonien sind von anderen primitiven Stämmen als »Erbprinzenkür« bekannt. Es soll einen Fall gegeben haben, daß ein Stamm, die Amerikanische Rundfunkgesellschaft, seine Lebenskraft mit der Errichtung eines ungeheuer hohen Bauwerkes vergeudete, nur, um von einem anderen Stamm, der PAN AM, überboten zu werden. Übereinstimmend mit diesen Erzählungen berichtet die Legende, daß das natürliche Fundament der Insel das Gewicht der auf ihr lastenden Riesenbauten einfach nicht mehr zu tragen vermochte, daß sie umkippte und im Meer versank. Eine dritte Legende, die Stadt sei in einem nuklearen Konflikt ausgelöscht worden, ist durch Anwendung phasenanalytischer Methoden auf der Basis einer Studie des menschlichen Charakters, wie er aus erhaltenen Dokumenten rekonstruiert wurde, einwandfrei widerlegt worden. Sicher waren sie verrückt, aber keine Rasse könnte *so* verrückt sein.

Auf jeden Fall befindet sich dort gegenwärtig eine breite, saubere Bucht, umgeben von herrlichen Wäldern und Savannen. Da das Wasser in der Bucht tief ist und Fahrzeugen Schutz bietet, wurde damals erwogen, ein Handelszentrum einzurichten, aber man gab das Projekt auf, als sich herausstellte, daß es auf der Erde nichts gab, was den Handel gelohnt hätte.

65 km östlich, zu erreichen über die örtliche Route Northern State Boulevard, liegt Levittown, eine überraschend gut erhaltene menschliche Gemeinde. Fast 90% der Häuser stehen noch, obgleich viele wegen des hohen Alters in schlechtem Zustand sind. Einige der Einrichtungen sind von traditioneller Lokalbedeutung, so die Wohnung an der Ecke Haltestelle Alexanderplatz und Les Champs Elysees du Quest. Das Gebäude ist für die Einheimischen ein Tabu, die behaupten, es sei in alter Zeit unter beschämender Verletzung des öffentlichen Geschmacks importiert worden, nämlich durch Barzahlung.

An verschiedenen Punkten südlich von Levittown wurden zivilisierte Kolonien etabliert, wo man Zimmer mieten und Mahlzeiten einnehmen kann. Ein berühmter alter Gasthof ist Howard Johnsons Schifferhotel, wo den Gästen 43 verschiedenartige Unterkunftsmöglichkeiten bereitet sind, einschließlich Supergravitation, Tiefsttemperatur und Methanversorgung. Mjlssss, weithin bekannt für seine arkturische Küche, belohnt den verwöhnten Gast mit einem erlesenen Gericht. Nicht empfehlenswert für Reisende mit Kindern unter 45 Kilo Gewicht. Beim Genuß arkturischer Kost ist Vorsicht geboten, da sie dazu neigt, den Gast zuerst zu verspeisen.

677 km nordwestlich, erreichbar über die örtliche Route Thruway, liegen die Niagarafälle, welche von manchen Reisenden als ein wundervoller Anblick gepriesen werden, vergleichbar mit den jovianischen Roten Flecken. Andere schildern sie als eintönig. Der Wasserfall selbst ist zweigeteilt, und die Teile sind in der Umgebung bekannt als der »amerikanische« und der »kanadische«, über welche eine Menge von etwa 450000 m^3 Wasser je Minute in eine Tiefe von durchschnittlich 50 m stürzen. Das ist alles. Es ist wenig genug.
6317 km. Boston, und das Ziel Ihres Ausflugs! Hier sollten die Reisenden sich um Transmitterplätze zur Rückkehr in die Zivilisation bemühen, was sie in den meisten Fällen nicht ohne ein herzliches Gefühl der Dankbarkeit tun.
Boston (oder manchmal »Boss-Turm« genannt) selbst ist ein Fischerdorf ohne besondere Eigenschaften, obwohl insgesamt attraktiv, vor allem, wenn man bei Dunkelheit eintrifft. Geklammert an eine unsichere Existenz, ständig bedroht vom Einfall der mächtigeren Nachbarn von der anderen Seite des Charles River, bietet Boston, umringt von Wachfeuern und unter hartem Gesetz von der Dämmerung bis zum Morgengrauen, des Nachts aus der Luft ein beeindruckendes Bild.
Die Stämme auf der anderen Seite des Flusses sind feindselig. Bis vor kurzer Zeit bereicherten sie die Erträge ihrer kümmerlichen Weidewirtschaft, indem sie Gleiter mit falschen Leuchtbaken köderten. Sie lauerten den Reisenden auf, beraubten sie und brachten sie auch bisweilen um, mit einer primitiven Waffe, eine Art von Bumerang oder »Rechenschieber«, die sie mit großer Kunstfertigkeit beherrschen. Natürlich wurden diese Dinge unterbunden. Die jetzigen Bewohner dieses Territoriums sind neue Einwanderer, ihre Vorgänger sind nun ausgerottet.

87 km östlich liegt Cape Cod, heute ein von weganischen Wassermännern bemannter Raketenstützpunkt, aber früher ein beliebtes Ferienziel der Menschen und historische Stätte der Anbetung. An seinen sandigen Ufern wurde eine Invasion der Wikinger unter Führung von Erik dem Roten durch Einheimische unter Joe McCarthy zurückgeschlagen, der, wie erzählt wird, die Wasser mit einem Birkenstab zerteilte, wodurch die Invasionsflotte Schiffbruch erlitt. Der Platz ist durch einen Monolithen gekennzeichnet, den man »Plymouth-Felsen« oder »Wrack« nennt.

Und so gelangen wir zum Ende des vergnüglichen Ausflugs auf der alten Erde 18! Im Namen der verschiedenen Parkdirektoren, der Tourismusagentur, und der überbelasteten Wildhüter, die auf diesem Planeten mit der Pflege der überlebenden Menschen beschäftigt sind, wünschen wir Ihnen eine angenehme Heimreise – und mehr Glück an Ihrem nächsten Ziel!

Vater der Sterne

1

Norman Marchand saß in den Flügeln der unteren Stufe des Festsaals, auf einem Lederpolster, das ihm jemand besorgt hatte. Im Saal befanden sich 1500 Leute, um ihm Ehre zu erweisen.
Marchand erinnerte sich gut an den Festsaal. Er hatte ihm einst gehört. Vierzig ... nein, nicht vierzig. Auch nicht fünfzig. Sechzig Jahre war es her, sechzig und mehr Jahre, daß Joyce und er in dem Saal getanzt hatten. Damals war es das allerneueste Hotel der Erde, und er der jung verheiratete Sohn des Mannes gewesen, der es gebaut hatte, und das Fest der Empfang anläßlich der Hochzeit mit Joyce. Natürlich würde keiner dieser Menschen hier etwas davon wissen. Aber Marchand erinnerte sich ... *O Joyce, mein Liebling!* Aber sie war jetzt lange Zeit tot.
Die Menge lärmte. Er blickte sich in den Flügeln des Saals um und konnte erkennen, daß der Prominententisch sich füllte. Da war der Vizepräsident der Vereinigten Staaten, der dem Gouverneur von Ontario die Hand schüttelte, als hätten sie für einen Augenblick vergessen, daß sie verschiedenen Parteien angehörten. Da war Linfox vom Institut, der höflich einem Schimpansen in den Sessel half, neben dem Platz, vor dem eine Reihe von Mikrofonen stand; das war wahrscheinlich Marchands Platz. Linfox schien Schwierigkeiten im Umgang mit dem Schimpansen zu haben. Der Schimpanse war ohne Zweifel transformiert, aber das Geschenk menschlicher Intelligenz hatte nicht seine Affenbeine verlängert.
Dann erschien Dan Fleury; er kam die Stufen vom Grund des Festsaals heraufgeschritten, wo der Rest der 1500 Gäste seine Plätze einnahm.
Fleury sieht nicht besonders gut aus, dachte Marchand – nicht ein kleiner Anflug von Befriedigung, obwohl Fleury fünfzehn Jahre jünger war. Dennoch war Marchand nicht neidisch. Nicht einmal auf den jungen Hotelpagen, der ihm das Polster gereicht hatte, der höchstens zwanzig Jahre alt und wie ein Football-Spieler gebaut war. Ein Leben war genug zu leben für einen Mann. Besonders, wenn der Traum eines Lebens zur Wirklichkeit geworden war. Oder fast.
Natürlich hatte es ihn alles gekostet, was sein Vater hinterlassen hatte. Aber wozu war Geld sonst gut?
»Es ist Zeit, Sir. Kann ich Ihnen behilflich sein?«
Es war der junge Hotelpage, dessen Uniform beinahe unter den starken, harten Muskeln seines jugendlichen Körpers platzte. Er war sehr eifrig. Einer der netten Züge bei diesem Dinner in einem Marchand-Hotel war, daß das Personal sich so respektvoll ver-

hielt, als sei er noch immer der Eigentümer. Wahrscheinlich war das der Grund, grübelte Marchand, aus welchem das Komitee es ausgesucht hatte, so seltsam und altmodisch wie es nun erscheinen mochte. Obwohl zu einer Zeit ...

Er raffte sich auf. »Es tut mir leid, junger Mann. Ich war ... zerstreut. Danke.«

Er erhob sich, langsam, aber ohne starke Schmerzen; es war ein langer Tag gewesen. Als der Hotelpage ihn die Stufen hinaufgeleitete, brach der Beifall schon so stark los, daß die automatische Volumenkontrolle seines Hörgeräts abschaltete.

So bekam er die ersten Worte Dan Fleurys nicht mit. Zweifellos galten sie der Begrüßung. Sehr vorsichtig ließ er sich in dem Sessel nieder, das Klatschen ließ nach, und es drangen einige Worte zu ihm durch.

Dan Fleury war nach wie vor ein großer Mann, mit einer Figur wie eine Trommel, buschigen Augenbrauen und dichter Haarmähne. Er hatte Marchands verrücktes Projekt, Menschen dem Weltraum anzuvertrauen, seit den Anfängen unterstützt. Jetzt konnte er sich in das gebührende Licht stellen.

»Der größte Traum des Menschen!« brüllte er. »Die Eroberung der Sterne! Und hier ist der Mann, der uns lehrte, wie der Traum zu träumen ist. Norman Marchand!«

Marchand verbeugte sich in den Beifallssturm hinein.

Das Hörgerät schirmte seine Ohren erneut ab, so daß er die nächsten Worte wieder versäumte.

»... und heute ernten wir die Früchte des Erfolges«, prahlte Fleury, »... gemeinschaftlich verbunden unter dem Eindruck dieser großen Hoffnung ... verschworen zu ihrer Erfüllung ... unseren Respekt und unsere Liebe für den Mann, der uns zeigte, welchen Traum wir brauchen!«

Während die Mitglieder des Amerikanischen Veteranenverbandes der Kraft von Fleurys Redekunst lauschten, lächelte Marchand auf das Meer von verschwommenen Gesichtern hinab. Es ist, dachte er, fast peinlich, wie Fleury es darstellt. Wahrlich, die Früchte des Erfolgs! Wie viele Jahre warteten sie nun geduldig darauf? Und das Tor war, vor ihren Augen, noch immer verschlossen. Natürlich, dachte er zynisch, hatten sie es eilig mit dem Dinner gehabt, denn man hätte den Gästen schwerlich eine Leiche vorstellen können. Aber noch ... Er machte eine schmerzhafte Drehung und sah Fleury an, halb perplex. Etwas lag in seiner Stimme. War da ... könnte es ...

Es konnte nicht, dachte er entschlossen. Es gab keine Neuigkeiten, keine Erfolge, keine Berichte von einem der umherschweifenden Raumschiffe, kein Traum, der endlich Wirklichkeit wurde. Er hätte es schließlich zuerst erfahren. Um nichts in der Welt hätten sie es gewagt, ihm eine solche Nachricht zu unterschlagen. Und er hatte keine Nachricht erhalten.

». . . und nun«, sagte Fleury, »will ich Sie nicht länger aufhalten. Nachher wird es noch umfangreicher Gespräche benötigen, um unsere Verdauung zu unterstützen, das verspreche ich Ihnen! Aber jetzt wollen wir essen!«
Gelächter. Beifall. Geflüster und das Klirren von Gabeln.
Die Aufforderung zum Essen schloß Norman Marchand natürlich nicht ein. Er saß dort, die Hände in den Schoß gelegt, beobachtete die Gäste, wie sie in sich hineinschaufelten, lächelte und fühlte sich ein bißchen überflüssig, mit dem bitteren Kummer der Steinalten. Ich mißgönne den jungen Leuten nichts *wirklich*, sagte er sich. Nicht ihre Gesundheit, ihre Jugend oder ihre Lebenserwartung. Aber er mißgönnte ihnen das Fruchteis.
Er tat so, als genösse er seine dicke rosa Suppe aus Zwieback und Milch. Nach den Aussagen von Asa Czerny, der es wissen mußte, da er Norman Marchand bereits ein Leben lang kannte, stand er vor klaren Verhältnissen. Er konnte essen was er wollte, oder er konnte noch leben. Eine Weile. Und jedesmal, wenn Czerny gutwillig, oder bösartig, genug war, ihm ein Höchstdatum für seine Lebenserwartung zu nennen, hatte Marchand in müßigen Augenblicken überlegt, wie viele von den verbleibenden Monaten er für eine einzige anständige Mahlzeit opfern würde. Er war ziemlich sicher, daß er an jenem Tag, an dem Czerny nach der allwöchentlichen Untersuchung erklären würde, daß nur noch Tage blieben, diese letzten Tage eintauschen würde, gegen Sauerbraten mit Bratkartoffeln und Rotkohl mit süßer Soße. Doch soweit war es noch nicht. Mit möglichst viel Glück blieb ihm noch ein Monat. Vielleicht zwei . . .
»Wie? Entschuldigen . . . Sie . . .«, sagte er, sich halb zu dem Schimpansen wendend. Trotz der Transformierung sprach das Tier so mangelhaft, daß Marchand sich zunächst nicht als der Angesprochene begriffen hatte.
Er hätte sich nicht bewegen sollen.
Sein Handgelenk hatte seine Geschmeidigkeit verloren; in seiner Hand neigte sich der Löffel; der Zwieback fiel. Er beging den Fehler, seine Knie zur Seite bewegen zu wollen – es war schlimm genug, alt zu sein; er mochte sich nicht auch beschmutzen – und er bewegte sich zu schnell.
Der Sessel stand am äußersten Rand der kleinen Plattform. Er fühlte, wie er umkippte.
Sechsundneunzig ist zu alt, um auf den Kopf zu fallen, dachte er; falls mir eine solche Dummheit nun zustoßen sollte, hätte ich ebensogut etwas von dem Schleim essen können . . . Aber er brachte sich nicht um.
Er prallte auf und wurde bewußtlos. Nicht für lange, denn er begann bereits aufzuwachen, als sie ihn zu seinem Ankleideraum hinter der Treppe beförderten.

Es hatte einmal eine Zeit gegeben, da hatte Norman Marchand begonnen, sein Leben einer Hoffnung zu widmen.
Reich, intelligent, verheiratet mit einer zärtlichen und schönen Frau, hatte er seinen gesamten Reichtum dem Institut zur Kolonisierung extrasolarer Planeten gegeben. Es waren, zunächst einmal, mehrere Millionen Dollars.
Das war der Hauptanteil des persönlichen Glücks, das ihm sein Vater hinterlassen hatte, aber es war bei weitem nicht genug, um die Arbeit zu tun. Es war bloß der Katalysator. Er investierte es in Werbeagenturen, Aktienpaketen, Investment-Gesellschaften und Stiftungen. Er investierte es in Film und Fernsehen. Er finanzierte Cocktail-Parties für Senatoren der Vereinigten Staaten und Preisausschreiben für die unteren Bevölkerungsschichten, und er tat, was er konnte.
Dann hatte er Geld gemacht. Es war eine riesige Menge Geld gewesen.
Und er nahm das Geld, das er erbettelt und erbeutet hatte, und benutzte es, um den Bau von sechsundzwanzig großen Raumschiffen zu finanzieren, jedes von den Ausmaßen eines halben Dutzend Ozeandampfer, und er hatte sie in den Weltraum verstreut wie ein Bauer den Weizen in den Wind.
Ich versuchte es, wisperte er zu sich, während er von dem finstersten Ort zurückkehrte, den er je gesehen hatte. Ich wollte den Menschen aufbrechen sehen und eine neue Heimat finden ... und ich wollte derjenige sein, der den Weg gewiesen hatte ...
Und jemand sagte: »... er wußte davon, nicht wahr? Aber wir wollten es schnell ...« Jemand anders gebot der ersten Person, den Mund zu halten. Marchand schlug die Augen auf.
Czerny war anwesend, er lächelte nicht. Er bemerkte, daß Marchand bei Bewußtsein war. »Sie sind in Ordnung«, sagte er, und Marchand wußte, daß es stimmte, weil Czerny ihn finster und verärgert anblickte. Gab es schlechte Neuigkeiten, pflegte er zu lächeln.
»Nein, nicht!« schrie Czerny und packte ihn an den Schultern. »Sie bleiben hier. Sie kommen heim ins Bett.«
»Aber Sie sagten, ich sei in Ordnung.«
»Ich meinte, daß Sie noch atmen. Übertreiben Sie nicht, Norm.«
Marchand protestierte. »Aber das Dinner – ich sollte dort ...«
Asa Czerny betreute Marchand seit dreißig Jahren. Sie waren zusammen fischen gewesen, und ein- oder zweimal hatten sie sich gemeinsam betrunken. Czerny war kein Mann, der grundlos etwas verweigerte. Er schüttelte nur den Kopf.
Marchand ließ sich zurücksinken. Hinter Czerny kauerte der Schimpanse auf der Kante eines Sessels und beobachtete sie schweigend. Er hat Angst, dachte Marchand. Er hat Angst, weil er fühlt, daß es sein Fehler war, daß ich gestürzt bin. Der Gedanke

gab ihm genug Kraft zu sagen: »Es war dumm von mir, da hinunter zu fallen, Mister – es tut mir leid.«
Czerny besorgte die Vorstellung. »Dies ist Duane Ferguson, Norman. Er flog auf der Kopernikus. Transformiert. Er hat das Dinner sozusagen im Kostüm besucht.« Der Schimpanse nickte, aber sagte nichts. Er beobachtete den silberzüngigen Redner, Dan Fleury, der einen verärgerten Eindruck machte.
»Wo bleibt dieser Krankenwagen?« erkundigte sich Czerny, mit der Ungeduld eines Arztes den Assistenten gegenüber, und der muskelbepackte Junge in der Pagenuniform verschwand schweigend, um sich darum zu kümmern.
Der Schimpanse gab einen bellenden Laut von sich, der ein Räuspern sein sollte. »Chiwatt«, sagte er – mehr oder weniger klang es wie das deutsche *Ich* mit dem Wort »was« dahinter – »chiwatt meenen Se von ühel, Mista Flöry?«
Dan Fleury wandte sich um und blickte den Schimpansen ausdruckslos an. Aber nicht, dachte Marchand plötzlich, als wisse er, wovon der Schimpanse sprach. Er sah nur drein, als habe er nicht die Absicht, zu antworten.
»Worum geht es, Dan?« krächzte Marchand.
»Frag mich nicht. Sehen Sie, Mr. Ferguson, vielleicht gehen wir jetzt besser hinaus.«
»Chiwatt?« Die rauhe, bellende Stimme kämpfte gegen den affenartigen Klang an und näherte sich allmählich den beabsichtigten Lauten. »*Was* beinen Sie – was *meinen* Sie?«
Er ist ein unhöflicher junger Mann, dachte Marchand gereizt. Der Bursche ermüdete ihn.
Wie war das mit der unbeantworteten Frage ...
Marchand stöhnte auf und fühlte sich, als werde er durchgeschüttelt. Es ging vorüber, und er zitterte. Unmöglich, daß er etwas gebrochen hatte, sagte er sich. Czerny log nicht. Aber er fühlte sich, als seien alle Knochen zerschmettert.
Er verlor das Interesse an dem Schimpansenmann. Er wandte nicht einmal den Kopf, als Czerny ihn eilig hinauskomplimentierte, wobei er zu ihm eindringlich flüsternd sprach, in einem leisen Zwitschern wie das Reiben von Grillenbeinen.
Wenn ein Mann seinen gottgegebenen Körper verlassen und seinen Verstand, seine Gedanken und – ja – seine Seele in den Körper eines Anthropoiden pflanzen wollte, gab es aus Marchands Sicht keinen Grund, ihn zurückzuhalten.
Natürlich nicht! Marchand wiederholte die bekannten Argumente, während er auf die Ambulanz wartete. Er hatte stets viel getan für die Männer, die sich freiwillig für die interstellaren Flüge meldeten, und die wußten, welchen Preis sie zahlen würden. Bis irgendein Super-Batman den sagenumwobenen Ül-Antrieb erfand, würde es so bleiben. Bei den möglichen Geschwindigkeiten – mit Unterlicht, also weniger als 300000 km pro Sekunde – war es

eine Sache von jahrzehntelangen Reisen, die bekannten Planeten zu erreichen, die der Untersuchung für wert erschienen.
Die Transformierung nach Smith erlaubte diesen Männern, mit ihrem Geist Schimpansenkörper zu kontrollieren – leichte Zucht bei geringen Kosten – während ihre eigenen Körper für die langen Jahre der Fahrt zwischen den Sternen in Tiefkühlkammern ruhten.
Es benötigte mutige Männer, natürlicherweise. Sie durften Achtung und Höflichkeit genießen.
Aber auch er war dazu berechtigt, und es war unhöflich, über »ühel« zu schwatzen, während der Mann, der ihre Reisen ermöglicht hatte, ernstlich erkrankt am Boden lag ...
Es sei denn ...
Marchand öffnete die Augen erneut.
»Ühel«. Es sei denn, »ühel« war nur eine Verballhornung, bedingt durch die Anhäufung der Buchstaben, und die Schimpansenlippen meinten in Wirklichkeit ... es sei denn, sie hatten darüber gegesprochen, als er besinnungslos war, was ein gänzlich ausgeschlossener, hoffnungsloser und fantastischer Traum gewesen war, dem er sich zugewandt hatte, als er die Kolonisierungskampagne begann.
Es sei denn, jemand hatte in der Tat den Schlüssel zum ÜL-Antrieb entdeckt.

II

Sobald er am nächsten Tag dazu in der Lage war, verschaffte Marchand sich einen Rollstuhl – er erledigte es selbst; irgendeine Hilfe wünschte er nicht – und rollte darin in den Kartenraum der Wohnung, die das Institut ihm zur Verfügung gestellt hatte, zur kostenlosen Benutzung für das ganze Leben. (Natürlich hatte er die Räume erst dem Institut besorgt.)
Das Institut hatte 300000 Dollar in den Kartenraum investiert. An Drähten befestigte Sterne bedeckten das Volumen eines Saales von dreizehn Metern Durchmesser und stellten maßstabgerecht den Weltraum im Umkreis von fünfundfünfzig Lichtjahren um Sol dar. Jeder Stern war erfaßt und beweglich angebracht. Vor einem Jahr hatte man die Position von einigen Sternen leicht korrigieren müssen; man ging sorgfältig vor.
Die sechsundzwanzig großen Raumschiffe, die das Institut finanziert hatte, waren ebenfalls zu sehen, besser gesagt jene, die noch unterwegs waren. Sie entsprachen natürlich nicht dem Maßstab, aber Marchand begriff die Darstellung. Er rollte den Sessel den eingezeichneten Weg zum Mittelpunkt des Saales hinunter, blieb dort sitzen und sah sich um, gerade unter der gelben Kugel von Sol.
Da war der blau-weiße Sirius, der alle überstrahlte, Procyon dicht

darüber. Beide zusammen waren unvergleichlich hell, obschon der rote Altair auf seine Weise heller schien als Procyon. In der Mitte der Darstellung gaben Sol und Alpha Centauri A ein brillantes Paar ab.
Er starrte mit entzündeten Augen auf die größte Enttäuschung seines Lebens, Alpha Centauri B. So nah. So verlockend. So steril. Es war ein ironischer Spaß der Schöpfung, daß die nächstliegende und beste Möglichkeit, eine andere Heimat zu finden, keine Planeten hervorgebracht ... oder hervorgebracht und wieder verschluckt hatte.
Aber es gab andere Hoffnungen ...
Marchand suchte und fand Tau Ceti, gelb und matt. Nur elf Lichtjahre entfernt. Die Kolonie sollte sich inzwischen etabliert haben. Noch ein Jahrzehnt etwa, und es müßte eine Antwort eintreffen ... falls es dort Planeten gab, auf denen Menschen zu leben vermochten.
Das war die große Frage, die schon so oft eine verneinende Antwort gefunden hatte. Aber Tau Ceti ist noch immer erfolgversprechend, dachte Marchand fest. Es war eine schwächere und kältere Sonne als Sol. Aber es war ein G-Typ, und nach den spektropolarmetrischen Beobachtungen zu schließen, waren mit hoher Wahrscheinlichkeit auch Planeten vorhanden. Und sollte es eine weitere Enttäuschung sein ...
Marchand richtete seine Augen auf 40 Eridani A, noch schwächer, noch weiter entfernt. Die Expedition nach 40 Eridani A war, so erinnerte er sich, mit dem fünften Raumschiff gestartet. Es mußte das Ziel bald erreichen – in diesem Jahr oder im nächsten vielleicht. Es gab keine sichere Methode, die Zeit zu schätzen, wenn man sich dicht unter der Lichtgeschwindigkeit bewegt ...
Aber jetzt lag die Höchstgeschwindigkeit natürlich höher.
Der Gedanke an die Unzulänglichkeit bereitete ihm nahezu körperliches Unbehagen; langsamer als das Licht – wie hatte er das wagen können!
Aber er besaß keine Zeit, um sie an solche oder überhaupt an irgendwelche Emotionen zu vergeuden. Er fühlte die Zeit verrinnen und richtete sich auf. Blickte sich um. Mit sechsundneunzig Jahren kann man es sich nicht leisten, irgend etwas langsam zu tun, nicht einmal die Tagträumerei.
Er betrachtete Procyon. Um Procyon hatten sie sich spät gekümmert – das Schiff würde kaum die halbe Entfernung überwunden haben. Sie hatten es fast überall versucht: sogar Epsilon Eridani und Groombridge 1618; sogar, weit außerhalb der vielversprechenden Spektrometerklassen, 61 Cygni A und Epsilon Indi, und auch Proxima Centauri (obwohl sie nahezu überzeugt waren, daß der Versuch umsonst sein würde, denn die Expedition zum Alpha Centauri hatte nur sehr junge, unbewohnbare Planeten ausmachen können).

Insgesamt waren es sechsundzwanzig. Drei Schiffe gingen verloren, drei kehrten um, eines befand sich noch auf der Erde. Neunzehn waren noch unterwegs.
Marchand blickte hoffnungsvoll auf den leuchtenden grünen Pfeil, der die Position der *Tycho Brahe* markierte, wo sie ihren Strahl ionisierten Gases in das All jagte, das größte seiner Schiffe, dreitausend Frauen und Männer an Bord. Es schien ihm, als habe jemand unlängst die *Tycho Brahe* erwähnt. Wann? Warum? Es war nicht sicher, aber der Name verblieb hartnäckig in seinen Gedanken.
Die Tür öffnete sich, und Dan Fleury kam herein. Er starrte auf die Anordnung von Sternen und Raumschiffen und schien sie doch nicht wahrzunehmen. Der Kartenraum hatte für Fleury niemals irgendeine Bedeutung gehabt.
»Verdammtnochmal«, schimpfte er, »Norman, du hast uns ganz schön erschreckt! Warum bist du nicht in der Klinik geblieben . . .«
»Ich war dort, aber ich hatte keine Lust mehr. Es ging schließlich in Asa Czernys Kopf, daß ich es sehr ernst meinte, und so sagte er schließlich, daß ich heim könne, wenn ich mich ruhig verhalten und ihn gelegentlich nachschauen lassen würde. Wie du siehst, verhalte ich mich ruhig. Und von mir aus kann er hereinschauen, wenn er will. Ich versuche nur, die Wahrheit über den ÜL-Antrieb herauszufinden.«
»Ach, Unsinn, Norm! Ehrlich, du solltest dir keine Sorgen . . .«
»Dan, seit dreißig Jahren gebrauchst du das Wort ›ehrlich‹ nur dann, wenn du mich anlügst. Also laß es. Ich habe dich heute morgen hergebeten, weil du die Antwort weißt. Ich möchte sie hören. *Um Gotteswillen, Dan!*«
Fleury schaute sich nach allen Seiten um, als bemerke er die glühenden Lichtpünktchen zum ersten Mal. Vielleicht ist es so, dachte Marchand.
Schließlich sagte er: »Nun, es gibt einen Hinweis . . .«
Marchand wartete. Er besaß große Erfahrungen im Warten.
»Es gibt da einen jungen Mann«, begann Fleury erneut. »Sein Name ist Eisele. Ein Mathematiker, kannst du dir das vorstellen? Er hatte eine Idee.«
Fleury holte eine Sessel und setzte sich.
»Beileibe nicht perfekt«, fügte er hinzu.
»In der Tat«, sagte er, »viele Leute nehmen an, es würde nicht funktionieren. Natürlich kennst du die Theorien. Einstein, Lorentz-Fitzgerald, die ganzen Kapazitäten – sie sprechen alle dagegen. Es nennt sich – stell dir vor! – Polynomiation.«
Er wartete vergeblich auf ein Gelächter. Dann sagte er: »Allerdings muß ich sagen, es scheint etwas daran zu sein, denn einige Tests . . .«
Marchand sagte sanft und mit enormer Beherrschung: »Dan, würdest du bitte zur Sache kommen? Laß uns zusammenfassen, was

du bisher erzählt hast. Da ist der Bursche namens Eisele, und er hat sich etwas ausgedacht, verrückt, aber es funktioniert.«
»Also – ja.«
Marchand lehnte sich behutsam zurück und schloß die Augen. »Das heißt, wir haben uns alle geirrt. Besonders ich. Und unsere gesamte Arbeit . . .«
»Warte, Norman! Das darfst du *niemals* denken. Unsere Arbeit hat alle Voraussetzungen geschaffen. Ohne dich hätten Leute wie Eisele gar nicht die Möglichkeit dazu gehabt. Weißt du nicht, daß er mit unserer Unterstützung arbeitet?«
»Nein. Das wußte ich nicht.« Marchand warf der *Tycho Brahe* einen kurzen Blick zu. »Aber das hilft nicht viel. Ich vermute, daß fünfzigtausend Frauen und Männer, die eine große Spanne ihres Lebens dem Kälteschlaf geopfert haben, ähnlich wie du über meine Arbeit denken. Aber ich danke dir. Du hast mir gesagt, was ich wissen wollte.«

Als eine Stunde später Czerny in den Kartenraum trat, empfing Marchand ihn mit den Worten: »Ist mein Zustand gut genug, um eine Smith-Transformierung zu überstehen?«
Der Doktor stellte seine Tasche ab und nahm in einem Sessel Platz, bevor er antwortete.
»Wir haben niemand zur Verfügung, Norman. Seit Jahren gab es keinen Freiwilligen mehr.«
»Nein. Ich meine keinen menschlichen Körper. Ich will keinen selbstmordgefährdeten Spender – Sie sagten selbst, daß die menschlichen Transformierungen manchmal aus unerfindlichen Gründen Selbstmord begehen. Ich denke an einen Schimpansen. Warum sollte ich es besser haben als der junge Mann – wie war sein Name?«
»Sie meinen Duane Ferguson.«
»Klar. Warum sollte es mir besser gehen als ihm?«
»Hören Sie auf, Norman. Sie sind zu alt. Ihre phospholipoide . . .«
»Zum Sterben bin ich nicht zu alt, oder? Und mehr kann mir schließlich nicht passieren.«
»Es wäre nicht stabil! Nicht in Ihrem Alter; Sie verstehen die chemischen Notwendigkeiten nicht. Ich könnte Ihnen nicht mehr als ein paar Wochen versprechen.«
»Tatsächlich!« sagte Marchand fröhlich. »Soviel hatte ich gar nicht erwartet. Das ist mehr als Sie mir jetzt versprechen können.«
Der Doktor wollte ihm das Vorhaben ausreden, aber Marchand hatte in sechsundneunzig Jahren zahlreiche harte Kämpfe gegen ihn ausgefochten und immer das letzte Wort gehabt, und nebenbei, er war Czerny gegenüber im Vorteil. Der Doktor wußte sogar besser als Marchand, daß ein hitziger Streit ihn umbringen würde. Als Czerny das Risiko einer Smith-Transformierung gegen das Risiko aufwog, darüber zu diskutieren, run-

zelte er mürrisch die Stirn, schüttelte widerwillig den Kopf und ging.
Langsam steuerte Marchand seinen Rollstuhl hinterdrein.
Er mußte sich nicht eilen, um die vielleicht letzte Tat seines Lebens einzuleiten. Es blieb noch jede Menge Zeit. Im Institut unterhielten sie einen Vorrat speziell gezüchteter Schimpansen, aber es würde mehrere Stunden in Anspruch nehmen, ein Exemplar vorzubereiten.
Ein Verstand verfiel bei der Smith-Transformierung der Verdammnis. Der Mensch würde zuletzt noch in der Lage sein, in den eigenen Körper zurückzukehren, bei einem Risiko von weniger als fünfzig Prozent Fehlerquote. Aber der Schimpanse würde nie mehr derselbe sein. Marchand überließ sich ganz der einsetzenden Strahlendosis, den feinen Titrationen seiner Körperflüssigkeiten, dem endlosen Ziehen und Schneiden und Kneifen. Er hatte schon zusehen können, es lagen für ihn keine Überraschungen in der Prozedur ... er hatte jedoch nicht gewußt, daß es so sehr schmerzte.

III

Marchand versuchte, sich nicht auf die Knöchel der Hände zu stützen (aber es war schwer, der Affenkörper war zum Krauchen gebaut, die Arme waren zu lang, um bequem an den Seiten baumeln zu können), und watschelte zu seinem Polster; er bog sein steifes Schimpansenrückgrat zurück, um auf diesem verfluchten Ding aufblicken zu können. Dan Fleury trat zu ihm. »Norm?« fragte er zweifelnd. Marchand versuchte zu nicken; es war nicht gerade ein Erfolg, aber Fleury verstand. »Norman«, meinte er, »dies ist Sigmund Eisele. Der Erfinder des ÜL-Antriebs.«
Marchand erhob einen langen Arm und streckte eine Hand aus, die sich dem Versuch, geöffnet zu werden, widersetzte; sie war bestimmt, zur Faust gekrümmt zu werden. »Graddhulüre«, sagte er, so deutlich wie er konnte. Es war ohnehin besser, die Hand des jungen, dunkeläugigen Mannes nicht zu drücken, der ihm vorgestellt wurde. Man hatte ihn gewarnt, daß die Körperkräfte eines Schimpansen Menschen verletzen konnten, ohne daß es beabsichtigt war. Er war entschlossen, es nicht mehr zu vergessen, aber vorläufig mußte er es sich noch bei jeder Gelegenheit ins Gedächtnis rufen.
Er senkte die Hand und stöhnte auf, als Schmerz ihn überflutete.
Czerny hatte ihn davor gewarnt. »Instabil, gefährlich, das geht nicht gut«, hatte er ständig wiederholt, »und denken Sie daran, Norman, die sensorische Körpertätigkeit ist zu empfindlich für Sie; Sie sind so starke Eindrücke nicht mehr gewohnt; es wird schmerzen.«

Aber Marchand hatte dem Doktor versichert, das würde ihm nichts ausmachen, und immerhin, es war in der Tat so. Er blickte wieder auf das Raumschiff. »Zo ißt datz«, grunzte er und krümmte wieder die Wirbelsäule, das lange Knochengerüst der Kreatur, in der er steckte, und starrte das Schiff auf dem Feld an. Es war etwa einhundert Fuß hoch.
»Nitt vül«, sagte er verächtlich. »Dü *Zirian*, dattel wahl unßer errßtes, wahl draihonderett Medr chooch undel dranschbordürde dausend Läude narch Albah Zändurieh.«
»Und hundertfünfzig kamen lebend zurück«, sagte Eisele. Er betonte seine Worte nicht sonderlich, aber er sprach sie sehr deutlich aus. »Ich möchte Ihnen sagen, daß ich Sie immer bewundert habe, Dr. Marchand. Ich hoffe, meine Gesellschaft wird Ihnen nicht unangenehm sein. Wie ich verstanden habe, wollen Sie mit mir hinaus zur *Tycho Brahe*.«
»Wahrumm sullden Sie unangnähm säun?«
Natürlich empfand er es so. Mit dem besten Willen der Welt, aber dieser junge Bursche warf siebzig Jahre Einsatz und eine Handvoll Glück – acht Millionen Dollar aus Marchands Händen, ungezählte Millionen, die er von Millionären, Regierungen und Schulkindern erbettelt hatte – beiseite, steckte alles in einen Nachttopf und spülte es auf den Misthaufen der Geschichte. Es würde heißen: Eine einzelne Persönlichkeit des frühen 21. Jahrhunderts, Norman Marchand oder Marquant, versuchte die interstellare Kolonisation mit primitiven, raketengetriebenen Schiffen. Natürlich blieb er erfolglos, und der Verlust von Leben und Gesundheit in seinen verrückten Gefrierraketen war enorm. Später, als der von Eisele entwickelte Überlichtantrieb sich als praktikabel erwies . . .
Sie würden ihn einen Blindgänger nennen. Und er war einer.

Als die *Tycho Brahe* sich auf einer Feuersäule zu den Sternen erhob, spielte eine Kapelle von fünfhundert Mann zum Countdown, und in der ganzen Welt saßen die Menschen vor den Fernsehgeräten und verfolgten den Start über die Satelliten. Der Präsident, der Gouverneur und der halbe Senat waren zur Stelle.
Als Eiseles kleines Raumschiff startete, um die *Tycho Brahe* einzuholen und den Insassen mitzuteilen, daß alle ihre Anstrengungen vergeblich waren, war es wie bei der Abfahrt der Sieben-Uhrsiebzehn-Fähre nach Jersey City. Soweit, dachte Marchand, hatte Eisele den majestätischen Charakter des Sternenflugs degradiert. Trotzdem hätte er den Start für nichts in der Welt versäumen mögen. Obschon es bedeutete, daß er sich Eisele als so etwas wie Materialverwalter zur Verfügung stellen mußte, Eisele, der sein Leben ruiniert hatte, und dem anderen Schimpansen, Duane Ferguson, der aus irgendeinem Grund ein besonderes Recht in Anspruch nahm, die *Tycho Brahe* zu besuchen.

Sie nahmen eine besondere ÜL-Ausrüstung mit – Marchand hörte, wie sie es einen Polyflektor nannten, aber aus verschiedenen Gründen wollte er ihnen nicht den Gefallen erweisen, nach der Bedeutung zu fragen. Vielleicht konnte der Antrieb ausfallen, so daß man Ersatzteile benötigte? Marchand verdrängte die Frage, er stellte fest, daß er darin keine Gefahr sah, sondern eine Hoffnung. Was auch immer der Grund war, er wollte es nicht wissen; er wollte nicht einmal dabei sein; er betrachtete es lediglich als eine unumgängliche Verpflichtung.
Und deshalb betrat er Eiseles Schiff.
Die Einrichtung in dem verdammten Schiff war auf menschliche Verhältnisse zugeschnitten, die Räume neun Fuß hoch, breite Beschleunigungssitze; aber für ihn und Duane Ferguson gab es Polster, die der Größe eines Schimpansenkörpers gerecht wurden. Zweifellos hatten sie die Polster aus dem neuen Schiff entfernt; jenem, das nicht mehr fliegen würde – jedenfalls nicht auf Strömen von ionisiertem Gas. Und zweifellos war dies eines der letzten Male, daß ein menschliches Bewußtsein die Erde in einem Affenkörper verlassen mußte.
Was Eiseles verdammtes Schiff eigentlich in das All beförderte, an Stelle der Ströme von ionisiertem Gas, verstand er nicht. Der Soundsoflektor, wie sich das verdammte Ding nannte, war so winzig. Das ganze Schiff war ein Zwerg.
Es gab keinen Platz für die Reaktormasse, nicht einmal genug, ein Schiff auch nur vom Boden zu heben. Da war nur der kleine, schwarze Kasten – er war nicht wirklich klein, sondern so groß wie ein wuchtiges Piano, und er war nicht schwarz, sondern grau, aber es war ein Kasten, na klar, und er arbeitete mit magischen Kräften. Sie nannten diese magischen Kräfte ›Polynomiation‹. Marchand versuchte nicht, sie zu verstehen, er lauschte nur, oder schien es vorzugeben, auf Eiseles kurze, merkwürdige Versuche, Mathematik ins Englische zu übersetzen. Er hörte gerade genug hin, um ein paar Worte aufzuschnappen. Der Raum war die Dimension N. Na schön, das genügte ja, es beantwortete die gesamte Frage, soweit er es verstand, und er hörte nicht auf Eiseles Anstrengungen, ihm zu erklären, wie man sich, sozusagen, in polynominale Dimensionen schleudert – oder, besser gesagt, die vorhandenen polynominalen Größen einer vierdimensionalen Standardmasse in höhere Ordnungen umsetzt – er hörte nicht hin. Er hörte nicht das geringste davon. Er lauschte dem dumpfen, schweren Schlag des voluminösen Affenherzens, das jetzt sein Gehirn versorgte.
Duane Ferguson kam hinzu, in dem Affenkörper, den er nicht mehr verlassen konnte. Das war ein weiterer Punkt unter Marchands Selbstvorwürfen; er hatte davon reden hören, daß die Umstände gegen Ferguson gearbeitet hatten, und sein eigener Körper während der Transformierung gestorben war.

Sobald Marchand von Eiseles Vorhaben gehört hatte, begriff er es als eine Gelegenheit zur Sühne. Das Projekt war recht einfach. Ein guter Test für Eiseles Antrieb, aber auch eine Mission der Erlösung. Der Plan war, der langsam dahinfliegenden, schon seit langer Zeit unterwegs befindlichen *Tycho Brahe* zu folgen und sie mitten im Raum einzuholen ... denn erst jetzt, dreißig Jahre nach dem Start von Port Kennedy, war sie dabei, in eine Forschungskreisbahn um Groombridge 1618 einzuschwenken. Während Marchand sich festschnallte, erklärte Eisele alles noch einmal. Er spielte an seinem schwarzen Kasten und redete dabei.
»Verstehen Sie, Sir, wir versuchen Kurs und Geschwindigkeit anzugleichen, aber offen gesagt, das ist der schwierigere Teil. Sie einzuholen, ist eine Kinderei: Wir haben ja die entsprechende Geschwindigkeit. Dann montieren wir den Polyflektor in die *Tycho Brahe* ...«
»Cha, Dange«, sagte Marchand höflich, aber er hörte dem Gerede über die Maschinen noch immer nicht zu. Solange es sie gab, würde er sie benutzen – sein geringes Verständnis für wissenschaftliche Probleme war kein Hindernis – aber Einzelheiten interessierten ihn nicht.
Denn da gab es alle diese vergeudeten Leben.
Jedes Jahr in den Kältekammern der *Tycho Brahe* bedeutete für den Körper, der dort lag, einen Monat. Die Funktionen waren verlangsamt, aber nicht stillgelegt. Das Herz schlug nicht, aber das Blut kreiste durch eine Pumpe; Röhrchen träufelten Zucker und Mineralien in das zähflüssige Blut; Katheder beseitigten Abfallstoffe. Und nach Groombridge 1618 war es ein Flug von neunzig Jahren.
Das günstigste Ergebnis, das ein vierzigjähriger Mann bei der Ankunft erwarten konnte, war das Erwachen in einem Körper, dessen biologisches Alter fast fünfzig Jahre betrug – während auf der Erde seine Familie schon lange tot, seine Freunde zu Staub zerfallen waren.
Es war die Sache wert. So hatten die Kolonisten geglaubt. Gedrängt von dem Wurm, der durch das Rückgrat des Entdeckers kriecht, getrieben von dem Jucken der Neugier; von dem Gedanken an die Gesundheit, die Kraft und die Freiheit, die eine neue Welt ihnen zu schenken vermochte, von dem Gedanken an den Rang, den sie in den Geschichtsbüchern einnehmen würden – nicht den Rang eines Washington oder eines Christus. Ihnen würde die Bedeutung eines Adam, die Bedeutung einer Eva zukommen.
Es war die Sache wert, hatten Tausende gedacht, als sie sich freiwillig meldeten und losflogen. Aber wie würden sie nach der Landung darüber denken!
Wenn sie landeten, ohne die Wahrheit zu wissen, falls ein Schiff wie Eiseles sie verfehlen und sie nicht informieren würde, mußten

sie vor der ungeheuerlichsten Enttäuschung stehen, der ein Mensch ausgeliefert werden konnte. Bis zur endgültigen Ankunft hatte die Groombridge-1618-Expedition an Bord der *Tycho Brahe* noch vierzig Jahre vor sich. Durch Eiseles Erfindung des Überlichtantriebs würde ein bewohnbarer Planet längst von Hunderttausenden von Menschen bevölkert sein, würden die Fabriken schon an der Arbeit sein, die Straßen gebaut, das beste Land vergeben, die Geschichtsbücher schrieben bereits das fünfte Kapitel ... und was würden die dreitausend alternden Abenteurer dann denken?
Marchand stöhnte und schüttelte sich, aber er vermochte seine Gedankengänge nicht zu beenden, weil das Schiff abhob und die Beschleunigung seinen Brustkorb gegen die Wirbelsäule preßte.

Während der Polyflektor sie in das All riß, schwebte er durch die Pilotenzentrale; er suchte die Gesellschaft der anderen. »Isch wahrr nuch nüchd üm Rraumb«, sagte er.
Eisele sagte mit großer Hochachtung: »Ihre Arbeit mußte auf der Erde geleistet werden.«
»Jah, sücherr.« Damit beließ Marchand es. Ein Mann, dessen ganzes Leben versaut war, beanspruchte etwas Menschlichkeit, und was er beanspruchte, war das Recht, daß sie darüber schwiegen.
Aufmerksam beobachtete er, wie Eisele und Ferguson ihre Instrumente ablasen und mikrometrische Maßnahmen am Polyflektor trafen. Er verstand nicht alles an dem Überlichtantrieb, aber er wußte, daß eine Karte eine Karte war. Das dort war eine Doppellinie, welche den Kurs der Expedition nach Groombridge 1618 darstellte. Die *Tycho Brahe* war ein Lichtpunkt, der sich etwa auf einem Fleck befand, hinter dem neunzig Prozent der Distanz zwischen Sol und dem Goombridge-System lagen, was etwas weniger als zwei Dritteln der Flugdauer entsprach.
»Massendetektoren, Dr. Marchand«, sagte Eisele heiter und deutete auf die Karten. »Es ist günstig, daß sie noch nicht näher an das System heran sind, sonst würden die Detektoren sie nicht anzeigen.« Marchand begriff: Zwischen den Sonnen und Planeten würde das Schiff mit seiner geringen Geschwindigkeit nicht genug Masse darstellen, um von den Detektoren herausgesondert werden zu können. »Und es ist gut«, fügte Eisele besorgt hinzu, »daß sie noch nicht weiter entfernt sind. Wir werden genug Schwierigkeiten damit haben, uns ihrer Geschwindigkeit anzupassen, obwohl sie bereits seit neun Jahren abbremsen ... Wir sollten uns anschnallen.«
Auf seinem Polster bereitete sich Marchand auf einen neuen Beschleunigungsstoß vor. Aber es war nicht das; es war etwas anderes und weitaus Unangenehmeres.
Es war wie ein Fleischwolf, der sein Herz und seine Nerven zermalmte und als seltsam deformierte Gebilde wieder ausspuckte.

Es war wie die schwindelerregende Übelkeit, die einen nach einer Fahrt auf der Achterbahn überfiel, oder wie die Seekrankheit bei einem Wirbelsturm, wenn man in einem winzigen Boot saß.
Es war wie eine Weinpresse, die ihm den Hals zudrückte und sein Herz zerquetschte.
Wohin es sie auch schleuderte, jedenfalls, die Profilkarten zeigten es an, die Sterne rutschten, schlitterten und stürzten in neue Positionen.
Marchand, eingetaucht in den bedrückendsten Kopfschmerz des Jahrhunderts, wußte kaum, was geschah, aber er wußte, daß sie in den nächsten Stunden die *Tycho Brahe* finden würden, die dreißig Jahre bis zu ihrer gegenwärtigen Position gebraucht hatte.

IV

Der Kapitän der *Tycho Brahe* war ein ehrwürdiger Schimpanse mit gelben Fangzähnen und trug den Namen Lafcadio; seine braunen Tieraugen waren mit Schrecken erfüllt, seine langen, sehnigen Arme zitterten noch von dem Schock, in den ihn der Anblick des Raumschiffs – ein Raumschiff – und der Besatzung versetzt hatte.
Er vermochte seine Augen nicht von Eisele abzuwenden, wie Marchand bemerkte. Für den Kapitän waren es dreißig Jahre in einem Affenkörper gewesen. Es war nun ein alter Affe. Lafcadio würde jetzt mehr als zur Hälfte wie ein Affe denken, das menschliche Gedankengerüst war nur eine Erinnerung, die mit jedem Tag schwächer wurde, unter den Eindrücken der behaarten Handrücken und den auswärts gebogenen Greifbeinen verschwand. Marchand selbst konnte fühlen, wie sich bei ihm so etwas wie ein Affenverstand wieder einschlich, obschon er wußte, daß es sich nur um eine Einbildung handelte.
Aber war es Einbildung? Asa Czerny hatte gesagt, die Imposition würde sich als instabil erweisen – es hatte etwas mit dem Phosphatid zu tun – er vermochte sich nicht zu entsinnen. In der Tat vermochte er sich nicht an alles mit der Klarheit und Sicherheit zu erinnern, wie er es gewünscht hätte, und das lag nicht allein daran, daß sein Verstand sechsundneunzig Jahre alt war.
Ohne Emotion erkannte Marchand, daß die erhofften Monate oder Wochen zu ein paar Tagen zusammengeschmolzen waren.
Natürlich konnte es der pochende Schmerz zwischen seinen Schläfen sein, der ihn seiner geistigen Klarheit beraubte. Aber Marchand genoß den Gedanken nur kurz und schob ihn beiseite; wenn er Mut genug besaß, einzusehen, daß sein Lebenswerk verdorben war, konnte er sich auch mit der Tatsache abfinden, daß der Schmerz nur ein zweitrangiger Vorbote des Mörders war, welcher seinen Affenkörper beschlich. Aber der Schmerz er-

schwerte ihm die Konzentration. Wie durch einen Schleier vernahm er die Worte des Kapitäns und seiner Mannschaft – die zweiundzwanzig transformierten Schimpansen, die den Flug der *Tycho Brahe* und die dreitausend gefrorenen Körper an Bord beaufsichtigten. Durch ein tiefes, verwirrendes Rauschen hörte er Eisele seine Instruktionen zum Einbau des ÜL-Antriebs, den das kleine Schiff mitführte, in die große, sich dahin schleppende Arche geben, welche durch seinen Kasten die Sterne in einer Tagesreise durchmessen konnte.

Er bemerkte, daß sie ihn von Zeit zu Zeit mitleidig anblickten.

Er wollte ihr Mitleid nicht. Er wollte nur dabei sein, bis er starb, und sie und er wußten, daß nicht mehr viel Zeit verblieb; und er versank, während sie noch redeten, in eine schmerzerfüllte, schwindelnde Träumerei, die anhielt, bis – er wußte nicht, wieviel Zeit verging – er sich auf einem Polster im Kontrollraum des Raumschiffs angeschnallt fand und die zusätzliche, bedrückende Qual wieder spürte, welche anzeigte, daß sie erneut durch die Räume anderer Dimensionen glitten.

»Sind Sie in Ordnung?« sagte eine bekannte, schwerfällige und undeutliche Stimme. Es war das andere, letzte Opfer seines Fehlschlags, jenes namens Ferguson. Marchand gab zu verstehen, daß er in Ordnung war.

»Wir sind fast am Ziel«, sagte Ferguson. »Ich dachte, es würde Sie interessieren. Da ist ein Planet. Bewohnbar, nehmen sie an.«

Von der Erde aus war der Stern, den man Groombridge 1618 nannte, dem bloßen Auge nicht sichtbar. Durch das Fernglas konnte man vielleicht ein schwaches Lichtpünktchen entdecken, verloren unter zahllosen ferneren, aber helleren Sternen. Von Groombridge 1618 aus war Sol nicht viel mehr.

Marchand erinnerte sich an den Kampf, den es ihn gekostet hatte, sich aus dem Polster zu erheben, daß er die Sorge auf Fergusons Affengesicht mißachtete, um einen Blick zurück auf den Schirm zu werfen, der Sol zeigte. Ferguson hatte sie für ihn anvisiert, und Marchand sah das Licht, das seit fünfzehn Jahren unterwegs war. Die Photonen, die jetzt auf seine Augen trafen, hatten die Erde in die Farben des Sonnenuntergangs getaucht, als er um die Siebzig war und seine Frau erst seit ein paar Jahren betrauerte . . . Er erinnerte sich nicht, wie er auf das Polster zurückgekehrt war.

Er entsann sich auch nicht, zu welchem Zeitpunkt ihm jemand über den Planeten berichtete, den sie zu besitzen hofften. Er hing unterhalb der kleinen orangenen Scheibe von Groombridge 1618 – zumindest, wenn man von solaren Verhältnissen ausging. Bei der ersten Annäherung, die der Kapitän vornahm, stellte sich seine Umlaufbahn als ziemlich unregelmäßig heraus, doch bei der geringsten Entfernung vom Zentralgestirn würde er noch immer etwas weniger als zehn Millionen Meilen von diesem Feuerofen entfernt sein. Nahe genug. Warm genug. Durch das Teleskop sah

man Ozeane und Wälder, was die säumigen Bedenken des Kapitäns zerstreute, weil sie bewiesen, daß das Leben auf dem Planeten auch bei der größten Entfernung vom Hauptgestirn nicht erfror oder bei der größten Annäherung verkohlte – sonst hätten die Wälder nie wachsen können. Spektroskopische, thermometrische und filarometrische Beobachtungen ergaben weitere Ergebnisse, die Instrumente eilten dem Schiff voraus, das nun in einer Kreisbahn, zur Verwendung des Raketenantriebs gezwungen, die letzten Meter seiner Reise im Schneckentempo zurücklegte. Die Atmosphäre war atembar, da die farnartigen Wälder die Giftstoffe verdrängt und die Lufthülle mit Sauerstoff angereichert hatten. Die Schwerkraft lag höher als auf der Erde – ganz sicher ein Hindernis für die erste Generation, und eine Auflage von Fuß- und Rückenbeschwerden für ein paar weitere – aber nichts, was unerträglich gewesen wäre. Dieser Planet war geeignet.
Marchand entsann sich nicht, wie er zu diesen Informationen gelangt war, oder an die Landung, oder an das eilige, freudige Öffnen der Gefrierkammern, das Erwachen der Kolonisten, an den Beginn des Lebens auf diesem Planeten ... er erinnerte sich nur, daß ein Augenblick kam, in dem er zusammengekrümmt auf einem weichen, warmen Polster erwachte, und er aufblickte und den Himmel über sich sah.

V

Über ihm schwebten die behaarten Wulstlippen und die schrägen Brauen eines Schimpansen. Marchand erkannte Ferguson, den jungen Mann. »Hallo«, sagte er. »Wie lange war ich besinnungslos?«
Verlegen sagte der Schimpanse: »Nun – genaugenommen waren Sie nicht besinnungslos. Sie waren ...« Die Stimme zögerte.
»Ich verstehe«, sagte Marchand und rappelte sich auf. Er war dankbar für den schrägschultrigen, kurzbeinigen Körper, den er ausgeliehen hatte, denn diese Welt, die er betreten hatte, nahm ihre Bewohner in einen festen Griff. Im schwindelte von der Anstrengung. Ein blasser Himmel und dünne Wolken drehten sich um ihn; er fühlte seltsame Blitze des Vergnügens und des Schmerzes, erinnerte sich an Sinneseindrücke, die er nie erlebt, fühlte Freuden, die er nie gekannt hatte ... angestrengt schüttelte er den ungestümen Affen in sich ab und sagte: »Sie meinen, ich war ... wie würden Sie sagen? Instabil? Die Transformierung war nicht sehr gelungen.«
Er benötigte jedoch keine Bestätigung von Ferguson. Er wußte es – und es war klar, daß das nächste Mal, wenn er eindöste, das letzte Mal sein würde. Czerny hatte ihn gewarnt. Das Phosphatid, das war es doch? Bald war es an der Zeit, heimzukehren ...
Abseits sah er Männer und Frauen, menschliche Männer und

Frauen, verschiedenen Tätigkeiten nachgehen, und es veranlaßte ihn zu der Frage: »Sie sind noch ein Affe?«

»Noch für eine ganze Weile, Dr. Marchand. Mein Körper ist tot, Sie wissen ja.«

Marchand dachte für eine Weile darüber nach. Seine Aufmerksamkeit schweifte ab, er fand sich, wie er den Unterarm leckte und sich den runden Bauch kratzte. »Nein!« schrie er, und versuchte aufzustehen.

Ferguson half ihm, und Marchand war für den starken Arm des Affen dankbar. Er besann sich darauf, was ihn beschäftigt hatte.

»Warum?« fragte er.

»Was, Dr. Marchand?«

»Warum sind Sie hier?«

Ferguson meinte besorgt: »Ich wünschte, Sie blieben sitzen, bis der Doktor kommt. Ich bin hier, weil jemand auf der *Tycho Brahe* ist, den ich sehen wollte.«

Ein Mädchen? dachte Marchand neugierig. »Und haben Sie Ihre Freundin gesehen?«

»Keine Freundin – sie. Ja, ich habe sie gesehen. Meine Eltern. Verstehen Sie, ich war zwei Jahre alt, als die *Tycho Brahe* startete. Meine Eltern waren gut geeignet – Freiwillige waren damals schwer zu bekommen, sagte man mir – natürlich, Sie wissen das ja besser als ich. Irgendwie ließen sie – eine Tante nahm mich auf. Sie hinterließen mir einen Brief, den ich lesen durfte, als ich alt genug war ... Dr. Marchand! Was ist Ihnen?«

Marchand taumelte und fiel; er konnte es nicht verhindern; er wußte, daß es ein häßlicher Anblick war, er konnte die unangebrachten Tränen in seinen Tieraugen brennen fühlen, aber dieser letzte und unerwartete Schlag war zu hart. Er hatte sich mit der Tatsache von fünfzigtausend ruinierten Existenzen abgefunden und mit seiner Verantwortung dafür, aber ein verlassenes Baby, einer Tante übergeben, eine Rechtfertigung in einem Brief, das brach sein Herz.

»Ich frage mich, warum Sie mich nicht töten«, sagte er.

»Dr. Marchand! Ich weiß nicht, wovon Sie sprechen!«

»Wenn nur ...«, sagte Marchand sorgenvoll. »Ich erwarte keine Nachsicht, wenn es nur einen Weg gäbe, es zu *bezahlen*. Aber ich kann nicht. Mir ist nichts verblieben, nicht einmal genug Zeit dazu. Aber ich bin betrübt, Mr. Ferguson, mehr kann ich nicht tun.«

Ferguson sagte: »Dr. Marchand, wenn ich mich nicht irre, meinen Sie, daß Sie sich für das Institut entschuldigen.« Marchand nickte. »Aber – ach, ich bin nicht der richtige Mann, es zu sagen, aber es ist niemand hier. Sehen Sie. Lassen Sie mich versuchen, es zu erklären. Die erste Handlung der Kolonisten am gestrigen Tag war, einen Namen für den Planeten zu finden. Die Abstimmung verlief einmütig. Wissen Sie, wie man ihn nannte?«

Marchand blickte ihn matt an.

»Bitte hören Sie zu, Dr. Marchand. Sie benannten ihn nach dem Mann, der ihr ganzes Leben entschied. Ihrem größten Helden. Sie nannten ihn Marchand.«

Marchand starrte ihn an, starrte ihn lange an, dann schloß er, ohne seine Miene zu verändern, die Augen. »Dr. Marchand?« forschte Ferguson, dann eilte er, schließlich ernstlich beunruhigt, affenartig davon, sich auf Beinen und Knöcheln rasch über den Boden bewegend, um den Schiffsarzt zu suchen, der ihm in aller Strenge aufgetragen hatte, ihn sofort zu rufen, sobald der Patient die ersten Anzeichen von Leben zeigen sollte.

Als sie kamen, war der Schimpanse fort. Sie suchten ihn im naheliegendsten Wald und in einigen anderen.

»Er ist weggegangen, vermute ich«, sagte der Doktor. »Es wird schon in Ordnung sein.«

»Aber die Nächte sind kalt! Er wird eine Lungenentzündung bekommen. Er wird sterben.«

»Kaum noch«, meinte der Doktor, so freundlich wie er konnte. »Er ist bereits in jeder erwähnenswerten Hinsicht tot.«

Er bückte sich und massierte seine schmerzenden Schenkel, die bereits von dem Kampf gegen die Schwerkraft dieses neuen Garten Eden ermüdet waren, dann richtete er sich auf und blickte in den abendlichen Sternenhimmel im Westen. Ein heller, grüner Stern war ein anderer Planet von Groombridge 1618, weiter außerhalb, nur aus Eis und Kupfersalz bestehend. Einer der am weitesten entfernten mochte Sol sein.

»Er hat uns diese Planeten geschenkt«, sagte der Doktor, und wandte sich ab, der Stadt zu. »Wissen Sie, was es heißt, ein guter Mensch zu sein, Ferguson? Das heißt: Besser sein, als man wirklich ist – so, daß sogar die Fehler etwas später noch Erfolge sind – und das hat er für uns getan. Ich hoffe, er hat gehört, was Sie ihm zu erklären versuchten. Hoffentlich erinnert er sich, wenn er stirbt.«

Das sagte der Doktor.

»Falls nicht«, meinte Ferguson sehr deutlich, »wir werden uns immer daran erinnern.«

Am folgenden Tag fanden sie den verkrümmten Körper.

Es war das erste Begräbnis auf diesem Planeten, jenes, das die Geschichtsbücher beschreiben. Weil auf dem Planeten namens Marchand die Statue auf dem Raumflughafen ein kleines Grundrelief hat, das über diesen Zeilen eingemeißelt ist:

DER VATER DER STERNE

Das Grundrelief hat die Gestalt eines Schimpansen, zusammengekrümmt und mit blinden, verängstigten Augen in die Welt blickend, denn es war der Schimpansenkörper, den sie fanden, und der Schimpansenkörper, den sie unter dem Monument begruben.

Das Grundrelief stellt einen Affenkörper dar. Aber die Statue, die sich darüber erhebt, zeigt einen Gott.

Die fünf Höllen des Orion

I

Sein Name war Herrell McCray, und er hatte Angst.
Er wußte nur, daß er sich in einer Art von Kammer befand, nicht größer als eine Gefängniszelle. Vielleicht war es eine Gefängniszelle. Was es auch sein mochte, er hatte darin nichts zu suchen, denn vor fünf Minuten hatte er sich noch im Weltraum befunden, auf der langen Reise von der Erde zu den blühenden Kolonien im Umkreis von Beteigeuze 9. McCray war Schiffsnavigator und pflegte sich für Kurskorrekturen bereitzuhalten – nicht daß jemals welche notwendig wurden, aber der Grund dafür lag in den stündlichen Kontrollen während des langen Fluges. Er hatte die Scheitelkreiswinkel von den Computer-Schirmen abgelesen, die automatisch den Bereich der Orientierungssterne erfaßten und alles korrekt gefunden, dann hatte er aus alter Gewohnheit den Schleudermechanismus überprüft. Das war bloß eine persönliche Schrulle; er hatte es schon tausendfach getan. Und während er Beteigeuze, Rigel und Saiph anstarrte ... geschah es.
Die Räumlichkeit war total finster, und sie schien mit einer Sammlung von harten, scharfen, klebrigen und knorrigen Gegenständen verschiedener Art sowie einer Anzahl lästiger Formen angefüllt zu sein. McCray strauchelte über etwas, das unter seinen Füßen schwankte, und fiel gegen etwas, das ein hohles Scheppern von sich gab. Er hielt sich aufrecht und hustete, als er in den Bereich von etwas geriet, das gefährlich nach Halogenverbindungen roch, und schrammte sich die Schulter auf, gerade durch seine Raumuniform hindurch, an einem Ding, das vibrierte, als er es anstieß.
McCray besaß keine Vorstellung, wo er sich befand, und keine Ahnung, wie er hinaus konnte.
Nicht nur, daß er sich im Dunkeln befand, sondern auch in so gut wie vollständigem Schweigen. Nein. Nicht ganz.
Irgendwo, eben noch an der Reizschwelle seines Trommelfells, vernahm er so etwas wie eine Stimme. Er vermochte sie nicht regelrecht zu hören, aber irgendwie nahm er sie wahr. Er saß so ruhig wie er es vermochte und lauschte; die Stimme schien nicht greifbar.
Wahrscheinlich bildete er sie sich nur ein.
Aber der Raum selbst war eine harte Tatsache. McCray fluchte wütend und lauthals.
Es war unmöglich und verrückt. Es gab einfach keine Erklärung dafür, wie er aus der warmen, freundlichen Schlafkabine eines

Navigators auf dem Raumschiff *Jodrell Bank* in dieses verdammte, finstere, trostlose Loch von Räumlichkeit gelangt war, in dem alles schrecklich und nichtverständlich schien. Erbittert rief er aus: »Wenn ich nur etwas *sehen* könnte!«

Er stolperte und fiel gegen etwas, das weich, klebrig, aber nicht unbedingt elastisch war, ähnlich wie Kuchenteig.

Ein Flackern rosafarbenen Lichtscheins tauchte auf. Erschrocken sprang er hoch. Er sah etwas, das einer mittelalterlichen Rüstung glich.

Aber es war, wie er im selben Augenblick erkannte, ein Raumanzug. Doch was war das für ein Licht? Und was waren diese anderen Dinge in dem Raum?

Das Licht tanzte mit der Blickrichtung seiner Augen einher. Es war wie ein Blick aus einem Tunnel oder wie das Tragen von Scheuklappen. Er vermochte zu erkennen, was er gerade anschaute, aber sonst nichts. Und die Gegenstände, die er sah, ergaben keinen Sinn. Ein Raumanzug, ja; dafür ließ sich, so war ihm klar, eine logische Erklärung finden – womöglich hatte ein Meteorit die *Jodrell Bank* getroffen, eine Explosion, er hatte die Besinnung verloren und man brachte ihn in diesem Anzug hierher . . . allerdings, es war eine Erklärung mit mehr Löchern als Gewebe, wie ein Fischernetz, aber immerhin war sie einleuchtend.

Aber wie konnte man ein Exemplar von Gibbons *Verfall und Untergang des Römischen Reiches* erklären? Eine Axt für Raumfahrer? Oder den altmodischen Kinderschaukelstuhl, den Chemiekasten – oder zuletzt gar die Fetzen lustig bedruckten Stoffes, die sich, als er sie aufhob, als sparsam geschnittener Damenbadeanzug erwiesen? Es ist wenig beruhigend, dachte er, daß die meisten Gegenstände mehr oder weniger vertrauter Art sind. Sogar der Kinderschaukelstuhl – nun, er hatte selbst einmal ein ähnliches Ding gehabt, lange bevor er zur Schule gehen konnte. Aber was bedeuten diese Gegenstände an diesem Ort?

Nicht alles war ihm vertraut. Die Wände der Räumlichkeit waren fremdartig. Sie waren weder verputzt noch aus Metall, auch nicht aus Holz; sie waren nicht tapeziert, gestrichen oder mit Kacheln ausgelegt. Sie schienen aus einer Art von harter organischer Verbindung zu bestehen, vielleicht eine Art von Plastik oder bearbeiteter Zellulose. In dem rosafarbenen Licht war das Erkennen von Farben erschwert. Doch die Wände schienen farblos zu sein. Sie waren ›neutral‹ – die Farbe von altem Treibholz oder ungebleichtem Tuch.

Von dieser Art waren drei der Wände, der Boden und die Decke. Die vierte Wand war anders gestaltet. Auf ihrer Fläche befanden sich gerasterte Felder; von ihnen ging der beißende, unangenehme Halogengeruch aus. Vielleicht Ventilatoren, dachte er, aber wenn, dann war die Luft, welche sie hereinbliesen, schlechter als die, die schon im Raum war.

McCray begann sich etwas zuversichtlicher zu fühlen. Es war erstaunlich, wie ein bißchen Licht eine unmögliche Situation erträglich machte, wie schnell sein Mut zurückkehrte, sobald er wieder sehen konnte.
Er verharrte und überlegte. Erstens; vor kurzer Zeit – nach subjektivem Ermessen sogar vor wenigen Minuten – hatte er sich noch an Bord der *Jodrell Bank* befunden und nichts anderes im Kopf gehabt, als die Kontrollmaßnahmen so rasch wie möglich abzuschließen und dann mit einem der weiblichen Passagiere Kaffee zu trinken. Zweitens, außer daß man ihn durchgeschüttelt und – er gestand es ein – ihn auf ziemlich humorlose Weise geängstigt hatte, schien ihm nichts geschehen zu sein. Drittens: Wo immer er sich jetzt auch aufhielt, es war weniger wichtig was ihm geschehen konnte; aber was war mit dem Schiff?
Er ließ den Gedanken weiter in seine Überlegungen einfließen. Vermutlich war der *Jodrell Bank* etwas zugestoßen.
Natürlich war es möglich, daß er tot war. All das hier konnten die Fantasien eines sterbenden Gehirns sein.
McCray grinste in die rosa eingefärbte Dunkelheit. Der Gedanke hatte ihn irgendwie erfrischt, als wäre Eiswasser zwischen seine Schläfen gespritzt worden, und mit wachsender Klarheit seines Kopfes besann er sich, wozu ein Raumanzug gut war.
Er enthielt ein Funkgerät.
Er löste die unverschlossenen Versiegelungen, fuhr mit der Hand in den hohlen Brustkörper des Anzugs, und holte das Gerät hervor.
»Hier spricht Herrell McCray«, sagte er, »ich rufe die *Jodrell Bank.*«
Keine Antwort. Er runzelte die Stirn.
»Hier spricht Herrell McCray, ich rufe die *Jodrell Bank*. Herrell McCray an alle, bitte melden.«
Aber es kam keine Antwort.
Nachdenklich steckte er das Mikrofon an seinen Platz. Dies war ein Ultrawellengerät, etwas mehr als millionenmal so schnell wie das Licht, mit einer geschätzten Reichweite von immerhin einigen hundert Lichtjahren. Wenn keine Antwort kam, hieß das, daß er sehr, sehr weit vom nächsten menschlichen Wesen entfernt war.
Natürlich konnte das Gerät auch defekt sein.
Er griff erneut nach dem Mikrofon . . .
Er schrie laut.
Das rosa Licht erlosch. Er saß wieder im Dunkeln, noch finsterer als zuvor.
Ehe das Licht verschwand, hatte McCray etwas bemerkt, das seinen Augen bisher entgangen war. Der Raumanzug und das Mikrofon waren in dem rosa Glühen deutlich genug zu erkennen

gewesen, aber die Hand – seine eigene Hand, um das Mikrofon gelegt – hatte er nicht sehen können. Auch den Arm nicht. Auch nicht, in einem kurzen Moment der Orientierung, seine Brust. Kein Teil von McCrays Körper war zu sehen gewesen.

II

Jemand konnte ihn sehen. Jemand beobachtete Herrell McCray mit der klinischen Faszination eines Biochemikers, der das Wimmeln der Paramyzine im neuen Antibiotika betrachtet – und mit den andächtigen Gefühlen eines verhungernden, schiffbrüchigen Seglers, der ein Faß in seine Reichweite treiben sieht, das *vielleicht* Nahrung enthält.
Nehmen wir an, er hieß Hatcher (und nehmen wir an, es war ein »er«). Hatcher war nicht exakt männlichen Geschlechts, weil seine Rasse kein männliches Geschlecht kannte, aber es gab weibliche Exemplare, und ein solches war er jedenfalls nicht. Hatcher sah in keiner Hinsicht einem menschlichen Wesen ähnlich, aber er verfügte über eine gewisse Form.
Falls jemand Hatcher und McCray zu einer Bekanntschaft verholfen hätte, wären sie sicherlich gut miteinander ausgekommen. Hatcher war, wie McCray, eine abenteuerliche Seele, jung, begabt, und in den technischen Wissenschaften seiner Kultur bewandert. Beide liebten Spiele – McCray Baseball, Poker und dreidimensionales Schach; Hatcher eine Reihe von Sportarten, die sich der menschlichen Beschreibung entziehen. Beide nahmen – in Anbetracht ihres Alters – Positionen von gewisser Bedeutung in den Angelegenheiten ihrer verschiedenen Welten ein.
Physisch ähnelten sie einander nicht in diesem Umfang. Hatcher war eine Sphäre aus Gallert mit harter Schale, drei Fuß groß. Er besaß »Arme« und »Beine«, aber sie standen mit »ihm« nicht in organischer Verbindung. Sie waren schlangengleiche Gebilde und folgten den Anordnungen seines Gehirns so gut wie das menschliche Gehirn einen Zeh wackeln lassen kann, aber sie hingen nicht an ihm. In der Tat arbeiteten sie in einer Entfernung von einer viertel Meile ebenso einwandfrei wie sie es taten, wenn sie, was selten genug der Fall war, in den Falten seiner Haut ruhten. Auf größere Distanzen funktionierten sie weniger gut, aus Gründen, die jedoch mit dem Gesetz vom Umgekehrten Quadrat nichts zu tun hatten.
Augenblicklich bestand Hatchers grundsätzliche Aufgabe darin, das »Untersuchungsteam« zu leiten, das McCray unter Beobachtung hielt, und er war ein wenig mehr als nur erregt. Seine Glieder, in Erfüllung verschiedener Aufgaben über den Raum verteilt, bebten und zitterten ein wenig, aber sie waren die ruhig-

sten Extremitäten unter den anwesenden; die Glieder der übrigen Team-Mitarbeiter befanden sich in einem Zustand heftigen Aufruhrs.
Das Untersuchungsteam hatte einen Schock erlitten.
»Paranormale Kräfte«, murmelte Hatchers stellvertretender Leiter, und die anderen murmelten Zustimmung. Hatcher befahl Ruhe und betrachtete die Kreatur von der Erde.
Nach einer langen Weile wandte er seine Sinne von dem Erdenmenschen. »Unglaublich – aber wahr«, sagte er. »Ich erstatte wohl besser Bericht. Beobachten Sie ihn«, fügte er hinzu, aber das war eigentlich überflüssig. Es war ihre Aufgabe, McCray zu überwachen, und sie würden es tun, umso mehr, als niemand unter den Mitarbeitern seine Aufmerksamkeit, schon aus Sorge um das eigene Leben, von McCray abgewandt hätte, einem so seltsamen und, von ihrem Standpunkt aus, höchst fremdartigen Geschöpf wie Herrell McCray.

Hatcher eilte durch die Hallen jener unterirdischen Bauten, in denen er arbeitete, zu dem Ort, an welchem der Kontrollrat für alle Untersuchungen in Permanenz tagte. Sie empfingen ihn sofort.
Hatcher identifizierte sich und gab einen kurzen, gedrängten Bericht.
»Das Subjekt kam vor kurzer Zeit wieder zu Bewußtsein und begann sein Gehege zu untersuchen. Seine dazu angewandte Methode bestand darin, seine Glieder in physischen Kontakt mit den verschiedenen Objekten im Gehege zu bringen. Nachdem wir ihn für eine Weile dabei beobachtet hatten, folgerten wir, daß er nicht in der Lage sein könnte, etwas zu sehen, und illuminierten sein Gesichtsfeld für ihn. Das schien für eine Zeit gut zu funktionieren. Er machte einen relativ ruhigen Eindruck. Jedenfalls kehrte er bald zu der Methode des physischen Kontakts zurück und manipulierte an dem Zubehör der künstlichen Haut, die wir ihm besorgt hatten. Dann begann er mit Resonanzorganen, die sich innerhalb seiner Atemwege befinden, die Atmosphäre in Vibrationen zu versetzen. Zugleich, so bemerkten wir, erzeugte das Objekt, das mit ihm in physischem Kontakt stand und der künstlichen Haut zugeordnet war, paranormale Kräfte.«
Eine Woge der Überraschung ging durch den Kontrollrat.
»Sind Sie sicher?« forschte eines der Versammlungsmitglieder.
»Jawohl, Sir. Unser Team erarbeitet zur Zeit eine technische Beschreibung dieser Kräfte, aber ich kann bereits soviel mitteilen, daß es sich um elektromagnetische Vibrationen handelt, die eine Übertragungswelle von sehr hoher Geschwindigkeit modulieren, und die Vibrationen selbst werden durch den eigenen Atem des Subjekts verursacht.«
»Fantastisch«, hauchte das Ratsmitglied im Ton aufkeimender

Hoffnung. »Wie steht es um die Kommunikation, Hatcher? Irgendwelche Fortschritte?«
»Nun ... nicht viel, Sir. Er geriet plötzlich in Panik. Den Grund wissen wir nicht, aber wir haben uns gedacht, es sei besser, die Erprobung vorläufig nicht fortzusetzen und ihn sich etwas erholen zu lassen.«
Der Rat beriet einige Zeit untereinander. Hatcher wartete. Es war nicht unbedingt eine Zeitverschwendung für ihn; mit den Organen, die er im Arbeitsraum des Untersuchungsteams gelassen hatte, unterrichtete er sich davon, was mit den Objekten in der Dunkelheit geschah, und wußte, daß das Team versucht hatte, das Gehege kurz für ihn zu illuminieren – wußte, daß McCray wieder umhertappte und daß die Panik des Subjekts wuchs.
Dennoch ärgerte Hatcher sich. Er wollte zurück.
»Unterbinden Sie Ihre Nervosität«, befahl plötzlich der Versammlungsleiter. »Hatcher, Sie haben unverzüglich eine Kommunikation herzustellen.«
»Aber, Sir ...« Hatcher schwang sich näher, seine dicke Haut zitterte leicht; er würde gestikuliert haben, hätte er seine Glieder dabei gehabt. »Wir sind so weit gegangen, wie es möglich war. Wir haben ihm das Gehege gemütlich eingerichtet –« – was er wirklich sagte, war etwa dies: Wir haben die biophysikalischen Nuancen des Geheges für ihn erwärmt – »– und versuchen, seine Bedürfnisse zu ergründen, und dabei ängstigen wir ihn halb zu Tode. Wir *können nicht* näher heran. Zum Leben braucht er paranormale Kräfte – Wärme, Licht, kinetische Energie. Seine Chemie ist nicht die unsere, seine Gedankenprozesse nicht, sein ganzer Organismus gleicht eher einem leblosen Felsen am Meeresgrund als dem unseren.«
»Verstehen Sie, Hatcher. In Ihrem ersten Bericht erwähnten Sie, diese Kreaturen seien intelligent.«
»Jawohl, Sir. Aber nicht auf unsere Art.«
»Aber auf *irgendeine* Art, und die müssen Sie ergründen. Ich weiß.« Ein Glied in Form einer Hummerschere richtete sich ermahnend vor Hatcher auf. »Sie wollen Zeit. Aber wir haben keine Zeit, Hatcher. Ihr Untersuchungsteam ist nicht das einzige, das sich an dieser Arbeit befindet. Das Team der Zentralmassen hat soeben einen alarmierenden Bericht vorgelegt.«
»Haben sie ein geeignetes Subjekt gesichert?« erkundigte sich Hatcher in einem Anflug von Eifersucht.
Das Ratsmitglied zögerte.
»Schlimmer als das, Hatcher. Ich befürchte, ihre Subjekte haben sich einen von ihnen gesichert. Ein Mitarbeiter des Zentralmassen-Teams ist verschwunden.«
Für einen Moment herrschte Schweigen. Der Versammlungsraum war so still wie ein Museum, bis das Ratsmitglied erneut zu

sprechen begann; jedes der Ratsmitglieder schwebte über dem Platz, der ihm zustand, ihre Glieder trieben über ihnen.
»Ich glaube, ich spreche für uns alle. Wenn die Alten sich eines unserer Untersuchungsmitarbeiter bemächtigt haben, ist unsere Zeit beachtlich beschränkt. Wahrhaftig kann es zutreffen, daß wir bereits keine Zeit mehr haben. Sie müssen alles tun, um eine Kommunikation mit Ihrem Subjekt herzustellen.«
»Aber die Gefahr für das Exemplar ...« protestierte Hatcher automatisch.
»... ist nicht größer«, meinte das Ratsmitglied, »... als die Gefahr für jeden von uns, falls wir nicht *jetzt* Verbündete finden.«

Hatcher kehrte trübsinnig in sein Laboratorium zurück.
Das war die Art, auf welche der Rat die Schrauben anzuziehen pflegte; er stand in dem Ruf, Resultate um jeden Preis zu verlangen – auch um den Preis, das einzige Ding zu zerstören, von dem sich Resultate erhoffen ließen.
Der Gedanke, den Erdenmenschen in Gefahr zu versetzen, mißfiel Hatcher. Man kann nicht sagen, daß er emotional belastet war. Es waren keineswegs Mitleid oder Sympathie, die ihn veranlaßten, die Gefahren, welche in der zu raschen Herstellung der Kommunikation lagen, lieber zu meiden. Nicht einmal Hatcher vermochte sich über die abstoßenden physischen Differenzen zwischen dem Erdenmenschen und der eigenen Rasse hinwegzusetzen. Aber Hatcher mochte ihn nicht zerstören. Es war schwierig genug gewesen, ihn hierher zu bekommen.
Hatcher orientierte sich unter den Gliedern, die er beim Team gelassen hatte, und stellte fest, daß es keine besonderen Vorkommnisse gab, und so nahm er sich Zeit zum Essen. Hatchers Rasse erledigte dies auf eine Weise, die einem Menschen nicht eben erfreulich erschienen wäre. Ein Schlitz im unteren Bereich seines Körpers öffnete sich, wie eine Börse, und schied eine dünne, nach Eiter riechende Flüssigkeit aus, die Hatcher auffing und in einen Abflußtrog an der Seite des Speiseraums schüttete. Dann stopfte er ein fleischiges Gemüse, ähnlich wie Tang, in den Schlitz, der sich schloß, und damit war sein Körper mit Nahrung für einen weiteren Tag versehen.
Er kehrte schnell in den Arbeitsraum zurück.
Sein stellvertretender Leiter war beschäftigt, aber einer der anderen Mitarbeiter berichtete ihm – es gab keine Neuigkeiten – und erkundigte sich nach Hatchers Erscheinen vor dem beaufsichtigenden Rat. Hatcher überhörte die Frage. Er überlegte, ob er seinem Team von dem Verschwinden des Mitarbeiters beim Zentralmassen-Team erzählen solle, aber entschied sich dagegen. Man hatte ihm nicht gesagt, daß es eine Geheimsache sei. Andererseits, man hatte auch das Gegenteil nicht gesagt. Ein Ereignis von dieser Bedeutung sollte besser nicht leichtfertig verbreitet

werden. Für endlose Generationen hatte die Bedrohung durch die Alten über seiner Rasse gehangen, jenen seltsamen, beinahe mythischen Existenzen aus der Zentralmasse der Galaxis. Vor Zeitaltern hatte eine Begegnung mit ihnen fast Hatchers Rasse vernichtet. Nur durch ständige Flucht und immer neue Verstecke, indem man Planeten samt der Bevölkerung räumte und ihnen als irreführende Köder hinterließ, hatten sie schließlich bis heute überlebt.

Nun hatte man Erkundungsgruppen der Alten entdeckt, gefährlich nahe bei jenem Spiralarm, in dem der Planet von Hatchers Rasse sich befand, und so bildeten sie Untersuchungsteams, um einen Weg zur Bekämpfung der Alten zu finden, oder einen neuen Weg zur Flucht.

Aber vielleicht waren es gerade die Untersuchungsteams, die dem Feind Hinweise auf ihren Aufenthaltsort gaben ...

»Hatcher!«

Der Ruf war dringend; er eilte, um den Grund zu erfahren. Es war sein stellvertretender Leiter, in großer Erregung. »Was gibt es?« forschte Hatcher.

Hatcher geduldete sich; er kannte seinen Assistenten gut. Offensichtlich war irgendetwas im Gange. Er nutzte die Gelegenheit, seine Glieder zur Fütterung zu rufen; sie krochen zurück in seine Hautfalten und deponierten sich in ihren Schlitzen, gaben ihre Abfallstoffe in seinen Kreislauf ab und verschlangen von der Mahlzeit, die er eben eingenommen hatte, was sie benötigten ...

»Da!« schrie der Assistent. »Sehen Sie!«

Auf einem Bildschirm, besser gesagt, auf einem Gerät, das Hatchers Rasse zu einem analogen Zweck diente, formte sich ein Umriß. Eigentlich war es der Assistent selbst, der ihn formte, kein Kathoden-Aufzeichner oder ein Schattenprojektor, aber es zeigte, was es zeigen sollte.

Hatcher stutzte. »Ein neues Exemplar! Und – handelt es sich um eine andere Rasse? Oder bloß um ein anderes Geschlecht?«

»Betrachten Sie das Exemplar selbst«, forderte der Assistent auf.

Hatcher sah ihn frostig an; schließlich war seine Geduld nicht endlos. »Spielt keine Rolle«, sagte er dann. »Holen Sie es ein.«

Und dann, in gänzlich anderer Stimmung: »Vielleicht werden wir ihn dringend benötigen. Das erste Exemplar wird womöglich in dem Prozeß umkommen.«

»Umkommen, Hatcher?«

Hatcher erhob und schüttelte sich, seine hirnlosen Glieder schwebten davon, wie Säuglinge, die man von der Mutterbrust stößt. »Befehl vom Rat«, sagte er. »Wir beginnen unverzüglich mit Stufe Zwei des Projekts.«

III

Bevor Stufe Zwei begann, oder bevor Herrell McCray ihren Anfang bemerkte, hatte er einen Einfall.

Die Finsternis war total, aber er entsann sich, wo der Raumanzug stand und tappte und tastete sich zu ihm, und, ja, er enthielt, was alle Raumanzüge enthalten müssen. Ein Licht. Er fand den Schalter und betätigte ihn.

Licht. Helles, durchdringendes Licht, irdisches Licht, das alles zeigte. – auch ihn selbst.

»Gott sei Dank«, sagte er, nahezu außer sich vor Freude. Was auch der rosafarbene, tanzende Lichtkegel gewesen war, es hatte ihn in Panik versetzt; nun, da er die eigene Hand wieder sehen konnte, vermochte er die seltsamen Effekte den fremdartigen Eigenschaften des rosafarbenen Lichts zuzuschreiben.

In dem Augenblick, als er das Klicken hörte, begann Stufe Zwei.

Er schaltete das Licht aus und stand für einen Moment lauschend.

Eine Sekunde lang glaubte er, jene entfernte Stimme, monoton, ruhig, fast hoffnungslos, zu vernehmen, welche er Stunden zuvor wahrgenommen hatte, doch dann war sie verschwunden.

Etwas anderes war ebenfalls nicht mehr vorhanden, ein schwaches, mechanisches Geräusch, das die ganze Zeit angehalten hatte und das er jetzt vermißte. Und da war, vielleicht, ein leises, neues Geräusch, das bisher nicht vorhanden gewesen war: ein sehr leises, nahezu unhörbares elfenhaftes Zischen.

McCray schaltete das Licht ein und sah sich um. Nichts schien sich verändert zu haben.

Und doch war es bestimmt wärmer in dem Raum geworden.

Er konnte keine Veränderung feststellen, aber vielleicht, dachte er, ließ sie sich riechen. Der unangenehme Halogengeruch aus den Gittern war mit Sicherheit stärker geworden. Perplex verharrte er.

Eine dünne, leise Stimme sagte aus dem Helm des Raumanzugs in scharfem, verblüfftem Ton: »McCray, sind Sie das? Woher, zum Teufel, rufen Sie?«

Er vergaß Geruch, Geräusch und Temperatur und sprang zu dem Anzug. »Hier ist Herrell McCray«, rief er. »Ich befinde mich in irgendeinem Raum, anscheinend auf einem Planeten mit annähernder Erdmasse. Ich weiß nicht ...«

»McCray!« rief die dünne Stimme in sein Ohr. »Wo sind Sie? Hier ruft die *Jodrell Bank*. Antworten Sie bitte!«

»Ich *antworte* ja, verflucht!« brüllte er. »Warum brauchen Sie so lange?«

»Herrell McCray«, summte die dünne Stimme, »Herrell McCray, Herrell McCray, hier antwortet die *Jodrell Bank* auf Ihre Nachricht; bitte bestätigen Sie. Herrell McCray, Herrell McCray ...«

So ging es weiter und weiter.
McCray nahm einen tiefen Atemzug und überlegte. Irgendetwas war nicht in Ordnung. Entweder hörten sie ihn nicht, was bedeutete, daß das Funkgerät nicht sendete – oder nein. Daran lag es nicht; sie *hatten* ihn gehört, denn sie antworteten. Aber es schien so lange zu dauern ...
Plötzlich wurde sein Gesicht weiß. Lange gedauert! Er besann sich, stieß zum Kern des Problems vor, nicht in der Lage, die Implikationen zu erfassen. Wann hatte er sie gerufen? Vor zwei Stunden? Vor drei?
Hieß das – konnte das *womöglich* bedeuten, daß es bei jedem Ruf eine Verzögerung von einer oder zwei Stunden gab? Hieß das, daß es mit der Wellengeschwindigkeit des Parafunkgeräts in dem Anzug, millionenfach schneller als das Licht, *Stunden* brauchte, Nachrichten zum Schiff und zurück zu übermitteln?
Und wenn ... wo, um Himmelswillen, steckte er?
Herrell McCray war Navigator, was besagte, daß er ein Mann war, der gelernt hatte, den Offensichtlichkeiten der Mathematik und der Instrumente mehr zu trauen als seinen »gewöhnlichen Sinnen«. Während die *Jodrell Bank*, mit Unterlichtgeschwindigkeit zwischen den Sternen reisend, ihre regulären Positionskontrollen vornahm, erwiesen die »gewöhnlichen Sinne« sich als Lügner. Das Augenlicht pflegte zu täuschen. Dem Blickfeld war direkt voraus und direkt rückwärts zu trauen – bisweilen nicht einmal dann – und es brauchte Computer, mit Daten gefüttert, um einen Stern zu erfassen, drei Fixpunkte in Position miteinander zu setzen.
Wenn die Aussagen des Funkgeräts den gemeinen Sinnen widersprachen, dann irrten die normalen Sinne. Es mochte ausgeschlossen sein, zu glauben, was die Dauer der Nachrichtenübermittlung verriet, aber Glaube war hier fehl am Platze, nur Handeln konnte helfen.
McCray drückte den Knopf des Funkgeräts und gab einen kurzen Bericht über seine Situation und über seine Bedürfnisse. »Ich weiß nicht, wie ich hierher geraten bin. Ich weiß nicht, wie lange ich mich hier befinde, weil ich für eine gewisse Zeit bewußtlos war. Jedenfalls, wenn die Übermittlungsdauer ein zuverlässiger Hinweis ist ...« – er schluckte und sprach weiter – »... ich schätze, daß ich mich gegenwärtig etwas mehr als fünfhundert Lichtjahre von Ihnen entfernt befinde. Das ist alles, was ich zu sagen habe, bis auf ein Wort noch: Hilfe.«
Er grinste verdrießlich und schaltete ab. Die Nachricht war unterwegs, und es würde Stunden dauern, bis die Antwort eintraf. Deshalb mußte er überlegen, was zunächst zu tun war.
Er rieb seine Augenbraue. Jetzt, nachdem der summende, sich wiederholende Ruf vom Schiff eingestellt war, herrschte wieder Stille im Raum. Und es war warm.

Sehr warm, dachte er träge – und mehr als das. Der Halogengestank stach stark in seine Nase.
Eilig kletterte McCray in den Raumanzug. Als er den Anzug verschloß, brach er wegen dem zerrenden Kratzen, das ihn tief in seinen Lungen quälte, in heftiges, unkontrollierbares Husten aus. Chlor oder Fluor, etwas davon hatte sich in der Luft befunden, die er geatmet hatte. Er wußte nicht, woher es kam, aber es schien seine Lungen zu zerreißen.
Er füllte den Innenraum des Anzugs unter Mißachtung der Reserven aus, hielt die Luft an, so gut es ging, und wagte nur flache Atemzüge; Würgen und ein Schwindelgefühl überkamen ihn. Nach einer ganzen Weile vermochte er zu atmen, aus seinen Augen schossen Tränen.
Er konnte den Dampf in dem Raum jetzt sehen. Die Hitze schwoll an.
Automatisch – da er ihn angezogen und damit zugleich das Schutzsystem aktiviert hatte – begann ihn der Anzug zu kühlen. Es war ein schwerer Raumanzug, der seine reguläre Verwendung fand, wenn man jenseits der Außenhülle überlichtschneller Schiffe zu tun hatte. In dünner Atmosphäre genügte er innerhalb eines Spielraums bis zu fünfhundert Grad, und vielleicht dreihundert bis vierhundert Grad in dichter Atmosphäre. In dünner Luft oder im Raum neigten die elastischen Gelenke und Verschlüsse in zu großer Hitze dazu, sich zu lockern; in dichter Atmosphäre, wenn das leitungsfähige Material des Anzugs die Hitze schneller annahm, als die Kühlanlage sie absorbieren konnte, war es die Kühlanlage, die zusammenbrechen konnte.
McCray sah keinen Weg, herauszufinden, wie groß die Hitze werden würde. Auch nicht, ob der Anzug geeignet war, einem ätzenden Medium, wie in diesem Fall, zu widerstehen.
Alles in allem, war es an der Zeit, etwas zu unternehmen.
Unter den Gegenständen am Boden, so entsann er sich, war auch eine Raumfahreraxt von fünf Fuß Länge, mit einer Klinge aus Wolfram und einem Schaft aus elastischem Aluminium.
McCray nahm sie an sich und trat zur Tür. Sie lag gut in seinen Panzerhandschuhen, ein beachtliches Gewicht; jede Waffe stärkt das Rückgrat des Mannes, der sie hält, und McCray war dankbar dafür. Mit konkreten Aufgaben konnte er quälende Fragen umgehen. Gleichgültig, warum man ihn hierher gebracht hatte; gleichgültig auch, auf welche Weise. Gleichgültig, was er danach tun würde oder konnte; alle diese Fragen traten in den Hintergrund seines Bewußtseins, während er die Axt schwang und sich seinen Weg aus diesem giftigen Ofen schlug.
Krach-Klang! Die doppelte Erschütterung lief den Schaft der Axt hinauf, durch seine Handschuhe und in seine Arme, aber er machte Fortschritte; er sah das Plastikmaterial – oder was immer

es war – der Tür. Es splitterte. Nicht leicht, sondern widerstrebend, aber es zerspritzte in Splitter, die weiße grobe Kerben hinterließen.
Auf diese Weise, dachte er grimmig, würde er eine Stunde brauchen, um durchzukommen. Blieb ihm noch eine Stunde?
Aber er benötigte keine Stunde. Ein Hieb erwies sich als glücklicher als die anderen; es mußte den Verschlußmechanismus erwischt haben. Die Tür erbebte und öffnete sich leicht. McCray schmetterte die Schneide der Klinge in die Öffnung und riß die Tür in ihrer ganzen Breite auf.
Er stand in einem anderen Raum, vielleicht eine Halle, groß und kahl.
McCray preßte den Rücken gegen die zerbrochene Tür, so dicht wie möglich; es würde das Gas und die Hitze nicht aufhalten, aber ihr Eindringen verzögern.
Der Raum war wiederum nicht beleuchtet – am wenigsten für McCrays Augen. Es gab nicht einmal das rosa Pseudolicht, das ihn so verwirrt hatte; da war nichts als der Strahl seiner Anzuglampe. Aus dem, was er zeigte, wurde er nicht so recht schlau. Es gab Anzeichen der Benutzung: Regale, kastenartige Vorrichtungen, die an Küchenschränke erinnerten, unförmige waagerechte Flächen waren an den Wänden angebracht; es mochte sich um Werkbänke handeln. Obwohl sie seltsamen Charakters waren, ließ sich aus ihnen kein Schluß auf die Geschöpfe ziehen, die sie benutzten. Einige befanden sich nahe am Boden, einige in Hüfthöhe, einige hingen sogar von der Decke. Ein Mensch würde eine Leiter benötigen, um an diesen Werkbänken zu arbeiten, und McCray, der sie anstarrte, dachte kurz an vielarmige, blinde Riesen oder formlose, ungeheuer große Amöben, und fühlte seine Haut im Nacken prickeln.
Er tappte unentschlossen zu einem der Schränke und war nicht überrascht, daß sie aus ebenso widerstandsfähigem Material bestanden wie die Tür. Zweifellos würde er den Schrank gewaltsam öffnen können, aber nachher würde wahrscheinlich von dem Inhalt nicht mehr viel übrig sein, und da war die Frage der Zeit.
Aber seine Aufmerksamkeit wurde durch einen Schimmer, der von einer der Werkbänke ausging, abgelenkt. Es handelte sich um einen aufgetürmten Haufen Metallteile. Er tippte mit seinem steiffingrigen Panzerhandschuh dagegen; sie schienen seltsam ihm vertraut. Sie schienen, dachte er, sehr nach den Einzelteilen einer Schußwaffe auszusehen.
Sie waren es in der Tat. Er vermochte Lauf, Kammer und Abzug zu erkennen, sogar ein Paar Patronen, säuberlich geöffnet, die Pulverkörner daneben aufgeschichtet. Es war ein älteres, plumperes Modell als jenes, das McCray in dem Notschrank der *Jodrell Bank* gesehen hatte – und plötzlich wünschte er, sie mitzuführen – aber es war eine Pistole. Eine weitere Trophäe, wie das

komische Sortiment in dem anderen Raum? Er konnte es nicht herausfinden. Aber die anderen Gegenstände waren ihm mehr vertraut gewesen; sie hätten alle von der *Jodrell Bank* stammen können. Er hätte schwören mögen, daß nichts von der Art dieses antiken Stücks sich an Bord befunden hatte.
In seinem Ohr begann wieder das Summen, als ob es einem Intervall von fünf Minuten unterworfen sei: »Herrell McCray, Herrell McCray, Herrell McCray, *Jodrell Bank* ruft Herrell McCray ...«
Und lauter, schreiend, dann zu normalem Volumen absinkend, als die automatische Lautstärkeregelung des Empfängers den Ruf einpendelte, eine andere Stimme. Die Stimme einer Frau, die in Panik und Entsetzen aufschrie: »*Jodrell Bank!* Wo sind Sie? Hilfe!«

IV

Hatchers stellvertretender Leiter sagte: »Er hat den ersten Überlebenstest bestanden. Er ist wahrhaftig ausgebrochen! Was nun?«
»Warten!« befahl Hatcher scharf. Er beobachtete das neue Exemplar, und sorgenvolle Gedanken beschlichen ihn. Es schien weiblichen Geschlechts zu sein und Schmerzen zu leiden, aber es war nicht der Schmerz, der Hatcher beunruhigte; es war etwas, das seinen Interessen weitaus näher lag.
»Ich glaube«, sagte er langsam, »daß sie miteinander in Kontakt stehen.«
Sein Assistent vibrierte schockiert.
»Ich weiß«, sagte Hatcher, »doch sehen Sie. Begreifen Sie? Er geht geradewegs in ihre Richtung.«
Hatcher, der kein Mensch war, besaß keine typisch menschlichen Emotionen, aber er empfand Verblüffung, wenn er verblüfft war, und Furcht, wenn es Grund zum Fürchten gab. Diese Exemplare, unter so großen Schwierigkeiten erlangt, standen unter seiner Verantwortung. Er kannte die mit dem Projekt verbundenen Probleme genauer als seine Helfer. Sie konnten nur über die komischen Possen der Fremden mit den am Körper baumelnden Armen und den übersinnlichen Kräften überrascht sein. Hatcher wußte, daß dies keine Abnormitätenschau war, sondern eine Frage von Leben und Tod.
Nachdenklich meinte er: »Das neue Exemplar, ich vermag mit ihr keine Verbindung aufzunehmen, aber ich vernehme – fast jedenfalls – von Zeit zu Zeit ein Wispern. Der erste, das Männchen, nichts. Aber das weibliche Exemplar ist vielleicht nicht völlig stumm.«
»Dann sollen wir ihn entlassen und vergessen und mit ihr arbeiten?«

Hatcher zögerte. »Nein«, sagte er schließlich. »Das männliche Exemplar reagiert gut. Bedenken Sie, daß bei der letzten Versuchsreihe alle Subjekte starben; er lebt immerhin. Aber ich überlege etwas. Wir vermögen mit dem weiblichen Subjekt nicht gänzlich in Verbindung zu treten ...«

»Aber?«

»Aber ich bin nicht sicher, ob andere es auch nicht können.«

Die Frauenstimme kam aus so geringer Entfernung, daß das Funkgerät in McCrays Anzug eine gute Peilvorrichtung abgab. Er lokalisierte die Richtung einfach genug, indem er die kleine, eingebaute Antenne mit der Axtklinge abschirmte, während sie um Eile bettelte. Ihre Stimme hatte einen starken Akzent, mit einigen Wörtern aus einer Sprache, die er nicht kannte. Sie schien unter einem Schock zu stehen.

Das überraschte McCray kaum; schließlich hätte er selbst bald einen Schock erlitten. Er versuchte sie zu beruhigen, während er einen Weg aus der Halle suchte, aber mitten in einem Wort brach ihre Stimme ab.

Er zögerte, wog die Axt in seiner Hand, und warf einen flüchtigen Blick zurück, in die Richtung, aus der er gekommen war. Es mußte einen Weg hinaus geben, auch wenn das hieß, sich durch eine Wand zu schlagen.

Als er sich wieder umwandte, war dort eine Tür. Sie war merkwürdig geformt und nicht von der Sorte wie jene, die er durchbrochen hatte, aber auf jeden Fall eine Tür, und sie stand offen.

McCray musterte sie grimmig. Mit außerordentlicher Sorgfalt durchforschte er sein Gedächtnis. Hatte er nicht noch vor wenigen Augenblicken eben diese Stelle angesehen? Er hatte. Und war dort eine offene Tür gewesen? Nein. Dort war nicht einmal ein schattenhafter Umriß der dreiseitigen, unregelmäßig geformten Öffnung gewesen, die sich jetzt dort befand.

Aber sie lag in der gewünschten Richtung. McCray begnügte sich damit, eine weitere unerklärliche Tatsache zu registrieren, und trat hindurch. Er kam in einen anderen Raum – besser gesagt, einen Tunnel – der steil nach rechts anstieg. Nach seiner Schätzung stimmte die Richtung. Er arbeitete sich hinauf, unter dem Gewicht des Anzugs schwitzend, und gelangte zu einer ebenfalls geöffneten Tür, diesmal rund, und dahinter ...

Ja, dahinter war die Frau, deren Stimme er vernommen hatte.

Es war eine Frau, klar. Die Stimme hatte so verzerrt geklungen, daß er nicht sicher gewesen war. Sogar noch jetzt verunsicherte ihn das kurze, schwarze Haar, und die Person lag mit dem Gesicht nach unten, aber Taille und Hüften waren solche einer Frau, obwohl sie vollständig in plumpe Kleidungsstücke gehüllt war.

Er kniete sich neben sie und drehte behutsam ihren Kopf.

Sie war besinnungslos. Breites, dunkles Gesicht, ohne Makeup; sie war anscheinend in den späten Dreißigern. Sie schien Chinesin zu sein.
Sie atmete, ein wenig schwer, aber ohne sichtbare Beschwerden; ihr Gesicht war entspannt, als schliefe sie nur. Sie erwachte nicht, als er sie bewegte.
Er bemerkte, daß sie die Atmosphäre der Räumlichkeit atmete, in der sie sich befanden.
Sein erster Gedanke war, daß sie in Vergiftungsgefahr schwebte; er wollte aufspringen und sie in den engen, schwachen Raumanzug stecken, den er zusammengelegt in einer Ecke sah. Dann fiel ihm ein, daß sie nicht so reibungslos atmen würde, wenn der Raum von den giftigen Dämpfen erfüllt gewesen wäre, die ihn aus dem ersten Raum getrieben hatten.
Daraus ließ sich ein einleuchtender Schluß ziehen; vielleicht konnte er seine eigenen Sauerstoffreserven einsparen. Er versuchte es, öffnete er den den Verschluß seiner Helmscheibe und nahm einen vorsichtigen Atemzug. Es war noch ein schwacher Halogengeruch vorhanden, aber nicht stark genug, seine Tränendrüsen zu reizen, und die Lufttemperatur erwies sich lediglich als angenehm warm.
Er schüttelte sie, aber sie erwachte nicht.
Er richtete sich auf und betrachtete sie gedankenschwer. Es war eine Enttäuschung. Ihre Stimme hatte in ihm die Hoffnung auf Gesellschaft geweckt, auf jemanden, mit dem sich die Dinge besprechen ließen, mit dem man sie diskutieren konnte – jemanden, der, falls er selbst keine besseren Antworten als McCray wußte, doch schließlich in der beiderseitigen Aussprache dazu beitragen würde, irgendeinen Sinn in den Ungereimtheiten zu finden, die dieser Ort bescherte.
Stattdessen hatte er nun eine weitere Last zu tragen, da sie selbst nicht dazu in der Lage war, und gewiß konnte er sie nicht in ihrem Zustand zurücklassen.
Er legte geistesabwesend den Helm ab und drückte, während er sich in der Kammer umschaute, den Knopf, der die Kühlanlage desaktivierte. Er war leer bis auf einige unwichtige Gegenstände menschlicher Herkunft – so ziemlich in der Art der Kammer, in der er zuerst gelandet war, abgesehen davon, daß die Gegenstände nicht von der *Jodrell Bank* stammten. Ein geflochtener Rohrschirm, einige Backutensilien, eine Art Rechenmaschine, mehrere Bücher – er nahm eines der Bücher und blickte flüchtig hinein. Es war auf grobem Papier gedruckt, und der Text bestand aus ideografischen Schriftzeichen, vielleicht Chinesisch. Er kannte sich in orientalischen Sprachen nicht aus.
McCray war darüber informiert, daß die *Jodrell Bank* nicht das einzige Überlichtraumschiff in diesem Raumsektor war. Die Beteigeuze-Linie wurde stark frequentiert, wie es die überlicht-

schnellen Flüge ermöglichten: nahezu täglich starteten Schiffe von irgendeinem Punkt der Erde zu einer der Kolonien, und der Verkehr in Gegenrichtung war gleichartig stark.
Natürlich, wenn die Verzögerung in der Kommunikation nicht trog, befand er sich nicht länger in diesem Teil des Weltalls; Beteigeuze lag nur wenige hundert Lichtjahre von Sol entfernt, und Funkgeräte überwanden die Distanz in etwa fünfzig Minuten. Aber angenommen, die Frau stammte von einem anderen Schiff, vielleicht aus Singapur oder Tokio, das auf der gleichen Linie flog. Sie konnte leicht so gefangen worden sein, wie man ihn geschnappt hatte. Und wenn sie erwachte, vermochte er zu erfahren, was ihr geschehen war, und daraus ließen sich womöglich nützliche Schlüsse ziehen.
Allerdings war nicht leicht herauszufinden, was unter diesen höchst unerwarteten und unangenehmen Umständen von Nutzen sein konnte.
Der Ruf von der *Jodrell Bank* setzte erneut ein: »Herrell McCray, Herrell McCray, Herrell McCray, hier ist die *Jodrell Bank* ...«
Er drehte die Lautstärke herab, wagte jedoch nicht abzuschalten. Er hatte seine Zeitorientierung verloren und konnte nicht ahnen, wann sie auf seine letzte Nachricht antworten würden. Er mußte die Antwort erhalten, wenn sie eintraf. Was sollte inzwischen mit seiner Mitgefangenen geschehen?
Ihr Anzug war nur ein leichteres Arbeitsmodell, luftdicht wie der seine, aber ohne die Schienen, welche für den Einbau eines Raketenantriebs erforderlich waren. Er enthielt reichlich Sauerstoff und einen begrenzten Wasservorrat, aber weder Nahrung noch Medikamente.
McCray besaß natürlich beides. Das war lediglich ein Grund mehr, warum er sie nicht verlassen und seines Weges gehen durfte ... das heißt, falls es eine Veranlassung gab, in die eine Richtung zu gehen statt in die andere, und falls sich gelegentlich wieder eine Wand auftun würde, um ihn durchzulassen.
Man könnte ihr ein Anregungsmittel einspritzen, überlegte er. Würde das die Situation verbessern? Nicht grundsätzlich, entschied er mit einigem Bedauern. Schlaf war eine Notwendigkeit, kein Luxus; es wäre keine Hilfe für sie, auf chemische Weise geweckt zu werden, wenn der Körper sein Schlafbedürfnis demonstrierte, indem er auf einen Anruf nicht reagierte. Wenn sie nicht ernstlich mitgenommen war, würde sie auf jeden Fall in Kürze aus eigener Kraft zur Besinnung kommen.
Er kontrollierte den Puls und die Pupillen; alles normal, keine Anzeichen von Blutverlust oder eines somatischen Schocks.
So weit, so gut. Immerhin hatte er seinen Willen bisher durchsetzen können, dachte er in grimmigem Humor. In diesem Umfang hatte er die Herrschaft über das eigene Schicksal wiedererlangt, und das ließ ihn sich ein wenig besser fühlen.

Vielleicht ließ sich mehr tun. Wie stand es, zum Beispiel, mit dem Versuch, einen Weg hinaus zu finden?
Es war sehr wahrscheinlich, daß sie hier nicht endlos bleiben konnten – das war die Tatsache, welche zuerst berücksichtigt werden mußte. Entweder bildete er sich es ein, oder der Geruch von Halogenen wurde wieder stärker. In jedem Fall gab es keine Garantie, daß es sich in diesem Raum länger aushalten ließ als im letzten, und er mußte mit der Gewißheit rechnen, daß der Sauerstoffvorrat eines Raumanzugs nicht ewig reichte. Diese Räumlichkeiten mochten sich als tödliche Fallen erweisen.
McCray verharrte, auf den Stiel der Axt gestützt, und fragte sich, wieviel von seinen Gedanken vom Verstand und wieviel von Panik bestimmt wurden. Er wußte, was er mehr als alles andere wollte: diesen Ort verlassen, das All und die Sterne sehen, dorthin, wo keine tückischen Kreaturen hinter unsichtbaren Fenstern lauerten oder ihn durch verborgene Televisoren beobachteten und ihn zum Narren halten oder ihm Fallen stellen konnten. Aber gab es irgendeinen Grund, zu glauben, daß er anderswo besser aufgehoben war? Konnte dieser Ort nicht sogar eine Art Vivarium sein, das zu seinem Schutz unterhalten wurde – daß das Eindringen giftiger Gase und die Hitze im ersten Raum kein planmäßiger Anschlag auf seine Person gewesen waren, sondern ein Versagen der Schutzvorrichtungen, die ihn allein am Leben hielten?
Er wußte es nicht und konnte es der Natur der Dinge nach auch nicht. Aber paradoxerweise weckte der Gedanke, daß eine Flucht die Gefahr steigern könnte, nur eine noch stärkere Begierde zu entfliehen. Er verlangte Gewißheit. Wenn draußen der Tod wartete, wollte McCray ihm ins Auge schauen – jetzt, während er noch in guter physischer Verfassung war.
Während er noch bei Verstand war. Die Fähigkeit, ungeklärte Phänomene hinzunehmen, war begrenzt; früher oder später würde er sich den Widersprüchen, Rätseln und Ängsten ausliefern müssen.
Was konnte er mit der Frau anfangen? Möglicherweise vermochte er sie zu tragen; aber auch ihren Anzug? Er wagte nicht, sie ohne ihn mitzunehmen. Es würde nicht erfreulich sein, sie sterben zu sehen, wenn er sie in eine andere giftige Atmosphäre brachte, nachdem er sie ihrer einzigen Chance beraubt hatte. Allerdings wog der Anzug etwa fünfzig Pfund. Sein eigener etwas mehr; die Frau, so schätzte er, einhundertdreißig Pfund. Die Summe ergab ein höheres Gewicht, als er bewältigen konnte, zumindest nicht weiter als ein paar Dutzend Meter.
Sein Helmlautsprecher sagte plötzlich: »Herrell McCray, hier spricht die *Jodrell Bank*. Ihre Nachricht ist angekommen. Wir sind bei der Peilung und rufen Sie wieder. Halten Sie durch. In zehn Minuten melden wir uns erneut.« Und, in anderem Tonfall:

»Gott helfe Ihnen, Mac. Was, zum Teufel, ist Ihnen widerfahren?«
Es war eine gute Frage. McCray fluchte gewaltig, weil er keine Antwort wußte.
Er fand ein spärliches Vergnügen darin, sich vorzustellen, was in diesem Moment auf der *Jodrell Bank* im Gange war. Immerhin war die Verblüffung nicht allein auf seiner Seite. Sie mußten sehr verwirrt sein. Soweit sie hatten ermitteln können, hatte ihr Navigator sich in dem einen Moment auf der Brücke befunden, im nächsten Augenblick war er verschwunden, unauffindbar. Das allein war ein großes Rätsel; den einzigen Weg, ein überlichtschnelles Schiff während des Fluges zu verlassen, nannte man Selbstmord. So mußten sie angenommen haben, klar, nachdem sie das Schiff durchsucht und festgestellt hatten, daß er nicht aus irgendeinem Grund in den Laderäumen umherirrte oder bewußtlos in irgendeiner Kabine lag, infolge eines Angriffs durch ein anderes Besatzungsmitglied, was ohnehin schwer vorstellbar war. Sie mußten gedacht haben, er sei, verrückterweise, in einen Raumanzug gestiegen – hier war ja der Anzug – und aus einer Schleuse gesprungen. Aber es würde keinen Grund gegeben haben, umzukehren und ihn zu suchen. Klar, sie hätten ihn anpeilen können, wenn er sein Funkgerät benutzt hätte. Doch was hätte das geholfen? Die erste Frage, welche nicht zu beantworten war, würde lauten: vor wie langer Zeit er aus dem Schiff gesprungen war. Sogar wenn sie es wissen würden, die *Jodrell Bank*, die mehr als fünfhundertfache Lichtgeschwindigkeit machte, konnte nicht in weniger als einem Dutzend Lichtjahre gestoppt werden. Es bestand keine Hoffnung, auch nur annähernd zu jener Position zurückzukehren, wo er möglicherweise verloren gegangen war, und es bestand keine Hoffnung, in diesem Sektor zu stoppen, zu verweilen und erneut auf Geschwindigkeit zu kommen – die Beschleunigungen waren zu enorm, um einen Mann, der hier nicht mehr als ein Staubkörnchen war, zu lokalisieren.
Und er würde natürlich sofort tot gewesen sein, auf jeden Fall. Ohne die schützende Abschirmung der entsprechenden Maschinen an Bord eines Raumschiffs erwies sich der Übergang vom überlichtschnellen Flug in den Normalraum als augenblicklich vernichtend.
Sie mußten ihn aufgegeben haben, und, Stunden später – oder Tage, denn er hatte seinen Zeitsinn verloren – mußten sie seinen Hilferuf erhalten haben. Was würden sie davon halten?
Er wußte es nicht. Schließlich wußte er selbst kaum, was er davon zu halten hatte.
Die Frau schlief noch. Der Weg zurück stand noch offen. Er schnüffelte in der Luft herum und stellte fest, daß der Giftgehalt der Atmosphäre noch anwuchs. Vor ihm gab es nichts als nackte Wände und das Gewirr von nutzlosen, unordentlich auf dem

Boden verstreuten Gegenständen. Gleichmütig gab McCray das Grübeln auf und wartete.
Endlich kam der Anruf.
»Mac, wir haben Ihre Position ermittelt.« Die Stimme gehörte Kapitän Tillingher, sie klang gepreßt und zitterte. »Ich weiß nicht, wie Sie dorthin geraten sind, aber wenn die Instrumente nicht täuschen, sind Sie verdammt weit entfernt. Das Peilergebnis ist identisch mit Objekt M-42, nach dem Messier-Katalog, und die Distanz – grob geschätzt – ist entsprechend groß. Über tausend Lichtjahre von uns, Mac. Auf diese oder jene Weise sind Sie entführt worden. Ich ... ich ...«
Die Stimme zögerte, weigerte sich auszusprechen, was sie nicht glauben wollte, aber nicht zu ignorieren vermochte. »Ich glaube«, kam es schließlich, »daß wir endlich auf jene Superwesen gestoßen sind, die wir stets im Raum vermutet haben.«

Hatchers eigenständige Glieder bebten vor Erregung – und es war mehr als Erregung, denn es war Angst. Er versuchte vor den anderen zu verbergen, wie sehr er Angst hatte.
Sein stellvertretender Leiter berichtete: »Wir haben das zweite Subjekt in Bewußtlosigkeit gesenkt. Wie lange wünschen Sie, daß wir sie in diesem Zustand belassen?«
»Bis ich etwas anderes befehle! Was ist mit dem ersten Subjekt?«
Wir können nichts sagen. Aber Ihre Annahme hat sich bestätigt. Es scheint, daß er mit anderen in Verbindung steht, und zwar auf Paranormale Weise.«
Hatcher bemerkte die Bestürzung, die aus den Worten seines Assistenten sprach. Er verstand die Bestürzung gut genug. Es war eine Sache, an einem Projekt zu arbeiten, das Paranormale Fähigkeiten als theoretische Erwägung einschließt. Es war eine zweite, gänzlich andere, diese Kräfte in Aktion zu sehen.
Doch es gab gewichtigere Gründe, bestürzt zu sein, und Hatcher allein wußte, wie schlecht die Lage aussah. Er gebot eines seiner Glieder zu sich und speicherte es mit einem Zwischenbericht an den Rat. Er schickte es auf den Weg durch die ausgedehnten Gewölbe der Welt, auf der seine Rasse lebte, beorderte seine Mitarbeiter wieder an die Arbeit, und begann die bisherigen Ereignisse zu überdenken.
Diese beiden Kreaturen mit den Kräften im paranormalen, also elektromagnetischen Bereich, schienen befähigt zu sein, in der für sie bereiteten Umgebung zu überleben. Das war ein Schritt nach vorn. Kein Team hatte das zuvor geschafft. Dies war nicht das erste Mal, daß ein Untersuchungsteam seiner Rasse zu Studienzwecken einen warmblütigen Zweifüßler von einem Raumschiff entführt hatte – denn ihre Arbeitsmethoden, die übersinnlicher Natur waren, operierten in nichteuklidschen Bereichen, so daß es sehr leicht war, mit einer Schiffsbesatzung Kontakt

aufzunehmen, die sich während des Überlichtflugs im nichteuklidschen Raum befand.
Aber es war das erste Mal, daß die Exemplare überlebt hatten. Er begutachtete die bisherige Arbeit mit dem männlichen Exemplar. Es hatte sich als unfähig erwiesen, unter den normalen atmosphärischen Bedingungen von Hatchers Welt zu leben, doch das war schließlich zu erwarten gewesen, und die Kreatur hatte es erstaunlich schnell verstanden, aus mißlichen Umständen zu entweichen. Wahrscheinlich war es ein Fehler gewesen, das Blickfeld zu illuminieren, schloß Hatcher. Er wußte nicht, wie schwerwiegend sich der Fehler ausgewirkt hatte, weil die Vorstellung von Licht als einer grundlegenden Wahrnehmungsquelle, das heißt, nicht nur die Gegenstände zu illuminieren, die man zu sehen wünscht, sondern auch unwichtige Dinge, Hatcher oder einem anderen Mitglied seiner Rasse niemals eingefallen war; all ihre Sinne funktionierten durch den Verstand selbst, und »Licht« bedeutete nicht mehr für sie als ein Zustand gespannter Aufmerksamkait, Konzentration auf einen besonderen Gegenstand. Aber obwohl bei diesem Zwischenfall ein Fehler mitgespielt hatte, den Hatcher nicht ganz zu erfassen vermochte, schien das Exemplar davon nicht ernsthaft beeinträchtigt worden zu sein. Das Exemplar reagierte gut. Vielleicht konnten sie nun in den härtesten Test von allen eintreten, jenen, der Mißerfolg oder Erfolg bringen würde. Vielleicht ließ das Exemplar sich soweit modifizieren, daß eine direkte Kommunikation ermöglicht wurde.
Und das andere Exemplar?
Hatcher würde die Stirn gerunzelt haben, hätte er Brauen besessen, um sich einen solchen Ausdruck zu erlauben – oder hätte er eine Braue formen können. Die Gefahr lag bei dem weiblichen Exemplar. Seine Rasse wußte die Gedanken abzuschirmen. Dieses Exemplar offensichtlich nicht. Es war erstaunlich, daß die Alten diese Zweifüßler nicht schon angetroffen hatten, so ungeschützt war ihre Ausstrahlung – wenn sie ausstrahlten, allerdings, denn nur wenige schienen über nennenswerte übersinnliche Kräfte zu verfügen.
Hastig schob Hatcher den Gedanken beiseite, denn er war entschlossen, dem männlichen Exemplar diese Kräfte zu verleihen.
Und schließlich gab es für Hatchers Volk keine Wahl, weil es von einer Katastrophe bedroht wurde. Hatcher war infolge seiner Verbindung zum Rat darüber informiert, wie nahe die Gefahr war. Wenn einer der Mitarbeiter des Zentralmassen-Teams verschwand, ließ dies nur eine Schlußfolgerung zu, nämlich, daß die Alten sie entdeckt hatten. Sie benötigten Verbündete; sie brauchten Verbündete, welche über die elektromagnetischen Kräfte verfügten, die den Alten solche Macht verlieh und sie so gefürchtet machte.

In dem männlichen und dem weiblichen Exemplar, die sie aus dem Raum entführt hatten, mochten sie diese Verbündeten gefunden haben. Aber ein weiterer Gedanke war in Hatchers Bewußtsein: vielleicht hatten die Alten sie ebenfalls gefunden?
Hatcher brach seine Überlegungen ab. Er durfte keineswegs länger zögern.
»Öffnen Sie den Weg zur Oberfläche«, ordnete er an. »Bringen Sie beide so schnell wie möglich dorthin, wo wir arbeiten können.«

Das Objekt, das Kapitän Tillingher M-42 genannt hatte, war Herrell McCray nicht unbekannt. Es handelte sich um den Großen Orion-Nebel, durch irdische Teleskope betrachtet, ein zerfaserter Lichtfleck, in nüchterner Wirklichkeit eine riesige glühende Gaswolke. M-42 war keine externe Galaxis, wie die meisten der im Messier-Katalog aufgezählten Nebel, jedoch auch kein so armseliges Ding wie eine einzelne Sonne. Die Wasserstoffmasse von M-42 umspannte dutzende von Lichtjahren. Darin eingebettet – und darin wachsend, weil sie sich von dem Gas, das sie umgab, nährten – waren einige zwanzig heiße, helle neue Sonnen.
Neue Sonnen. Trotz all der Ungereimtheiten, die auf ihn einstürmten, nahm McCray sich die Zeit, über diese eine besondere Ungereimtheit nachzudenken. Die Sonnen der Orion-Gaswolke gehörten dem Spektralbereich B an – es waren junge Sonnen, tausendmal jünger als Sol. Sie existierten ganz einfach noch nicht lange genug, um ein stabiles Planetensystem zu besitzen. Planeten, die alt genug waren, um abgekühlt zu sein, entwickelten selten genug chemische Strukturen, die mit der Zeit Leben produzieren konnten. Aber mit Sicherheit befand er sich auf einem Planeten ...
Oder nicht?
McCray stieß einen tiefen Seufzer aus und ließ die unergiebigen Spekulationen ein weiteres Mal fallen. Die Frau rührte sich ein wenig. McCray kniete nieder, um nach ihr zu sehen, dann, einer plötzlichen Eingebung folgend, öffnete er seinen Madikamentenkasten, holte eine Einmalspritze mit einem Anregungsmittel heraus, und führte sie vorsichtig in die bloße Vene ihres Armes ein.
In ungefähr zwei Minuten würde sie erwachen. Rasch genug, dachte McCray; endlich würde er einen Gesprächspartner haben. Wenn sich jetzt nur ein Weg hinaus finden würde. Wenn sich eine Tür öffnen würde, so wie die andere, und ...
Er blieb stehen, starrte.
Da war eine andere Tür. Geöffnet.
Er fühlte sich schwanken, streckte einen Arm aus und bemerkte, daß er ... fiel? Schwebte? Irgendwie bewegte er sich auf die Tür zu, nicht, als würde er angezogen, nicht, als ginge er, aber ganz gewiß und ziemlich zügig bewegte er sich darauf zu.
Seine Füße berührten nicht den Boden.

Es lag außerhalb des eigenen Willens. Seine Absichten hatten nichts damit zu tun. Er wedelte mit den Armen und berührte nichts, noch verlangsamte es seine Fortbewegung. Instinktiv kämpfte er dagegen an, aber dann siegte die Vernunft, und er ließ es geschehen.
Vor ihm erhob sich der Körper der Frau vom Boden. Sie war noch bewußtlos. Aus dem Gerümpel am Boden erhob sich ebenfalls ihr leichter Raumanzug; die Frau und der Anzug, sie schwebten ihm voraus, zur Tür, und dann hindurch.
McCray schrie auf und versuchte ihnen eilig zu folgen. Er strampelte, natürlich ergebnislos, mit den Beinen, aber es schien, als würde seine Fortbewegung dadurch beschleunigt. Die Frau verschwand mit ihrem Anzug um eine Biegung, aber er folgte dicht hinter ihnen.
Er wurde auf den wieder zunehmenden Geruch von Gasen aufmerksam. Er schloß die Helmsichtplatte und grabschte nach der Frau, erwischte sie glücklicherweise mit der einen Hand, während er, mit einiger Anstrengung, ihren Anzug mit der anderen zu fassen bekam.
Sie in den Anzug zu kleiden, war eine harte, unbequeme Arbeit, als wolle man eine Puppe in Kleidungsstücke stecken, für die sie zu groß ist, doch er schaffte es, schloß ihren Helm, und sah die flexiblen Teile des Anzugs sich ausbeulen, als der automatische Druckregulator ihn mit Luft füllte.
Sie bewegten sich weiter fort, schneller und schneller, bis sie zu einem großen Portal gelangten, und hinaus in die blendenden Strahlen eines verwaschenen kupfernen Himmels.
In einem Kreis versammelt waren dort zwanzig oder mehr Mitglieder von Hatchers Rasse. Natürlich erkannte McCray sie nicht als solche. Er wußte nicht einmal, daß es Lebewesen waren, weil sie aller Eigenschaften entbehrten, die Lebewesen gewöhnlich aufweisen. Keine Augen. Keine Gesichter. Ihre eigenständigen Glieder, die wie zufällig über ihnen pendelten, schienen in keiner Beziehung zu den unregelmäßigen Sphären zu stehen, die ihre Eigentümer waren.
Die Frau kam schwerfällig auf die Füße, ihre Sichtscheibe den Kreaturen zugewandt. McCray vernahm in seinem Helmlautsprecher einen unterdrückten Aufschrei.
»Sind Sie in Ordnung?« erkundigte er sich scharf. Das große Kristallauge ihres Anzugs wandte sich zu ihm.
»Oh, der Mann, der zu mir gesprochen hat.« Ihre Stimme klang gepreßt, aber offenbar hatte sie sich jetzt unter Kontrolle. Der Akzent war verschwunden; sie schien sich völlig beruhigt zu haben. »Ich bin Ann Mei-Ling von der *Woomara*. Was sind – diese da?«
McCray sagte: »Unsere Entführer, schätze ich. Sie sehen nicht gerade so aus, wie?«

Sie lachte nervös, ohne zu antworten. Die Kreaturen schienen auf etwas zu warten. Falls sie, dachte McCray, wirklich Lebewesen waren oder keine Maschinen, oder – oder was immer jemand vorfinden kann in dem unmöglichen Fall, daß er auf den unwahrscheinlichen Planeten einer unerforschten Sonne verschlagen wird. Er berührte mit einer beschwichtigenden Geste den Helm der Frau und ging auf die Kreaturen zu, wobei er die Arme hob.
»Hallo«, sagte er. »Ich bin Herrell McCray.«
Er wartete.
Er wandte sich halb um, die Frau beobachtete ihn.
»Ich weiß nicht, was ich weiter tun soll«, gestand er.
»Setzen Sie sich«, meinte sie plötzlich. Er starrte sie an. »Nein, Sie müssen! Sie wollen, daß Sie sich setzen.«
»Ich habe nichts ...«, setzte er an, dann zuckte er die Achseln. Er setzte sich.
»Nun strecken Sie sich aus und öffnen Sie Ihre Sichtscheibe.«
»*Hier?* Hören Sie, Ann – Miss Mei-Ling, wie auch Ihr Name war! Spüren Sie nicht die Hitze? Wenn ich die Scheibe ...«
»Aber Sie müssen.« Sie sprach sehr überzeugt. »Es ist *s'in fo* – wie nennen Sie es – Telepathie, glaube ich. Aber ich kann sie hören. Sie wünschen, daß Sie die Scheibe öffnen. Nein, es wird Sie nicht töten. Sie wissen, was sie tun.«
Sie zögerte, dann sagte sie beunruhigt: »Sie benötigen uns, McCray. Das ist etwas ... ich bin nicht sicher, aber etwas Böses. Sie brauchen Hilfe und glauben, daß Sie ihnen sie geben können. Also öffnen Sie bitte den Helm, wie sie es möchten.«
McCray schloß die Augen und verzog das Gesicht, doch es half nichts; er hatte keine besseren Lösungen. Jedenfalls, dachte er, würde er es rasch genug zu spüren bekommen, falls diese Dinger sich irrten.
Die Geschöpfe bewegten sich vorsichtig auf McCray zu, und er fand sich auf einmal von einem Dutzend oder mehr der eigenständigen Arme gefangen. Überrascht wehrte er sich, aber es war vergeblich; nein, er würde die Scheibe nicht wieder schließen können! ... Doch die Hitze war nicht schlimm. Irgendwie schirmten sie ihn ab.
Ein winziges Glied, einem dieser Arme ähnelnd, aber wesentlich kleiner, schlängelte sich durch die Luft auf ihn zu, verharrte über seinen Augen und entließ aus dem Innern ein noch winzigeres Ding, so klein und so dicht vor seinen Augen, daß McCray es nicht in den Brennpunkt bekam. Zielstrebig bewegte es sich auf sein Gesicht zu.
Die Frau sagte, als spräche sie zu sich selbst: »Das Ding, das sie fürchten, ist – weit fort, aber – o nein! Mein Gott!«
Ein fürchterlicher, lauter Schrei erscholl, aber McCray war nicht ganz sicher, ihn gehört zu haben. Es mochte sein eigener gewesen sein, dachte er wie von Sinnen, denn das winzige,

schwebende Ding hatte sein Gesicht erreicht und bohrte sich tief hinein, und der Schmerz war unglaublich.

Die Qual lag jenseits aller Vorstellungskraft.
Es war schlimmer als alles, was er je zuvor gefühlt hatte, und es schwoll an ... und dann war es vorbei.
Was es auch war, das die sphäroiden Fremden mit seinem Verstand angerichtet hatten, McCray vermochte es nicht festzustellen. Er wußte nur, daß eine Tür sich geöffnet hatte. Ein undurchsichtiger Schleier war entfernt worden. Er war von seinem Körper befreit.
Er war mehr als frei; er hatte sich ausgedehnt – war gewachsen – vergrößert. Er befand sich im Körper eines Fremden, und der Fremde war in ihm. Ebenso befand er sich außerhalb beider und blickte sie an.
McCray hatte dergleichen nie zuvor in seinem Leben gefühlt. Es war eine Situation ohne auch nur annähernden Vergleich. Er hatte eine Frau in seinen Armen gehalten, war Mitglied einer Familie gewesen, er hatte Anteil an dem jugendlichen Entdeckergeist gehabt, wie er in kleinen, eifrigen Gruppen herrscht: das waren die Vergleiche, die ihm einfielen. Das hier bedeutete viel mehr als diese Dinge. Er und der Fremde – er, so begann er wahrzunehmen, und eine Anzahl Fremder – waren nahezu unentwirrbar miteinander verbunden. Dennoch waren sie voneinander abgesondert, wie ein Faden bunter Fasern in einem Knäuel Garn mit den anderen Fäden verschlungen, verknotete und verflochten ist, denn ihre Individualität blieb gewahrt. Er war in und zwischen vielen Bewußtseinseinheiten, und außerhalb aller.

McCray dachte: So muß Gott empfinden.
Hatcher hätte gelacht – falls er zum Lachen über Lippen, Kehlkopf und Mund verfügt hätte. Er hätte in hellem Triumph gelacht, und wirklich erkannte sein stellvertretender Leiter das marionettengleiche Erzittern seiner eigenständigen Glieder als Aufwallung von Freude. »Geschafft!« rief der Assistent, indem er seinen Gefühlen ebenfalls nachgab. »Wir haben das Projekt bewältigt!«
»Wir haben noch weitaus mehr geschafft«, frohlockte Hatcher. »Gehen Sie zum Kontrollrat; berichten Sie dort. Lassen Sie die Nachricht an das Zentralmassen-Team geben. Stabilisieren Sie für die Fremden die Druck- und Temperaturwerte, die er benötigt ...«
»Und Sie, Hatcher?«
»Ich gehe mit ihm – hinaus in die Leere. Ich werde ihm zeigen, was *wir* benötigen!«

Hatcher. McCray registrierte, daß dies ein Name war – der Name des Wesens, das sich ihm am nächsten befand, jenes, das irgendwie sein Vorderhirn manipuliert und den Verstand von dem Gefängnis des Schädels befreit hatte. »Hatcher« war kein Wort, sondern eine Betrachtungsweise, und dahinter erkannte er ein Geschöpf, dessen physische Form unangenehm war, aber dessen Instinkte und Hoffnungen den seinen genug ähnelten, um eine gemeinsame Basis zu finden.

Er sah mehr als das. Hatcher versuchte ihn zu überreden, sich fortzubegeben. Mehr zu wagen. Mit ihm zu kommen . . .

McCray gab nach und ließ sich leiten, und sofort war er nicht nur mehr aus seinem, sondern auch aus allen anderen Körpern entwichen. Er schwebte frei im Raum.

Das Wesen, das aus Herrell McCray geboren wurde, war nun größer als eine Sonne. Ringsum vermochte er die Wunder und die Schönheit der großen Gaswolke zu erkennen, in welcher sein Körper verborgen lag, auf einem winzigen Planeten eines gewöhnlichen Sterns. Sein Zeitgefühl hatte sich gegenüber vorher nicht verändert – er konnte den Pulsschlag des eigenen Körpers zählen, der noch in etwas pochte, das, wenn auch entlegen, seine Ohren waren. Aber er konnte Dinge sehen, die unermeßlich groß und langsam, die erschreckend waren. Er konnte in der Wolke die Ströme von Gas erkennen, die der Lichtdruck auswärts trieb. Er vernahm den summenden Fluß von Ionen und hörte das Prasseln zusammenstoßender Ionen. Er sah die großen, blauen, neuen Sonnen ihren Weg durch die Wolke bahnen, ihre Energien aus dem diffusen, dunstigen Wasserstoff aufbauend, das den Orion-Nebel bildete, dabei relativ deutliche »Löcher« hinterlassend. Er sah in das Gas, und er sah hindurch. Er konnte jeden Stern und jeden gashaltigen Kometen wahrnehmen, und er konnte die wohlgeordnete Pracht der Milchstraße betrachten, und das Universum von Galaxien jenseits.

Die Erscheinung neben ihm drängte ihn, seine Aufmerksamkeit abzuwenden, einer dichteren, sternenreicheren Region zu. McCray, unsicher mit seinen Fähigkeiten, streckte sich ihr entgegen – und prallte zurück.

Da war etwas furchteinflößendes, etwas kaltes und rastloses, das ihm mit den Augen eines geduckten Panthers, der ein Reh erwartet, entgegenblickte.

Das Wesen an seiner Seite empfand das gleiche Entsetzen, wußte McCray. Er war dankbar, als Hatcher ihm gestattete, sich von den zentralen Sternballungen abzukehren und wieder in die unmittelbare Nachbarschaft seines Körpers zu gelangen.

Wie ein Kinderspielzeug in einem trüben Glas erkannte McCray den Planeten, den er verlassen hatte.

Aber es war kein Planet. Kein Planet, sondern eine große, unregelmäßige Metallkugel, in Tunnelsysteme und Hallen unterteilt. Er würde sie für ein Raumschiff, ein mächtiges Raumschiff, gehalten haben, wenn sie Antriebsmaschinen oder Instrumente ge-

habt hätte ... nein. Es *war* ein Schiff. Hatcher neben ihm war der lebende Beweis, daß diese Kreaturen nichts davon benötigten, jedenfalls nicht im irdischen Sinn. Sie selbst waren die Maschinen, mit ihren Kräften, Gegenstände unabhängig von anderen Einflüssen zu handhaben. Sie selbst waren die Instrumente, durch die übersinnlichen Kräfte, die nun auch in seiner Gewalt lagen.
Ein Moment der Unschlüssigkeit, und dann hatte McCray den »Planeten« auf der Handfläche – keine richtige Handfläche, aber sie war für seine Absichten vorhanden. Er blickte auf ihn und in ihn und sah die verborgenen Wohnstätten von Hatchers Rasse, fand den Raum, in den man ihn anfangs gebracht hatte, folgte dem Weg zur Oberfläche, erblickte den eigenen Körper in dem Raumanzug, daneben den schlaffen Anzug, in welchem die fremde Frau gesteckt hatte ...
Der Anzug war leer.
Der Anzug war leer, und in der Sekunde, in welcher McCray diese Entdeckung machte, hörte er einen schrecklichen klagenden Aufschrei – nicht in den Ohren, sondern in seinem Bewußtsein – von den Fremden ringsum. Der Anzug war leer. Sie bemerkten es im gleichen Augenblick wie er. Es war nicht in Ordnung, und es war gefährlich; sie waren entsetzt.
Die Erscheinung an seiner Seite fiel ins Leere. Innerhalb einer Sekunde befand sich McCray wieder in seinem eigenen Körper, und die ihn umgebenden Glieder ließen ihn los.

VI

In einer Entfernung von mehreren hundert Lichtjahren versuchte die *Jodrell Bank* verlorene Zeit auf ihrem Flug zur Beteigeuze aufzuholen.
Herrell McCray kreuzte auf der langen Strecke zwischen Sol Beteigeuze, mit seinem Wahrnehmungsvermögen, das mit seinen Augen nichts gemein, und mit seinem Tastsinn, der keine gegenständliche Natur hatte, bis er sie fand. Das gigantische Schiff, das größte und schnellste Sternenschiff der menschlichen Rasse, war für ihn ein winziger schwerfälliger Käfer.
Aber darin gab es Freunde und etwas anderes – etwas, das sein Körper brauchte – Luft und Wasser und Nahrung. McCray wußte nicht, was mit ihm geschehen würde, wenn sein Körper starb, während sein Geist sich zwischen den Sternen aufhielt. Aber er war auch nicht neugierig, es herauszufinden.
McCray hatte seinen physischen Körper nicht zu rühren versucht, aber infolge der Maßnahme, der man sein Gehirn unterzogen hatte, verfügte er über die selben Kräfte wie Hatchers Rasse. Wie sie ihn vom Schiff auf ihren Planeten befördert hatten, so vermochte er nun seinen Körper von dem Planeten zum Raumschiff zu

bringen. Er benutzte eine Art geistigen Muskelsystems, dessen er sich nie zuvor bewußt geworden war, und innerhalb einer Sekunde wurde sein Körper auf den Boden der Observationskuppel der *Jodrell Bank* geschleudert. Innerhalb einer weiteren Sekunde war er in seinem Körper, schlug die Auge auf und blickte in das erstaunte Gesicht von Chris Stoerer, dem 2. Navigator.
»Gott im Himmel«, flüsterte Stoerer, »du bist da!«
»Ich bin«, sagte McCray rauh, mit spröden und aufgesprungenen Lippen, setzte sich auf und versuchte sich an den Muskeln seines Körpers. Es schmerzte. Er war seiner Knochen entwöhnt. »Hilf mir bitte aus dem Anzug, sei so nett.«
McCray stellte fest, daß es nicht leicht war, wieder in einem Körper gefangen zu sitzen. Die Zeit war für ihn zum Stillstand gekommen. Mit seinem erlösten Bewußtsein hatte er sich für Stunden zwischen die Sternenbahnen geschwungen, doch während sein Geist frei gewesen war, war sein Körper, auf Hatchers »Planet« zurückgelassen, weiterhin seinem trägen Metabolismus, der ständigen Abnutzung des Gewebes, dem unvermeidlichen Fortgang zum Tode hin unterlegen. Als er nun heimkehrte, fand er seinen Puls unregelmäßig und seinen Atem kurz und heftig. In seinem Magen brütete ein quälender Knoten – Hunger. Die Muskeln schmerzten.
Was auch mit seinem Verstand geschehen war, es stand fest, daß sein Körper sterben würde, wenn er für längere Zeit unversorgt und ungefüttert zurückblieb. Deshalb hatte er ihn wieder auf die *Jodrell Bank* gebracht. Er erhob sich und wich den Fragen seines Kollegen aus. »Laß mich erst etwas essen und dann ein bißchen reinigen.« (Er hatte bemerkt, daß sein Körper stank.) »Danach erzähle ich dir alles, was du wissen willst – dir und dem Kapitän und jedem, der es hören will. Und wir müssen eine Nachricht zur Erde schicken, denn diese Sache ist wichtig ... Aber bitte, ich möchte die ganze Geschichte nur einmal erzählen.«
Vielleicht – er sprach den Gedanken nicht aus – gab es keine zweite Gelegenheit mehr.
Denn jene kalten und mörderischen Existenzen in den zentralen Sonnenballungen hatten zugegriffen, wie ein Bär einen Fisch aus dem Wasser schlägt, und die unbekannte Frau von Hatchers Planet gerissen. Sie konnten überall zuschlagen, wo ihre Sinne die Galaxis gerade durchstreiften.
Es konnte leicht zutreffen, daß sie ihm hierher folgten.

Es war gut, wieder menschlich zu sein, und McCray heulte vor Schmerz und Lust, als der eisige, dünne Wasserstrahl der Dusche seinen Leib wusch. Er verschlang die enormen Portionen von Steaks und Kartoffeln, welche die Bordküche ihm vorsetzte, und trank abwechselnd eiskalte Milch und dampfenden, schwarzen Kaffee aus Halbliterbechern. McCray ließ sich vom Schiffsarzt untersuchen und lachte über den Ausdruck in den Augen des Mannes. »Ich weiß, daß ich ein bißchen durcheinander bin«, sagte er. »Es spielt keine Rolle, Doc. Sie dürfen mich in die Krankenstation legen, so lange Sie es wünschen, sobald ich mit dem Kapitän gesprochen habe. Ich weigere mich überhaupt nicht. Verstehen Sie, ich werde nicht anwesend sein –« Und er lachte noch lauter und verweigerte die Erklärung.

Eine Stunde später, als sein Magen gefüllt war und in seinem Kreislauf ein Beruhigungsmittel zirkulierte, saß er in der Kapitänskabine und bemühte sich, in Worte zu kleiden, was die unglaubliche Geschichte zu erklären vermochte, die er erlebt hatte, seit er vor acht Tagen (wie er herausfand) von dem Schiff entführt worden war.

Während er die Schiffsoffiziere, gute Freunde, Kameraden aus einem Dutzend von Planetenurlauben, anblickte, begann er zu berichten, stotterte, und fand für einen Moment keine Worte. Der Bericht mußte zu unglaubwürdig klingen. Wie konnte er es ihnen verständlich machen?

Sie würden es verstehen müssen. Verrückt oder nicht, diese verrückten Tatsachen mußten ihnen auseinandergesetzt werden. Wie eigenartig sie ihn auch anstarren mochten, sie waren intelligente Männer. Sie würden sich gegen die Einsicht wehren, aber zuletzt würden sie begreifen.

Er löste das Problem, indem er karg und platt die Ereignisse schilderte, ohne sie anzuschauen und ohne auf ihre Fragen zu warten. Er erzählte von Hatcher und der Kammer, in der er zuerst gelandet war. Er erzählte von dem rosafarbenen Licht, das nur erhellte, worauf man sich konzentrierte – und erklärte ihnen, was er anfangs selbst nicht verstanden hatte: von Hatchers Rasse, und daß ihre gesamte Sinneswelt auf dem beruhte, was die Menschen Psi-Fähigkeiten nannten, daß jenes »Licht« für sie nur der Fokus der Gedanken war, die materielle Objekte nicht wahrnahmen, wenn sie sich nicht auf sie fixierten. Er berichtete von der Frau von dem anderen Schiff und über den grausamen, verändernden Eingriff in sein Hirn, der ihm ein Universum geschenkt hatte. Er verhieß, daß sich dies Universum für alle öffnen würde. Er berichtete von der tödlichen, unbekannten Gefahr, die Hatchers Volk bedrohte – wie auch die Menschheit – und aus dem Zentrum der Galaxis kam. Er sagte, daß die Frau verschwunden und daß sie tot war – von der Hand der Alten aus den Zentralmassen – eine Wohltat für sie, und ein Glück für die Menschheit, denn selbst im Tode würde ihr Gehirn noch einige Geheimnisse verraten haben, und falls sie überlebt hätte, wäre sie zum Kompaß geworden, und die Alten würden über die Menschheit herfallen.

Er wartete ihre Reaktion nicht ab.

Er ging noch einmal zum Schiffsarzt. »Doc, jetzt gehöre ich gänzlich Ihnen, mit Leib und Seele ... nein, vergessen Sie's. Nur der Körper!«

Und er verließ sie, um erneut im Raum zu schwimmen.

In dieser kurzen Zeit hatte McCray sich an diese Art von Leben gewöhnt und verstand es als ein Dasein absoluter Ungebundenheit. Er schwang sich auf und fort, blickte nur flüchtig zurück, um den Schiffsarzt zu sehen, wie er vorwärts sprang, um den bewußtlosen Körper aufzufangen, als er fiel, und dann befand er sich erneut im Raum zwischen den Sternen.

In diesem Sektor, zwischen Sol und Beteigeuze, war der Raum klar, nüchtern und kalt, ohne diffuse Gaswolken, ohne neue wachsende Sonnen. Er »sah« in die Richtung von Hatchers Welt, aber zögerte und überlegte dann.

Früher oder später würde er nochmals nach den bedrohlichen Wesen sehen müssen, die ihn von den Zentralmassen her auszumachen suchten. Ebensogut konnte er es jetzt tun.

Mit wachsamen Sinnen tauchte er in das Herz der Galaxis ein.

Gegen die Geschwindigkeit der Gedanken war das Licht ein Kriechtier. Das Bewußtsein von Herrell McCray überbrückte Lichtjahrtausende in einem Moment. Es übersprang die träge Leere zwischen den Spiralarmen, fädelte sich durch Staubwolken und drang in den kompakten zentralgalaktischen Bereich ein, gegen den der Sektor der Galaxis, worin die Erde sich befindet, nur ein abgelegenes und unwichtiges Anhängsel darstellt. Hier drängte sich eine riesige Traube von Sonnenmassen um ein mächtiges Schwerkraftzentrum.

McCray schrumpfte sich auf die Dimension eines menschlichen Körpers zusammen und starrte das Wunder an. Des Menschen Sonne liegt in einem nach galaktischen Maßstäben recht spärlich mit Materie versehenen, ausgestreckten Arm der Galaxis; hätte die Erde um eine der Sonnen dieser Sternenballung gekreist, was für ein anderes Bild hätte die Hirten der alten Zeiten gegrüßt! Wenn die an irdische Verhältnisse gewohnten Augen des Menschen am Winterhimmel tausend Sterne zählen können, hier gab es zehntausende die so groß waren, um am Boden der Waschküche einer Atmosphäre wie die Erde sie besaß, noch die Bedeutung eines Sirius oder einer Capella einzunehmen – zehn Milliarden Sterne insgesamt, die sich in geringer Entfernung umeinander drehten, so daß ein Stern dem anderen innerhalb von Distanzen begegnete, die kaum anders als planetarischer Natur waren. Der nächste Nachbar der Erde ist vier Lichtjahre entfernt. Nicht eine Sonne in diesen dichten, wirbelnden Zentralmassen war von ihrem Nachbarn weiter als ein Lichtjahr abgelegen.

Hier gab es Sonnen, die schon in voller Reife geflammt hatten, als Sol bloß eine schrumpfende Wasserstoffmasse war – deren Planeten abgekühlt und Leben ausgebrütet hatten, als sich in den

Niederungen der Erde gerade die ersten brühheißen Wassertropfen sammelten, die der Anfang der Weltmeere waren.
Auf diesen vorzeitlichen Welten existierte Leben.
McCray hatte nicht alles verstanden, was Hatcher ihm begreiflich zu machen versucht hatte, aber er war in der Lage gewesen, das Grauen in Hatchers Bewußtsein zu erfassen. Hatchers Volk war seit vielen Jahrtausenden vor diesem alten Leben auf der Flucht – war nur immer geflüchtet und hatte sich in der Orion-Gaswolke verborgen, ihrer Welt, ihrer ganzen Existenz. Und selbst dort waren sie nicht in Sicherheit. Sie wußten, daß die Alten sie bald ausfindig machen würden. Und die Furcht davor hatte sie veranlaßt, Menschen zu entführen, auf der Suche nach Verbündeten für einen Krieg, dem sie nicht auf ewig ausweichen konnten.
Hatchers Rasse bestand aus einsichtigen Wesen. Der Mensch war Herr über physische Kräfte – »paranormal« für Hatcher, wie Teleportation und Objektillumination für McCray »paranormale« Eigenschaften darstellten. Die Alten hatten beides gemeistert.
Mc Cray verharrte an den Ausläufern der Zentralballung, in Erwartung der hochmütigen Haßimpulse. Sie kamen, und sie schleuderten ihn tausend Lichtjahre zurück, bevor er sich fing.
Mit den Alten zu kämpfen, würde keinen leichten Wettstreit bedeuten – obwohl die Zeit zu Gunsten der menschlichen Rasse arbeitete. Sie kontrollierte bereits die elektromagnetischen Bereiche, und Wasserstoffusionen erreichten die Energien einer Sonne. Mit Hatchers Hilfe – und der seinen würde die Menschheit ihren Geist befreien, und vielleicht würden die Alten auf einen Gegner stoßen, der ihnen an Macht ebenbürtig war.
Er zog sich von den Zentralmassen zurück, nicht länger geängstigt, und schwang sich Hatchers Welt entgegen.
Sie war verschwunden.
In der großen Gaswolke zogen die blauen Sonnen ihre Bahnen auf ihrer Weide aus Wasserstoff, unbehelligt von Planeten. Selbst zu jung, um solide Planetensysteme zu besitzen, war Hatchers Welt, einst an Kindes Statt aufgenommen, wieder fort, sie waren allein.
Fort!
Im Augenblick war der Gedanke alarmierend. McCray begriff, was sie getan hatten. Hatchers größte Hoffnung hatte darin gelegen, eine andere Rasse zu finden, die zwischen seinem Volk und den Alten stand. Und sie hatten sie gefunden!
Nunmehr konnte Hatchers Welt sich erneut verbergen und warten, bis die Schlacht für sie geschlagen war.
Mit einem Gesicht, das sich über Lichtjahre hinweg ausdehnte, mit einem Gehirn, das nur aus Mustern im Äther bestand, grinste McCray sehr schief.
Mag sein, daß sie die richtige Wahl getroffen haben, dachte er

rücksichtsvoll. Mag sein, daß sie nur im Weg stehen, wenn es zur Entscheidungsschlacht kommt. Und erneut suchte er die *Jodrell Bank* und seinen Körper, bereit, in seine menschliche Form zurückzukehren ... und seine Brüder zu lehren, Götter zu sein.

Mit Redfern auf Capella XII

Es war, genau besehen, kein Pranger, aber es erfüllte den gleichen Zweck. »Um Gotteswillen!« schrie Redfern. »Vorsichtig mit dieser Bärenfalle!«
Die Fnits, die ihn bedrängten, sprachen kein Englisch, aber sie begriffen, was Redfern mit seinem gellenden Schrei ausdrückte. Sie schnatterten einander an wie Grillen in einer Sommernacht und entfernten anschließend das zähnebewehrte, mit Schnappeisen versehene, mörderisch wirkende Ding und holten einige Rollen Draht, mit dem sie ihn an das Gerüst fesselten. Der Draht war dünn, aber, so tröstete Redfern sich, keineswegs so einschneidend wie die Falle in seinem Nacken und an seinen Beinen eingeschnitten hätte.
Dann kam der Teer. Jedenfalls sah es wie Teer aus und erfüllte auch seine Funktion, obwohl es stank wie ein Sumpf bei niedrigem Wasser. »Arrg!« ächzte Redfern. Das Zeug war heiß. Es folgte der flockige, bimssteinartige Kies, denn unglücklicherweise besaßen die Fnits keine Federn – unglücklicherweise für Redfern; der Bimskies vermochte seine Haut auf eine Weise wundzuscheuern, wie es mit Federn nie möglich gewesen wäre.
Dann schnatterten die Fnits sich für eine Weile vielsagend an und ließen ihn endlich allein.
Es war an der Zeit, Reisig für das Feuer zu sammeln.
Über seine Schulter schielte Redfern nach Capella, die langsam zu dem Horizont hinter ihm herabsank. Es verblieb eine Stunde bis Sonnenuntergang. Alles hing davon ab, ob sie bis dahin genug brennbares Holz fanden. Die insektenbeinigen Fnits waren absolute Tageswesen; wenn ihr Planet des Nachts vor Kälte starrte, verkrochen sie sich in ihre warmen dampfenden Städte unter der Erde.
Capella XII war kein sehr fruchtbarer Planet, in diesem nördlichen Gebiet erst recht nicht, und es würde in näherem Umkreis kaum genug brauchbares Holz geben, sagte sich Redfern. Es gab auch keine großen Bäume ringsum; er konnte sich selbst davon überzeugen. Und das war äußerst hoffnungsvoll. Es waren bereits zehn Minuten vergangen, und die Brennstoffsammler waren noch nicht einmal mit der ersten Ladung zurück. Seine Chance, bis nach dem Sonnenuntergang zu überleben, so kalkulierte er scharf, standen etwa 5 oder 6:1, und das hieß, daß er den nächsten Morgen erleben konnte – wenn er nicht in der Nacht erfror, natürlich.
Vierzehn Stunden! Es schien wie ein Ewigkeit.

Hinter ihm hustete jemand. »Verzeihung«, sagte eine Stimme – eine menschliche Stimme! »Wären Sie an einem Job interessiert?«
Redfern zerrte an den Drähten. »Wer – wer, zum Teufel, sind Sie?« fragte er, den Hals ausstreckend.
Ein Mann trat furchtsam hinter dem Pranger hervor. »Mein Name«, sagte er schnell, nach allen Seiten starrend, »ist Di Candia. Meine – äh – Gesellschafter und ich haben bemerkt, daß Sie sich anscheinend in Schwierigkeiten befinden, und wir dachten, daß Sie vielleicht ...«
»Erzählen Sie mir das später!« schnauzte Redfern. »Holen Sie mich hier herunter, ehe die Fnits wieder hier sind!«
»Klar«, meinte der Mann zustimmend. »Aber in jedem Fall sollte ich Sie darauf vorbereiten, daß der Lohn – na, sagen wir, er könnte unsicher sein, weil wir etwas spekulative ...«
»Di Candia«, bettelte Redfern, »holen Sie mich *runter*!«

Sie verbrachten die Nacht in einer Höhle in den Gebirgsläufern, wo Redfern einen so gesunden Schlaf fand wie schon seit Jahren nicht mehr. Bei Tagesanbruch weckte ihn der Mann namens Di Candia, indem er ihn freundschaftlich rüttelte. »Wir sollten besser aufbrechen«, sagte er munter. »Es ist ein langer Weg in die Stadt...«
»Noch nicht«, wandte Redfern ein. »Die Fnits werden hinter mir einherschnüffeln wie Hunde auf einer Müllhalde. Wir sollten warten, bis sie die Lust verloren haben.«
»Sie glauben, daß das notwendig ist?« Di Candia blinzelte ihn nachdenklich an. »Na gut, ich nehme an, daß Sie es am besten wissen. Schließlich –« – er versetzte Redfern einen jovialen Rippenstoß – »– sind Sie ja unser Fnitexperte, und wenn wir Ihren Rat nicht befolgen, wofür bezahlen wir Sie dann?«
Redfern nickte. »Genau«, meinte er. »*Wofür* bezahlen Sie mich eigentlich?«
»Für eine einfache Aufgabe, Mr. Redfern. Meine – äh – Gesellschafter und ich haben hier auf Capella XII Geschäfte zu erledigen. Wir benötigen jemand, der sich mit den hiesigen Sitten und Gebräuchen auskennt.«
Redfern sagte säuerlich: »Das trifft allerdings auf mich zu. Wenn ich noch mehr mit den Bräuchen vertraut wäre, würde ich jetzt tot sein. Sind das Ihre Gesellschafter?«
»Alle bis auf einen.« Candia stellte sie einander vor. »General Glick.« Ein rotgesichtiger Mann von über fünfzig Jahren, wie es schien, aber das war in diesen Zeiten schwer zu sagen. »Mr. Cowper.« Ein blaßgesichtiges Bürschlein. »Und Miß Garney, die nicht anwesend ist. Wir bilden ein – ja, ein Syndikat, das auf diesem Planeten Geschäfte zu machen beabsichtigt.«
»Das schaffen Sie nie«, meinte Redfern überzeugt. »Die Fnits sind den Menschen abgeneigt. Sie wollen keine Handelsbeziehungen.«

»Wir werden sie dazu bewegen. Immerhin haben sie Sie fast ein Jahr geduldet.«

Redfern seufzte. »Sie duldeten mich so lange, wie ich in meinem Raumschiff blieb. Aber bei meinem ersten Besuch in der Stadt griffen sie mich auf.«

»Weil Sie im Harem des Glühenden waren«, ergänzte Di Candia.

Redfern blickte ihn nachdenklich an. »Sie haben es beobachtet, nicht wahr? Nun, allerdings, ich war darin. Aber woher hätte ich es wissen sollen? Die Fnits ignorierten mich; ich betrat ein Gebäude; es war das falsche. Wieder bei Bewußtsein, befand ich mich in den Bergen.«

»Macht nichts«, mischte General Glick sich gewichtig ein, »Sie waren dort, mein Junge. Oder?«

»Ich war es.«

»Und Sie würden den Weg noch einmal finden?«

»Ja. Aber ich will nicht wieder hin.«

Der General warf Di Candia einen hilflosen Blick zu; der andere meinte sanft: »Nicht einmal, wenn Sie Capella XII verlassen müßten? Oder nicht einmal, wenn wir Sie zurück an den Marterpfahl bringen?«

Redfern sah Di Candia ungläubig an. »Zum Teufel, was wollen Sie mit dem Harem des Glühenden? Sie dürfen es mir abnehmen, Sie werden nicht interessiert sein!«

»Das«, meinte Di Candia, »ist unser Problem. Sie führen uns hin; wir machen den Rest.«

Einige Stunden später bewegte sich die Gruppe in Richtung der Stadt der Fnits. Der General ging voran und langweilte sie mit Erinnerungen. »Es war genau ein Morgen wie dieser«, erläuterte er weitschweifig, »an dem ich auf Glencouly noch vor dem Frühstück fünfunddreißig Schnepfen schoß. Der Wind kam aus Südost, vielleicht ein wenig stärker von Osten, und ich sah aus wie . . .«

»Bitte, General«, sagte Di Candia. »Wir müssen achtgeben.« Sie befanden sich nur fünfzig Meter von der Hauptstraße der Fnits entfernt, die über einen Höhenzug führte; sie konnten das Klappern der Einradfahrzeuge hören, die darauf vorbeiströmten.

»Zeit für eine Pause«, sagte Cowper – nahezu seine ersten Worte, seit Redfern zu der Gruppe gestoßen war. Ohne Diskussion hielten Di Candia und der General ein und setzten sich.

Redfern lehnte sich gegen einen Findling und entzündete eine Zigarette; er kam bald vor Hitze um. Capella selbst war eine Milliarde Meilen entfernt, weiter als der Saturn von der Erde, aber es war warm unter den Pelzmützen. Die Männer wogen dreißig oder vierzig Pfund mehr, weil die Schwerkraft von Capella XII um die zwanzig Prozent höher als auf der Erde lag; das Gehen war harte Arbeit.

Redfern überlegte, ob er die Pelzjacke ablegen sollte, aber es war wichtig, sein Gesicht so gut wie möglich zu verbergen, falls ein Fnit sie bemerken sollte; er durfte nicht als ihr letztes Opfer erkannt werden, das ihnen vom Pranger entwischt war. Da es auf dem ganzen Planeten nur etwa ein Dutzend Menschen gab, wäre es selbst für die Fnits kein Kunststück, Redfern zu identifizieren – ihr Vorgehen ließ sich schlecht voraussagen. Es konnte sein, daß sie die Menschen in Ruhe ließen, bis sie Redfern selbst begegneten.
General Glick seufzte schwer. »Es scheint, als kämen wir heute spät zum Essen«, bemerkte er, vor Gedankenanstrengung die Stirn gerunzelt. »Wir könnten auch etwas zu uns nehmen.«
»Wir essen, wenn wir wieder auf dem Schiff sind«, sagte Di Candia grob. Der General schaute frostig und enttäuscht.
Als kluger Mann hielt Redfern den Mund. Seine neuen Dienstherren waren merkwürdige Leute, aber wie ihm auseinandergesetzt worden war, besaß er keine Wahl. Er seufzte und schnippte die Zigarette fort. Der Planet der Fnits war ihm von der Erde aus als ein guter Einfall erschienen. Neu entdeckt, jungfräuliches Gebiet für kommerzielle Ausbeutung, hatte er den Eindruck gemacht, als sei er ein sicherer Weg für einen Mann ohne Bindungen, aber mit Raumschiff, sein Glück zu machen.
Zweifellos war das – äh – Syndikat ebenfalls dieser Auffassung, aber Redfern konnte ihnen keine strahlende Zukunft weissagen. Seine eigenen Erfahrungen waren durchgehend negativ. Erst die monatelangen Versuche, die Aufmerksamkeit der Fnits zu wecken, dann der unglückselige Zwischenfall, als sie endlich Notiz von ihm nahmen.
Natürlich, er war ein Einzelgänger, und diese Leute waren vier an der Zahl. Vielleicht waren sie besser ausgerüstet; ganz sicher schienen sie über höhere Finanzen zu verfügen.
Ihr Schiff bewies es, als sie es erreichten. Für ein Privatschiff stellte es ein Monstrum dar, dreimal größer als Redferns uralter Feuerstuhl. Es handelte sich anscheinend um ein Navy-Schiff, das man ausgemustert und politisch einflußreichen Zivilisten verkauft hatte. Aber auch unter diesen Umständen kamen die Verkäufe der Navy nicht billig, und die Brennstoffrechnung für ein Schiff, das einige Tonnen Ladung durch den Raum befördern sollte, riß ein großes Loch in jedes Konto.
Redfern warf verstohlene Blicke auf die Einrichtung – Golightly-Konverter für den Überlichtflug, selbsttätiges Sauerstoffregenerationssystem und der Luxus einer großzügigen Funk- und Radioanlage, ziemlich nutzlos, außer man befand sich in der Kreisbahn um einen bewohnten Planeten, denn die Radiowellen waren zu träge für ein im Flug befindliches Schiff. Redfern war insgeheim sehr erstaunt.
Das fünfte Mitglied der Gruppe, Miß Garney, empfing sie auf

dem Schiff. Sie war, nach Redferns Vorstellung, das allerprächtigste weibliche Wesen, das er je auf einem Planeten angetroffen hatte. Sie trat in die Schiffsschleuse, wie Aphrodite aus den Wellen stieg, und Redferns Hormonspiegel schwoll heftig an.

Sie sagte demütig: »Wir kommen voran. Mein Fnit-Kontaktmann ...«

»Miß Garney!« donnerte Di Candia. Er sah Redfern vielsagend an und meinte: »Kommen Sie mit in den Pilotenraum und berichten Sie. Ich wünsche in keinem Fall, Sie noch einmal an die Geheimhaltung erinnern zu müssen.«

Redfern starrte ihnen nach. Es verging ein Moment, ehe er bemerkte, daß seine Fäuste geballt waren und er eine Position wie ein Kampfhahn angenommen hatte.

Er blickte wie betäubt den Burschen namens Cowper und den General an. Cowper spielte eine schwierige Sechsfach-Patience, und der General hatte sich in einem Plüschsessel ausgestreckt, eine Flasche Brandy in der Hand, und träumte offenbar von verborgenen Heiden und Vogelrufen durch Regen und Wind.

Sind das Männer oder Waschlappen, fragte sich Redfern wütend, daß sie dort ruhig sitzen können, während ein seltsamer, rüder Dummkopf wie Di Candia ein so liebliches Geschöpf wie Miß Garney ankläffte?

Und was hatte sie überhaupt bei einem Job wie diesem zu suchen? Sie gehörte zurück auf die Erde, wo die Industriegiganten und gekrönten Häupter von Südamerika sich darum geschlagen hätten, Sekt aus ihrem Pantoffel zu schlürfen, zurück auf die Fernsehschirme der Welt oder auf die Titelseiten der Zeitungen. Nicht auf den abgelegenen Planeten eines gottverlassenen Sterns, wo die gesamte menschliche Bevölkerung sich an Fingern und Zehen abzählen ließ, und wo die nichtmenschlichen Bewohner kein Auge für die Schönheit der Säugetiere hatten.

Um es beim Namen zu nennen: Redfern war, auf so überschwengliche Weise, verliebt.

Unter dem falschen Bart eines Weihnachtsmanns fühlte er sich wie ein Narr, aber Miß Garney hatte darauf bestanden.

»Gemäß meinen Kontakten mit den Fnits«, sagte sie mit einer Stimme wie lieblich läutende Glocken, »halten sie Sie für einen Warmblüter mit Sommersprossen. Sie werden *niemals* darauf kommen, Sie unter einem falschen Bart zu suchen, vor allem, nachdem wir Ihre Haare gefärbt haben.«

Redfern war davon weniger überzeugt, aber wenn Miß Garney es so haben wollte, mußte es so gemacht werden. Nebenbei, es hieß natürlich, daß er mit ihr allein in die Stadt gehen durfte – allein, versteht sich, bis auf die Fnits, die jedoch als Rivalen wenig zählten.

Sie nahmen den langen, serpentinengleichen Tunnel, der hinab in die Stadt der Fnits führte und von der Felsendecke herab mit fahlem, grünlichem Licht erhellt war, und bewegten sich unbehelligt unter den einherhastenden Fnits.

Wenn man einen Fnit gesehen hat, kennt man sie alle: insektenbeinig, menschengroß, mit Köpfen wie verschrumpelte Schädel. Sie vermochten in gewissen Grenzen Englisch zu lernen – einige hatten es getan, als das erste Explorerschiff landete. Aber nur wenige waren interessiert, und kein Mensch hatte jemals die Sprache der Fnits zu erlernen vermocht. Es war Tatsache, daß die Fnits von den Menschen und anderen extrastellaren Besuchern kaum Notiz nahmen. Leben und leben lassen, das war ihr Motto – bis einer der ungebetenen Gäste die strengen und unsichtbaren Grenzen zu einem Tabu übertrat. Dann pflegten sie den zweiten Teil ihres Mottos auszustreichen und mit dem Reisigsammeln zu beginnen.

Redfern öffnete bei der unangenehmen Erinnerung seinen Kragen. »Wir sollten jetzt Schluß machen«, flüsterte er Miß Garney zu.

»Sie verstehen Sie nicht«, sagte sie ablenkend mit lieblicher, reizender Stimme. »Machen Sie sich keine Sorgen. Was sagten Sie, wo sich der Harem befindet?«

Redfern sagte rebellisch: »Das ist Ihre Bezeichnung, nicht meine. Ich weiß bloß, daß es dem Chef gehört, den sie den Glühenden aller Fnits nennen, und daß sie mich schnappten, als ich dort eintrat.«

»Es ist ein Harem«, sagte Miß Garney sonnig. »Glauben Sie mir – ich habe gute Kontakte.«

»Wie sind Sie dazu gekommen?« erkundigte sich Redfern. »Der Himmel ist mein Zeuge, ich habe es ein Jahr lang versucht, und sie wollten mir nicht ein Glas Wasser reichen.«

»Oh, das war das Werk von Sir Vivian.«

»Sir Vivian?«

»Generalmajor Sir Vivian Mowgli-Glick. Man sollte es nicht glauben, wenn man ihn ansieht, aber er ist gewiß ein Experte für Kontaktaufnahmen mit – nun, mit primitiven Eingeborenenrassen. Er lernte es in Indien.«

Redfern starrte sie an. Er war in Indien gewesen – in Kampore, wo die Stahlwerke Tag und Nacht Flammen und Rauch ausstießen; in Madras, wo die großen TV-Studios Unterhaltungssendungen für die ganze Welt produzierten; an der bengalischen Küste, wo die Kasinos die reichen Tagediebe des ganzen Solarsystems anlockten.

»In Indien?« fragte er.

»Das ist schon lange her«, erklärte sie. »Der General ist älter als er den Eindruck macht.«

»So muß es wohl sein«, sagte Redfern. Das war eines der Ärgernisse im Leben in dieser Zeit, grollte Redfern innerlich. Sechs

Monate in der Verjüngungsklinik, und ein Tattergreis kam so jungaussehend wieder heraus, wie er es wollte.
Natürlich waren die Biochemiker vorsichtig genug, es einen »kosmetischen Eingriff« zu nennen, denn in Wirklichkeit verjüngten sie niemand. Sie erneuerten lediglich die Elastizität der Haut mit Hormoninjektionen, möbelten die brüchigen Knochenstrukturen durch Ionenaustausch auf, flickten die abgenutzten Organe und überholten die noch brauchbaren, spülten angesammelte Giftstoffe aus dem Gehirn und aus dem Nervensystem, verdichteten generell die neuronischen Gewebe und polierten die alten morschen Gelenke auf. Natürlich hinterließ das Alter seine Spuren. Ein Mann von zweihundert Jahren würde nie mehr jener sein, der er mit hundertfünfzig war, jedoch – es gab »kosmetische Eingriffe«!
Es war, als hebe man den Rotorensatz eines alten Hubschraubers Modell J an und rollte einen 2088 Super-Jetmaster darunter.
Man bedenke: es war gegen Ende des 19. Jahrhunderts, als jedermann die Inder eine »Eingeborenenrasse« nannte, und das bedeutete, daß der General nahezu hundert Jahre alt gewesen sein mußte, als die ersten Verjüngungskliniken öffneten. Und das hieß, er war ...
»Älter als die Hölle«, knurrte Redfern. Er selbst hatte bis zur ersten Verjüngung noch gut fünfzig Jahre Zeit, wodurch einige seiner Vorurteile begründet wurden. Wie die meisten jüngeren Menschen hegte er starken Groll gegen die Kliniken. Ohne sie wäre die Welt nicht so überlaufen und unsicher, der Flug zu den Sternen wäre keine so dringliche Sache ... und Leute wie Redfern würden sich nicht eines Tages von schwarz gepanzerten Monstern wie den Fnits an den Pranger gestellt finden.
Miß Garney war noch bei ihren Erläuterungen. »... brachte eine Ladung von bunten Kügelchen und Spielzeug mit. Setzt sich gut ab, Sie wissen ja. Doch Sir Vivian hat etwas sehr nützliches herausgefunden, Mr. Redfern. Zucker. Die Fnits sind darauf versessen. Nein, natürlich essen sie ihn nicht – ich glaube es würde sie vergiften oder grün färben oder so etwas. Aber sie machen einen dicken Sirup daraus und flicken damit Löcher in ihrem Panzer. Sie werden niemals naß, und so ...«
»Dort ist es«, zischte Redfern und bewegte sein Kinn in Richtung auf einen unregelmäßigen Eingang. »Dort haben sie mich erwischt. Der Harem.«
»Oh!« quietschte sie. »Entzückend! Einfach entzückend, Mr. Redfern!«
Für Redfern sah es aus wie jede andere Fnit-Behausung, nur größer. Die wabenförmigen Gänge der Fnit-Stadt waren für Besichtigungen nicht geeignet. Ein Zugang sah aus wie der andere, abgesehen von wenigen, minimalen Differenzen in der Ausführung. Der wesentliche Unterschied bei diesem Eingang gegenüber

den anderen bestand darin, daß davor zwei Fnits umherlungerten; es hatte den Anschein, als erfüllten sie die Rolle von Pförtnern in einem öffentlichen Gebäude, und eben das hatte Redfern auch geglaubt, als er das letzte Mal hier war. Es hatte nur ein paar Sekunden gedauert, bis sich herausstellte, daß es Wächter waren.

Miß Garney trug sorgfältig Notizen in ein kleines Buch ein. »... drei, vier, fünf, sechs Eingänge hinter dem öffentlichen Trinkwasserbrunnen oder was das sein mag«, zählte sie. »Eine Art hexagonales Symbol über dem Eingang. Gut.« Sie schloß das Notizbuch zu und lächelte ihren Begleiter schmelzend an. »Der General wird keine Schwierigkeiten haben, es zu finden. Nun haben wir noch ein paar Stunden totzuschlagen. Wie würde Ihnen ein kleiner Spaziergang durch die Stadt gefallen?«

Etwas beschäftigte Redfern. »Warum sollte der General den Harem aufsuchen?« fragte er ängstlich.

»Ich weiß es nicht.« Miß Garney blickte charmant unwissend. »Es hat irgendetwas mit Handelsverträgen zu tun – er erzählt mir wirklich nicht viel darüber. Oh, Mr. Redfern, was für ein goldiger Anblick! Lassen Sie uns hingehen!«

Der »goldige Anblick« war etwas, das bei den Fnits analoge Bedeutung wie ein Schwimmbecken für Kinder hatte, eine Art staubigen Sandkasten, in welchem kleine Fnits mit weichen Panzern, gerade über das Larvenstadium hinaus, sich tollten, Sand in die Luft warfen und einander anzwitscherten. Aber Redfern langweilte sich nicht; es gab einen Anblick den er weit mehr genoß.

Während Miß Garney die Fnit-Stadt besichtigte, bewunderte er die liebreizende Art, wie ihr Kopf auf dem Hals saß, und die bemerkenswerte Anmutigkeit, mit der sie ihre geschmeidigen Finger auf die Spitze ihrer schmalen, entzückenden Nase zu legen pflegte. Er war stolz auf seine Sammlung von Aktfotos, Pinups und Stereo-Mädchen auf seinem Schiff, aber gegen Miß Garney verschwammen und verblichen sie in seinem Gedächtnis. Er kannte nicht einmal ihren Vornamen! Aber seine Hormone flüsterten es seinem Zentralnervensystem zu, und das pochende Herz gab seine Zustimmung: »Sie ist schön!«

Als sie auf dem Weg zum Schiff waren, spielte Redfern pausenlos auf Häuslichkeit und Eheringe an. Jedoch als sie das Schiff erreichten, blieb er abrupt stehen.

»Guter Gott«, sagte er erbleichend. »Sie haben herausgefunden, wo ich bin!«

Der Sockel des Schiffs war von Fnits umringt, ein ganzes Dutzend, die sich zornig anzwitscherten.

Miß Garney packte seinen Arm. »Keine Sorge«, säuselte sie. »Es ist Zeit für die Ausgabe. Gewöhnlich nimmt der General sie selbst vor. Es macht ihm Spaß.«

Und so verhielt es sich wirklich, denn als sie nähertraten, öffnete sich die untere Schleuse, und General Sir Vivian Mowgli-Glick stand stahlend in der Luke, einen Karton unter dem Arm.

»Hier, Sir!« kommandierte er, während er kleine weiße Tüten unter die Fnits verteilte, die Zucker enthielten. »Das Ihre, Sir. Nein, nein – Sie mit dem roten Band! Sie haben Ihren Anteil schon, sage ich!«

Redfern und das Mädchen bahnten sich einen Weg durch die Fnits in das Schiff. Der General folgte ihnen mit der letzten verbliebenen Zuckertüte.

»Schmierige kleine Bettler«, sagte er befriedigt. »Erinnert mich an die Dogras in Srinagar. Es war der dreiundfünfzigste Angriff zu der Zeit, und wir kamen gerade vom Tal herauf. Ich will verdammt sein, ich war bloß ...«

»Ruhe jetzt«, sagte Cowper hinter seiner unvermeidlichen Patience. »Haben Sie den Ort gefunden, Miß Garney?«

Das Mädchen nickte. »Mr. Redfern war mir sehr behilflich.« Sie lächelte Redfern an.

»All right«, sagte Cowper und warf die Karten auf den Tisch. »Dann wollen wir aufbrechen. Glick, Di Candia – Sie kommen mit mir. Garney, unterhalten Sie unterdessen unseren Kollegen hier. Wir sind bald zurück.«

Und sie gingen. Redfern warf einen vorsichtigen Blick auf das Mädchen.

»Nun«, meinte sie heiter, »möchten Sie eine Tasse Tee?«

Redfern räusperte sich. »Äh – wie lange werden sie – ja, fortbleiben?« fragte er. »Ich meine ...«

Sie lachte. »Ich weiß was Sie meinen. Jetzt trinken Sie erst einmal Tee.« Sie öffnete die Küche und füllte fachmännisch heißes Wasser in einen Topf. »Die Idee stammt vom General«, sagte sie über die Schulter. »Er kann Tee-Ersatzstoff nicht leiden; er besteht auf Teeblättern und einem Topf. Unter Schwerkraftlosigkeit ist das ein ganz schöner Spektakel.«

Man brauchte immerhin eine halbe Stunde bis zu der Fnit-Stadt, dachte Redfern, und eine halbe Stunde zurück. Angenommen, sie hielten sich eine weitere halbe Stunde in der Stadt auf, um zu erledigen, was immer sie vorhatten, ergaben das neunzig Minuten. Nachdenklich sah er das Mädchen an und versuchte ihre Widerstandskraft einzuschätzen. Natürlich setzte er voraus, daß sie zu der Fnit-Stadt unterwegs waren, aber um etwas anderes konnte es sich nicht handeln ...

Miß Garney sagte: »Ihr Himmelstürmer, Ihr seid alle gleich.« Verheißungsvoll nahm sie den Topf kochenden Wassers und kam an den Tisch marschiert. »Tee«, sagte sie in befehlsmäßigem Tonfall und schob Cowpers Patience-Karten zur Seite.

Redfern kratzte sich am Ohr und setzte sich an den Tisch. Es war nicht das erste Mal, daß er einen miesen Start hatte, die Energien sammeln und noch einmal ansetzen mußte.

Das Mädchen sah unter den Topfdeckel, nickte und goß ein. »Und nun«, sagte sie fest, »wollen wir ein bißchen plaudern, nicht wahr? Wie kommt es, daß Sie gerade auf Capella XII sind, Mr. Redfern?«

Er rutschte mit dem Sessel näher zu ihr. »Ja, wie das eben so geht. Vater besaß eine Flotte von Charterschiffen – alle raketengetrieben, müssen Sie wissen, für begrenzte Entfernungen. Dann kam der Golightly-Antrieb auf und niemand wollte mehr ein Schiff, das es nicht über die Saturnbahn hinaus schaffte. Vater wandte sich an die Bank und erhielt das Geld, um die Schiffe auf den neuesten Stand zu bringen, aber die Bank war gerissener als er, und zuletzt gehörten die Schiffe ihr, bis auf eins. Inzwischen hörten wir von den großen Möglichkeiten, die sich hier draußen ergeben, und ich wollte mich deswegen umsehen. Und damit bin ich noch beschäftigt. Hat Ihnen schon einmal jemand gesagt, daß Ihre Augen genau die Farbe von ...«

»Das ist sehr interessant«, sagte sie und zog sich etwas zurück. »Und Ihre Familie lebt noch auf der Erde?«

»Ich hatte nie eine Familie«, sagte Redfern, sich geistesabwesend nach dem Zucker streckend, der dicht vor Miß Garney stand. »Nur meinen Vater, meine ich. Keine Frau oder so etwas. Aber ich habe immer daran gedacht, mich irgendwo niederzulassen und ...«

»Sie verschütten meinen Tee«, sagte Miß Garney. »Möchten Sie nicht ein Stück Kuchen? Wir haben viel Zeit für ein nettes – ich meine, ich weiß nicht, *wann* sie zurückkehren werden – es kann jede Minute sein – aber warum plaudern wir nicht noch ein bißchen?«

Sie ordnete ihr Haar und blickte gehetzt drein. »Es ist wahrhaftig eine interessante Reise«, sagte sie lebhaft. »Also wirklich, ich hatte keine Vorstellung, daß es im Weltall so interessant ist. Als Sir Vivian sich an mich wandte, glaube ich, hatte ich die Vorstellung von einer langwierigen, eintönigen Sache, aber es ist wirklich schrecklich interessant.«

Sie griff nach ihrer Tasche. »Zigarette?« fragte sie freundlich, zündete eine an und hielt sie wie eine Pistole zwischen sich und Redfern.

Redfern seufzte. »Danke«, sagte er und entzündete eine für sich. Trotzdem, kalkulierte er, eine Zigarette brennt nur etwa neun Minuten. Er lehnte sich zurück und fragte gesprächig: »Also war es die Idee von Sir Vivian, hierher zu kommen?«

»O ja – seine und die von Mr. Cowper und Major Di Candia. So bildeten wir eine Gesellschaft. Sie besaßen die Kenntnisse und die nötige Erfahrung. Major Di Candia hatte vorher Geschäfte auf Japetus. Und – ja, ich hatte das Geld.« Sie bekam charmante Grübchen. »Muttis dritter Ehemann war so unheimlich reich, verstehen Sie. Und nun sind wir hier.«

Redfern drückte seine Zigarette aus und rückte seinen Sessel näher.

Zwei Stunden später vernahmen sie von draußen ein Geschrei. »Dem Himmel sei Dank!« sagte Miß Garney und legte das Küchenmesser fort.

Sie öffneten die Schleuse. Cowper, Di Candia und der General kletterten herein und schleppten an einem Seil einen schnatternd protestierenden Fnit mit sich.

»Die Schleuse schließen!« bellte Di Candia und tat es persönlich, bevor jemand anders auch nur eine Bewegung machen konnte. Er lehnte sich dagegen und atmete schwer. »Also wirklich!« sagte er, Miß Garney anstarrend. »Ich dachte, *wir* hätten einen schweren Stand gehabt, aber *Sie* sehen aus wie ein Überlebender einer Entscheidungsschlacht.«

Redfern räusperte sich, aber Miß Garney ließ ihn nicht zu Wort kommen. »Jungs werden immer Jungs bleiben«, erklärte sie. »Was ist los? Wie hat es geklappt?«

»Glänzend, glänzend«, sagte General Glick überglücklich. »Es gibt eine völlig neue Wendung in unserem Plan, liebes Kind. Ein unerhört glücklicher Zufall, also wirklich! Wir ...«

»Heben Sie sich Ihr Gefasel für nachher auf«, schnauzte Cowper, der den sich windenden Fnit an eine Verstrebung band. »Wir müssen von hier verschwinden.«

»Natürlich, klar«, stimmte der General zu, und Di Candia salutierte vor ihm und setzte sich vor das Instrumentenbrett.

Er hob das Schiff ab, balancierte es aus, steuerte es mit sicherer Hand für eine Minute auf einen Kurs, der nach Redferns Schätzung nordwärts verlief, und landete es wieder. Di Candia verfügte zu Navigationszwecken über einen Radarschirm; die anderen an Bord hatten nichts dergleichen. Aber Redfern hatte den Eindruck, daß sie mehr als eine Meile von dem ursprünglichen Landeplatz entfernt waren. Es war meisterhafte Arbeit, und Redfern warf Di Candia einen bewundernden Blick zu. Trotzdem das Manöver sehr behutsam durchgeführt worden war, hatte der Fnit das Bewußtsein verloren.

Miß Garney gab mitleidige Geräusche von sich und kniete neben der insektoiden Kreatur nieder. »Lassen Sie ihn«, befahl Cowper. »Es wird ihm nicht schaden. Kommen Sie für einen Augenblick rüber; ich möchte Sie informieren.«

Sie nickte unterwürfig und ließ Redfern mit dem General, dem Major und dem Fnit zurück. Hätte Redfern vor der Wahl gestanden, unter ihnen einen Freund zu suchen, er hätte sich, dachte er, für den Fnit entschieden, und zwar schnell.

Der General nutzte die Gelegenheit zu prahlerischen Ergüssen. »Eine meisterhafte Hinterlandaktion, Mr. Redfern! Wahrlich, Rommels Afrikakorps hätte uns nichts beibringen können. Mit sicherem Griff brachten wir unser Opfer in unsere Gewalt; eine

schöne Absetzbewegung, und schon waren wir auf dem Weg zum Raumschiff – die kleinen Läuse hinter uns und der Schooner in Sicht, was? Und einmal auf dem Kahn und ...«
»Zum Teufel«, sagte Redfern, »was haben Sie vor? Entführung? Ist Ihnen nicht klar, daß das State Department Sie dafür einbunkern wird?«
General Glick legte einen Finger seitlich an seine Nase. »Vielleicht hat es mehr damit auf sich, als es auf den ersten Blick scheint, Mr. Redfern.«
»Hoffen wir es«, schnarrte Redfern. Allmählich verlor er die Geduld; die Dinge hatten sich zu schnell entwickelt, als daß er sofort hätte reagieren können. »Sie Idioten denken, Sie können sich auf einem Planeten herumtreiben und Ihren Wanst vor sich hertragen, ohne zu wissen, was im Umgang mit den Bewohnern zulässig ist und was nicht. Sehen Sie sich den Fnit an! Sehen Sie die goldenen Ringe am Vorderbein? Das bedeutet, daß er königlicher Herkunft ist – *höchst* königlich! Dieser trägt vier Ringe, und sogar der König, den sie den Glühenden nennen, hat nur fünf! Dafür werden sie Ihnen die Arme und Beine einzeln ausreißen!«
Der General kicherte geheimnisvoll. Redfern stampfte angewidert zur Sichtscheibe hinüber und blickte hinaus. Es war fast dunkel. Das war der einzige Vorteil, dachte er; die Fnits würden nicht einmal zur Befreiung einer königlichen Hoheit bei Nacht die Stadt verlassen. Aber auf die Nacht folgte die Dämmerung, und wenn der Morgen anbrach ...
Unbewußt rieb er seinen Nacken und spürte einen plötzlichen Schmerz, wo die Klammern gesessen hatten. Hoffentlich sind Sie rücksichtsvoll genug, uns nur an den Pranger zu stellen und anschließend zu verbrennen, dachte er.
Aber, so entschied er, die Lage war nicht aussichtslos. Die Fnits lechzten ohne Zweifel nach Blut. Aber die Menschen befanden sich im Schiff, und das Schiff konnte fliegen. Nichts könnte sie aufhalten – wenn die Dinge sich so schlecht entwickelten, wie er es erwartete – den Fnit aus der Schleuse zu werfen und nach ruhigeren Welten zu starten. Er fühlte sich jämmerlich bei dem Gedanken, das eigene Schiff zurücklassen zu müssen, aber vielleicht konnte er eines Tages, wenn Gras über die Sache gewachsen war, nochmals herkommen und es holen. Oder, was besser sein würde, jemand danach schicken. Wie auch immer, sie konnten durchaus mit dem Leben davonkommen, solange sie sich im Schiff aufhielten.
Cowper und das Mädchen kamen aus den Privaträumen des Schiffs zurück. »All right«, sagte Cowper zu General Glick und Di Candia. »Wir sind fertig.« Und er legte die Hand auf den Riegel der Schleuse.
»He!« kreischte Redfern, als die drei anderen Männer hinaus-

trampelten. »Sie werden Sie in Fetzen reißen! Wohin, zum Teufel, wollen Sie gehen?«

Cowper sah ihn kalt an. »Natürlich in die Fnit-Stadt«, sagte er und schloß das Schott hinter sich.

Miß Garney sagte bösartig: »Also, Redfern, versuchen Sie Ihre Tricks nicht noch einmal!«

»Keine Sorge!« schnauzte er. »Ich habe andere Dinge im Kopf. Wissen Sie, was die Fnits mit diesen Männern anstellen werden? Guter Gott, Mädchen, mit Entführungen haben Sie nirgendwo lange die Oberhand! Selbst wenn wir lebend hier fortkommen, wir können nicht heimkehren – wir würden den Rest unseres Lebens im Gefängnis zubringen, wegen Mißhandlung von Eingeborenen!«

»Oh, das glaube ich nicht«, sagte Miß Garney leichthin. »Mr. Redfern, Sie machen sich zuviel Gedanken.«

»Aber Entführung ...«

»Also, bitte«, sagte sie mütterlich, »wir schreiben Ihnen Ihre Arbeit nicht vor, warum wollen Sie sich in unsere Geschäfte einmischen? Ich nehme nicht an, daß Sir Vivian ursprünglich so etwas wie Entführung im Kopf hatte. Aber es hat, wie Sie andeuten, seine illegalen Aspekte, und wie die Dinge sich nunmehr ergeben haben, stehen sie besser.«

»Wieso besser?«

Miß Garney zögerte, dann blickte sie verschwörerisch drein. »Mr. Cowper würde toben, aber – also, Sie müssen verstehen, wir haben zwar nicht ein Jahr damit zugebracht, die Fnits zu studieren, wie Sie, aber wir haben es geschafft, ein paar Freunde zu finden. Und wir fanden heraus, daß der Glühende Hochzeitspläne hegte, und Sir Vivian sah zuerst die Möglichkeiten darin. Warum sollten wir, sagte er, die Braut des Glühenden nicht auf unser Schiff einladen? Das wäre eine gute Basis für Unterhandlungen mit dem Glühenden. Wir wollen Handelsrechte; er will seine Frau. Ein bloßer Tausch.« Sie strahlte. »War das nicht großartig von Sir Vivian?«

Redfern keuchte: »Sie meinen, dieser Fnit ist ...«

»O nein«, versicherte sie. »Keineswegs. Es war ein höchst glücklicher Zufall. Unser Fnit-Verbindungsmann gab uns ein vorzügliches Bild der Braut des Glühenden, und natürlich, mit Ihrer Hilfe, wußten wir, wo sich der Harem befand. So gingen sie alle, um sie zu holen, und ...« – Miß Garney errötete reizend – »Mr. Cowper sagte, daß sie die Braut fanden, und sie befand sich in einer äußerst *kompromittierenden* Situation. Mit eben diesem hier! Stellen Sie sich vor, Mr. Redfern! So gut wie eine Königin, am Abend vor ihrer Hochzeit mit dem Glühenden, und sie erlaubt sich, mit diesem gewöhnlichen, vulgären ...«

»Warten Sie eine Minute«, bat Redfern mit rauher Stimme. »Was ist daran so gelungen?«

»Nun, Sie begreifen doch, oder nicht, Mr. Redfern? Sir Vivian ist unterwegs, um mit dem Glühenden zu sprechen, ihm mitzuteilen, daß wir diese Affaire aufgedeckt haben, daß wir den Burschen an Bord haben und er ihm zur Verfügung steht, und sicherlich wird die Dankbarkeit der Fnits uns ...«
Redfern mußte schlucken. Er konnte nicht sprechen, aber machte eine wütende Geste, und Miß Garney unterbrach sich und starrte ihn an. Schließlich stieß er mit entsetzter Stimme aus: »Miß Garney, hat Ihr Verbindungsmann Ihnen nicht gesagt, daß die Fnits *drei Geschlechter* haben?«
Für einen Augenblick schnappte sie nach Luft. »Sie meinen«, keuchte sie, »alle drei wollten – also, diese dreckigen kleinen Biester! Gott im Himmel, Mr. Redfern, wenn ich geahnt hätte, daß es so ausgehen würde, ich würde selbstverständlich niemals ...«
»Halten Sie den Mund! Lassen Sie mich nachdenken!« Er starrte den Fnit an, der wieder bei Besinnung war und aus ausdruckslosen Facett-Augen zurückstarrte. Nicht einmal der ursprüngliche, halbgescheite Plan des Generals würde jetzt funktionieren, stellte er fest; für ihre Absichten hatten sie ein gut geeignetes Fnit-Exemplar erwischt – doch die Fnits hatten den General, den Major und Mr. Cowper.
»Wir müssen die Sache ausbaden«, meinte er endlich. »Die Frage ist, wollen Sie mitkommen oder im Schiff bleiben?«
»Wohin mitkommen?«
»In die Stadt der Fnits. Für Ihre Freunde ist es jetzt Zeit zum Braten; wenn ihnen nicht jemand im Laufschritt zu Hilfe kommt, ist es zu spät.«
Miß Garney sagte hastig: »Oh, ich komme mit! Sie haben doch wohl nicht daran gedacht, mich hier mit *dem* zurückzulassen, oder?«
Redfern war gedankenschwer. Mit einem einzigen Fnit allein zu sein, schien in seinen Augen fast das Paradies zu sein, verglichen mit dem Eindringen in eine feindselige Stadt, die von ihnen wimmelte. Doch es gab keine Wahl. Er verstärkte die Fesseln des Eingeborenen, Miß Garney fand Waffen für sie, und sie zogen los.
Langsam wurde es schon dunkel, und das ferne Gestirn Capella warf auf dem ganzen Weg zur Stadt rötliche Schatten. Aber Redfern wußte, wo die Stadt lag. Es würde nicht mehr als ein einstündiger Marsch sein; in der Tat mußten sie auch nahe an seiner eigenen Rakete vorbeikommen, dort, wo er sie verlassen hatte – zum Zweck seiner unglücklichen Expedition, die auf dem Gerüst geendet hatte, in Erwartung des Scheiterhaufens.
Vielleicht, dachte er, war es möglich, den Marsch bei seinem Schiff abzubrechen. Im Verhältnis zu dem Schiff des »Syndikats« war es nur ein Machwerk – mit altem Raketenantrieb und Hilfstriebwerken statt des in bestem Zustand befindlichen, kompakten

Golightly-Antriebs, den das Geld von Miß Garney beschafft hatte; nur eine Kabine statt der Plüscheinrichtung in dem größeren Schiff. Aber es war das seine. Und wenn er erst an Bord war, würde nichts ihn mehr hindern, zu verschwinden; vielleicht mit Miß Garney, während er die idiotischen Männer der Gruppe dem Verderben auslieferte, das sie reichlich verdient hatten – nichts, versteht sich, außer seinem Gewissen.

Aber er bekam keine Gelegenheit mehr, sich mit seinem Gewissen auseinanderzusetzen. Die rotbeschatteten Steilhänge waren alle leer und verlassen – bis auf einen. Und hinter diesem verbarg sich ein Dutzend bewaffneter, zwitschernder Fnits, und in einem einzigen Augenblick fielen sie alle über Redfern und das Mädchen her, und als die »Befreiungsexpedition« die Stadt erreichte, lag sie in schweren Ketten.

Sie schwitzten außerordentlich stark, als sie in die Gemächer des Glühenden gebracht wurden – und nicht nur infolge der feuchtwarmen Temperaturen in der Stadt.

Wenn Redfern und das Mädchen geradezu in Ketten eingewickelt waren, so erwies sich nun, daß man den General, den Major und Mr. Cowper darunter begraben hatte. Sie lagen aufgereiht vor einer Art Balkon in der Felswand, und auf diesem Balkon befand sich der Glühende aller Fnits. Als er ihn ansah, wußte Redfern erstmals, warum er seinen Titel trug. Er glühte tatsächlich. Es ging eine sanfte Strahlung von seinem ganzen Körper aus – Radioaktivität? Der Effekt schien eher chemischer Natur zu sein – Biolumineszenz, wie das grünliche Licht eines Glühwürmchens. Nur strahlte der Glühende in purem Weiß.

Unter ihm wartete ein Fnit-Dolmetscher und blickte den Ankömmlingen drohend entgegen. »Also, Walter«, entfuhr es Miß Garney, »ich wußte nicht, daß du mit dem ...«

»Ruhe!« zirpte der Fnit. »Es ist ausgeschlossen, zu sprechen bevor der Glühende gesprochen hat!«

»Ausgeschlossen? Also, Walter, nach all dem Zucker, den ich dir gegeben habe!« Drei Fnits traten auf sie zu. Sie stellte das Schelten ein und schüttelte reuevoll den Kopf. »Diese Fnits«, meinte sie mißbilligend.

Der Glühende begann zu sprechen, und es klang wie der erhabene Gesang der Grillen in einer Sommernacht. Er legte eine Pause ein, und der Dolmetscher, den Miß Garney Walter genannt hatte, sagte: »Ihr müßt sterben, weil Ihr das Para-Weibchen des Glühenden geraubt habt. Ist es für Euch von Interesse, für welche Todesart Ihr vorgesehen seid?«

»Ja, sehr«, pfiff General Glick und wand sich in seinem kettenrasselnden Totenhemd. »Ihr Eingeborenen seid immer ziemlich geschickt in diesen Angelegenheiten, nicht wahr? Also, wir verloren einmal einen Dienstgrad an die Pathans, und als sie seinen Körper auslieferten, war er ...«

»Ruhe!« zwitscherte der Fnit erneut. »Vernehmt Eure Todesart. Es ist beschlossen, daß Ihr jener dienen sollt, die Ihr geraubt habt. Da es ein Para-Weibchen ist, ein Empfänger von Eiern, werdet Ihr die Larven aus ihren Eiern tragen, bis sie ausschlüpfen.«
Redfern, der eine scheußliche Erinnerung an paralysierte Käfer hatte, welche die Brut der irdischen Wespen ernähren müssen, krächzte: »Wartet eine Minute! Laßt uns darüber reden. Ihr könnt uns nicht umbringen; Ihr werdet das – Para-Weibchen, oder wie Ihr es nennt, nicht finden.«
Es gab eine Unterhaltung zwischen dem Dolmetscher und dem Glühenden; der Dolmetscher verfiel wieder in Englisch und erklärte: »Das ist nicht so – wir berichtigen dich. Wir wissen, daß das Para-Weibchen sich in dem großen Schiff befindet, und daß Ihr von dort bis hierher gelaufen seid, so daß es nicht weit sein kann. Wir brauchen bloß nach dort zu gehen.«
»Aber es ist Nacht!« schrie Redfern. »Ihr wißt, wie wir Erdenmenschen sind – wir können in der Nacht umherlaufen und wenn es kalt ist und überhaupt! Unsere Schiffe sind im Innern so kalt wie die Luft außerhalb; das Weibchen wird erfrieren. Es wird Euch nichts einbringen, sie zu finden, wenn sie erfroren ist, oder?«
Seine Bemerkung verursachte ein wahnsinniges Zwitschern. Der Glühende war aufgebracht; er hob alle acht Beine und rasselte entsetzlich seinen Artgenossen zu. Der Dolmetscher sagte: »Du hast die Wahrheit gesprochen. Wenn das Para-Weibchen der Nachtkälte ausgesetzt ist, wird es sterben. Dafür werden wir Euch unverzüglich töten.«
»Halt!« brüllte Redfern, als der Glühende den Wächtern etwas zuzwitscherte. »Wollt Ihr sie nicht retten?«
»Das ist unmöglich«, erklärte der Dolmetscher. »Du hast gesagt, daß sie erfrieren wird, und es bringt uns keinen Nutzen, wenn wir sie erfroren finden. Wir können nicht hinaus, um sie zu befreien, und wenn wir könnten, würde sie den Rückweg in die Stadt nicht überstehen.« Er machte eine Bewegung mit seinen Kinnbacken, was bei den Fnits ein philosophisches Achselzucken bedeutete. »Es wäre besser für uns, Euch als Träger der Larven zu verwenden«, sagte er bedauernd, »aber das ist ohne das Para-Weibchen nicht möglich, und deshalb ...« Er deutete vielsagend auf die Wächter.
»Aber wir können sie retten!«
Der Dolmetscher fragte wißbegierig: »Wie?«
»Wir können unser Schiff erwärmen, wie Ihr wißt. Erlaubt uns nur, zum Schiff zurückzukehren, und wir beheizen es. Am Morgen könnt Ihr kommen und sie abholen.«
Der Dolmetscher machte eine Geste, die für ein Nicken stand. »Sehr interessant«, sagte er. »Nein.«
»Aber warum nicht?« wollte Redfern wissen.

»Der Glühende in seiner Weisheit versteht, daß Ihr entfliehen wollt. Es ist besser, daß das Para-Weibchen stirbt, als Euch entkommen zu lassen. Es gibt noch mehr Para-Weibchen.«
»Wir versprechen, daß wir nicht fliehen«, sagte Redfern hoffnungsvoll. »Wir ...«
Er hielt mit offenem Mund ein.
»Was?« fragte der Fnit einen Augenblick später.
Redfern schluckte. »Kann ich – kann ich kurz mit dem Glühenden sprechen? Allein?«
»Das ist nicht möglich«, meinte der Dolmetscher. »Der Glühende spricht kein Englisch, wie du weißt, so daß du ...«
»Ich meine, allein bis auf dich. Ohne die anderen Menschen.«
Miß Garney warnte: »Mr. Redfern, ich nehme selbstverständlich an, Sie wollen uns nicht verkaufen.«
Redfern kam nicht mehr zu einer Antwort, denn der Glühende erhob sich majestätisch auf sämtliche Beine und zirpte in befehlendem Tonfall. Die Fnit-Wächter packten Miß Garney und die Männer und schleppten sie mit klirrenden Ketten hinaus.
Der Dolmetscher sagte: »Du darfst sprechen.«

Natürlich war es eine Lüge gewesen; die Schiffsheizung hielt die Temperatur weit über der Temperatur außerhalb. Aber Redfern litt noch unter Schüttelfrost, als er ankam, und schaltete die Heizung eine Stufe höher.
Das Para-Weibchen schnatterte ihn wütend an. Er sagte: »Mach dir keine Sorgen. Der Alte kommt morgen in der Frühe.«
Er legte Pelzjacke und Handschuhe ab und starrte trübsinnig auf die Kontrollen. Nichts hätte ihn mehr aufhalten können, den Fnit aus der Schleuse zu werfen, den Golightly-Antrieb anzuwerfen und Capella XII gemütlich zu verlassen. In weniger als drei Wochen wäre er daheim ...
Er seufzte und dachte mit wenig Vertrauen an die Leichtgläubigkeit der Fnits. Wenn nur Miß Garney, die unirdische und anbetungswürdige Miß Garney bei ihm gewesen wäre! Aber der Glühende hatte sich geweigert, weitere Personen zur Befreiung des Para-Weibchens ausziehen zu lassen; er wollte die anderen als Geiseln.
Redfern streckte sich auf der gepolsterten Bank des Navigators aus. Er war so aufgeregt, stellte er ärgerlich fest, daß Schlaf ihm unmöglich schien; er würde zweifellos die ganze Nacht mit Sorgen und Brüten zubringen und ...
Er erwachte, als das Scharren von Insektenfüßen in der unteren Schleuse an sein Ohr drang. Ein Fnit-Gesicht äugte neugierig in das Schiff, dann verschwand es und wich dem weißlich schimmernden Schädel des Glühenden höchstpersönlich. Der Glühende eilte an die Seite seines Para-Weibchens, und es gab ein verrücktes Zwitschern und ein Rasseln von sich zärtlich strei-

chelnden Insektenbeinen, als die Liebenden wieder vereint waren.

Redfern atmete tief durch. Dem Glühenden folgten weitere Fnits, und mit ihnen kamen der General, der Major, Mr. Cowper – und schließlich die nachdrücklich jammernde Miß Garney. Der Glühende hatte sein Wort gehalten. Redfern begann sich etwas besser zu fühlen, als er aufstand und den Eintretenden verschlafen gegenübertrat.

»... weiß, daß ich mich am Morgen ohne meinen Tee absolut *nicht* gut fühle«, informierte sie jedermann in Hörweite. »Und sie schleifen, *schleifen* mich grob hierher, ohne ein freundliches Wort!« Redfern geriet in ihr Blickfeld, und ihr Tonfall stieg von der Höhe äußerster Wut zu dem von Eiseskälte herab. »Ah! Ihr kleiner Plan hat nicht funktioniert, was? Sie konnten mit den Golightly-Kontrollen nicht umgehen, war es nicht so? Deshalb waren Sie nicht in der Lage, auf unsere Kosten durchzubrennen, nicht wahr?«

Ungläubig öffnete Redfern den Mund zu einer Antwort, dann besann er sich auf die Anwesenheit der Fnits. Er wandte sich an den Dolmetscher.

»Alles in Ordnung?«

Der Dolmetscher sagte: »Es scheint so. Bist du sicher, daß Ihr es Euch nicht noch überlegen wollt? Es wird viele Larven geben, und dies Para-Weibchen ist klein ...«

»Danke, nein. Wir wollen es hinter uns bringen.«

Der Dolmetscher meinte philosophisch: »So mag es nach Eurem Wunsch geschehen. Vorwärts, der Glühende ist begierig, dem Schauspiel Eurer Verbrennung beizuwohnen.«

»Verbrennung?« kreischte Miß Garney. »Aber ich dachte – sie haben doch den Fnit zurück erhalten – ich meine ...«

»Verbrennung«, sagte der Dolmetscher. »Laßt uns zum Scheiterhaufen gehen.«

Redfern führte sie an, außerhalb der Reichweite von Miß Garneys klagender Stimme. Neben ihm zwitscherte der Dolmetscher endlos vor sich hin, aber Redfern hörte kaum zu. Sie gelangten in die Mulde zwischen den Hügeln, wo sein eigenes, altes Schiff stand, und er kletterte an Bord, wohin ihm der Dolmetscher mühselig folgte.

Es war wie eine Heimkehr. Er berührte die Wände und betätschelte liebevoll das Kontrollbrett. Er fuhr mit den Fingern über die Schaltungen und legte die Hand auf die vertrauten Navigationsbücher in dem Wandregal über den Kontrollen. Da war der graue Umschlag von *Hyperraumrouten*, das den Kurs für jeden Stern verzeichnet enthielt; das *Handbuch für Raketentechniker*; die *Gesammelten Monatshefte für Interstellares Recht; Higgins Astronautengirls*.

Gefühlvoll nahm er den goldgeprägten Band von Higgins herun-

ter und ließ ihn aufblättern. Da waren die erwähnten Pinups, gerade so, wie er sie in Erinnerung hatte – bunte, stereoskopische Ansichten der ergötzlichsten Schönheiten des Solarsystems. Wie weise vom Astrogatoren-Verband, einsamen Navigatoren den Higgins als bedürfnisdeckendes Gepäckstück mitzugeben! Und doch, wie fade und unbedeutend, dachte Redfern verliebt, wurden diese großen Schönheiten, verglich man sie mit der Lieblichkeit aus Fleisch und Blut von ...
Er schluckte und betrachtete die Pinups noch einmal näher, als der Rest der Gruppe, zankend und nach Luft schnappend, durch die Schleuse kam. Er sah Miß Garney hastig an und warf ungläubig einen weiteren Blick auf die Bilder.
Irgendwo, irgendwie stimmte etwas nicht, dachte er mit Schrekken. Es kam Redfern nicht mehr so vor, als sei er fünfzehn Monate im Raum gewesen, weshalb sogar die erstbeste Hexe in seinen nach Weiblichkeit gierenden Augen anziehend wirken würde. Er hatte vergessen, wieviel mehr anziehend das weiche, geschmeidige Fleisch der Jugend sein konnte als die strengen, harten Gesichtszüge von Miß Garney. Er wußte nur, daß hier die Pinups waren, und dort war Miß Garney, und daß er einen schrecklichen Irrtum begangen hatte.
Der Dolmetscher zwitscherte: »Alles ist beisammen. Ihr werdet Euch nun selbst verbrennen, wie es unserem Vertrag entspricht.«
Redfern ignorierte die Schreie der anderen. »In Ordnung, wir fangen sogleich an.«
»Einen Augenblick«, zirpte der Fnit. »Der Glühende hat mich beauftragt, Euch an die Bedingungen zu erinnern. Erstens, du hast behauptet, es sei für Euch sehr umständlich, auf diese Weise zu sterben, die wir zunächst für Euch vorgesehen hatten – das heißt, mit den Maden der Weibchen des Glühenden in Eurem Fleisch.«
»Äußerst umständlich«, bemerkte Redfern zustimmend.
»Und zweitens, daß Ihr einverstanden seid, Euch selbst zu verbrennen, bis zum Tode, einschließlich dieses Gebildes, in dem wir gegenwärtig miteinander reden.«
»Richtig«, sagte Redfern.
»Der Glühende wundert sich, daß dieses Metall brennen soll. Er zweifelt deine Worte nicht an, aber er muß Sicherheiten haben. Du hast versprochen, daß Ihr zu seinen Ehren in Flammen aufgehen wollt, und wenn dies nicht geschehen sollte, werden wir entsprechende Schritte einleiten.«
»Wir werden in Flammen aufgehen, ganz klar«, versprach Redfern.
»Aber«, beharrte der Dolmetscher, »wenn nicht, dann erinnert der Glühende Euch, drittens, daran, daß es auf unserem Planeten sechsundzwanzig weitere Menschen gibt. Solltet Ihr Euch unserer Gerechtigkeit entziehen wollen, werden sie die Larven aus-

tragen müssen, an Eurer Stelle. Alle. Und nun geht an die Arbeit.« Und der Fnit kletterte rückwärts aus der Schleuse.
Redfern schlug das Schott zu und verriegelte es. General Glick protestierte: »Hören Sie, wir werden das Schiff doch nicht anzünden, Sir! Wir sind nicht die Leute, die ...«
»Lassen Sie mich zufrieden«, sagte Redfern mürrisch. »Aber schnallen Sie sich vorher an.« Er sah sich nicht einmal um, ob sie es taten. Sie können ruhig ein bißchen durchgeschüttelt werden, dachte er, und legte die Finger auf die Kontrollen des Haupttriebwerks.
Es gab ein Röcheln, ein Aufbrüllen und ein röhrendes Donnern, und alle beweglichen Objekte in der Kabine wirbelten durcheinander, als sie von der Oberfläche von Capella XII abhoben.
Vierzig Minuten später befanden sie sich in einer Umlaufbahn um den Planeten, und Redfern richtete seine alten Zusatztriebwerke auf den Übergang in den Hyperraum aus; die weite Heimreise begann.
Die vier anderen in der engen Kabine betasteten ihre blauen Flecken und schrien ihn an, einzeln und im Chor. Redfern wandte ihnen schweigend den Rücken zu.
General Glicks dröhnender Baß grollte zwischen den anderen Stimmen: »... das allerpeinlichste Benehmen, das ich je in meinem Leben beobachten durfte, Sir! Haben Sie nicht gehört, was der Fnit sagte? Die anderen Menschen! Betrogen! Dem schändlichsten Tod überlassen! Was wird man im Klub dazu sagen! Irren Sie sich nicht, Sir, man wird das herausfinden! Alle Menschenkinder auf Capella XII massakriert, um Ihre feige Haut zu retten. Und jetzt fliegen wir wie ängstliche Knaben in dieser Rattenfalle, obwohl unser eigenes Schiff dreimal größer und schneller ist ...«
»Reden Sie doch gar nicht mit ihm, Sir Vivian«, empfahl Miß Garney eisig. »Er ist es nicht wert.«
»Nun«, sagte der General nach einer Atempause, »ich glaube, Sie haben recht. Aber wenn ich daran denke«, setzte er sein Genörgel fort, »daß *mein* Name, der Name von General Sir Vivian Mowgli-Glick in Verbindung mit einer so kleinmütigen, memmenhaften, elenden Tat wie dieser genannt werden wird!«
Mr. Cowper sagte: »Unterhalten wir uns lieber über die neue Lage, General. Was erwarten Sie nun?«
»Ich denke, das ist die Frage«, stimmte der General verdrießlich zu. »Es braucht Zeit, sich in den entsprechenden Gesetzen zurechtzufinden, was? Nehmen wir an, er hat ein halbes Dutzend Menschenalter zur Verfügung, wie Sie und ich und Miß ...«
»General!« schrie das Mädchen.
»Oh, Verzeihung«, murmelte der General. Sie diskutierten weiter über das Thema, und Redfern, hartnäckig mit seinen Zusatztriebwerken beschäftigt, lächelte kalt vor sich hin. Also war sie

ein so altertümliches Modell wie der General, oder? Dem Himmel sei Dank, sagte er sich zornig, daß er von Anfang an gewußt hatte, daß sie der Mühe nicht wert war. Was für schamlose Nerven diese Zombies besaßen! Stahlen den Platz, der späteren Generationen zugedacht gewesen war – und schmähten ihn, weil er ihr Leben gerettet hatte, das ihnen nicht zustand!
Ein Klappern ertönte, und die wabernden Antriebsenergien beruhigten sich. Auf der Sichtscheibe erloschen die Sterne, und sie befanden sich im gleichmäßigen Meer des Hyperraums.
Redfern seufzte, programmierte den Kurs und drehte sein Gesicht den Gästen zu.
»Wir sind auf Kurs«, berichtete er. »Wollen Sie nun hören, was ich zu sagen habe?«
»Nein!« sagte der General, der Major und Mr. Cowper. Miß Garney sagte nur: »Scheusal!«
»Das trifft eher auf Sie zu«, ließ Redfern wissen. »Aber Sie befinden sich auf meinem Schiff und ich wäre dankbar, wenn Sie sich entsprechend manierlich benehmen würden.«
»Auf Ihrem Schiff, tatsächlich?« kreischte Miß Garney. »Und wessen Schuld ist das, was glauben Sie? Warum haben wir nicht unser eigenes Schiff genommen – vorausgesetzt, wir hätten es beabsichtigt, daß die anderen Menschen auf Capella XII diesem entsetzlichen Tod verfallen?«
Redfern meinte mit dem letzten, winzigen Rest seiner Geduld: »Wir durften Ihr Schiff nicht verwenden, weil ich diese Leute nicht einem schrecklichen Tod ausliefern wollte.«
Damit weckte er schließlich ihr Interesse. Sie blickten ihn wild an, und Major Di Candia sagte: »Glaubt jemand, daß der Bursche meint, was er redet?«
»Natürlich nicht!« sagte Miß Garney. »Das ist nur eine billige Lüge, die erreichen soll, daß wir ihm seine Handlungsweise verzeihen – aber wir werden es nicht!«
»Ach, was vergeude ich mit Ihnen meine Zeit?« fragte Redfern angewidert. »Sagen Sie, welche Art Antrieb hat Ihr Schiff eigentlich?«
»Einen kompletten Golightly-Antrieb«, antwortete Miß Garney stolz. »Mit Magnetkorrektoren, sogar für Planetenlandungen. Es kostet nahezu . . .«
»Es spielt keine Rolle, was es kostet.« Redfern klopfte gegen die Hülle seines eigenen Schiffes. »Das hier ist eine Rakete. Verstehen Sie den Unterschied jetzt?«
»Selbstverständlich sehe ich den Unterschied«, keifte Miß Garney. »Es wird zweimal so lange dauern, bis wir daheim sind. Ganz davon zu schweigen, daß wir für den ganzen Weg zu Fünft in diesem Rattenstall eingezwängt sind!«
»Nein«, sagte Redfern. »Der Unterschied ist, daß Ihr Schiff *keinen* Raketenantrieb hat. Ich vereinbarte mit dem Glühenden, wie

Sie vielleicht vom Dolmetscher gehört haben, daß wir uns freiwillig einäschern. Das war die einzige Möglichkeit, noch etwas tun zu können. Wären Sie damit einverstanden gewesen, den Platz des Para-Weibchens zu übernehmen –« – er bemerkte ungläubig, daß sie es schafften, nicht einmal zu erröten – »– bis kleine Fnits aus Ihrer Haut kriechen? Mag sein, daß Sie es akzeptiert hätten, aber ich nicht.«
»Aber die Menschen, Sir!« schnappte Sir Vivian. »Sie haben sie im Stich gelassen!«
Redfern seufzte. »Ich habe versprochen, daß der Glühende uns in Flammen aufgehen sehen wird. Und was hat er gesehen?«
»Nun – er sah uns fliehen.«
»Nein!« sagte Redfern. »Er sah den Flammenausbruch unserer Raketen. Er ist eben ein Fnit, denken Sie daran, und sie haben nie zuvor eine Rakete landen sehen können – meine war die einzige auf dem ganzen Planeten, und ich kam bei Nacht an, wenn die Fnits sich unter der Oberfläche befinden. So also sah er uns in Flammen aufgehen – im wahrsten Sinne des Wortes! Wir sind verbrannt – soweit der Glühende es versteht. Er ist befriedigt. Die Menschen sind in Sicherheit. Wir befinden uns auf dem Heimweg. Und nun«, fügte er hinzu, »sind Sie wohl so freundlich, sich in einer Reihe aufzustellen und vornüber zu beugen, Damen zuerst, denn ich möchte meinen linken Fuß ausstrecken.«
Sie mochten nicht sehr gescheit sein, sagte er außerdem zu sich selbst, aber gewiß gutwillig und hartnäckig. Es dauerte beinahe eine Stunde, bis sie endgültig gefressen hatten, daß die zurückgebliebenen Menschen auf Capella XII *nicht* massakriert werden würden, daß sie selbst sich in Sicherheit befanden, und daß, früher oder später, sogar jemand wieder den Planeten aufsuchen und das Schiff abholen konnte, so daß sie nicht mehr verloren hatten als ihre Zeit. Und anschließend waren sie alle aufrecht und männlich genug, sich zu entschuldigen.
»Wirklich ein vorzügliches Manöver«, säuselte der General, der die Sachlage zuletzt durchblickte. Er rückte sein Polster näher an Redfern heran. »Brillant«, setzte er den Versuch fort, zu einem netten gemütlichen Plauderei zu gelangen. »Es sah aus wie eine Witwenverbrennung, was? Dergleichen habe ich seit den alten Tagen in Indien nicht mehr beobachtet. Erinnert mich an meine Zeit in Haiderabad – . . . 86 muß es gewesen sein.«
»Entschuldigen Sie mich«, unterbrach Redfern. »Ich muß die Zusatztriebwerke überprüfen.« Es sah aus, als würde die Reise lang werden, dachte er trostlos, während er die vollautomatischen Kontrollinstrimente anstarrte und wünschte, sein Vater hätte von der Bank genug Geld für ein größeres Schiff bekommen.
»Mr. Redfern?«
Überrascht wandte er sich um. Die Stimme war butterweich und süß; Miß Garney lächelte weich und herzlich.

»Lieber Junge«, sagte sie, »ich – ich möchte dir nur sagen, daß du wirklich *glänzend* warst. Ich hoffe, du vergibst uns das unmögliche Verhalten. Und«, setzte sie schalkhaft hinzu, »ich hoffe auch sehr, daß es dir nicht allzuviel ausmacht, was – nun ja, was Sir Vivian sagte. Du weißt, über – äh – das Alter.«
»Freilich nicht«, meinte Redfern gläsern, indem er sie ansah wie ein Vögelchen eine Python.
Sie langte geziert über seine Schulter und nahm den Band von Higgins an sich. Sie warf einen kurzen Blick hinein, kicherte und sah Redfern schüchtern an.
»Wertloser Schund«, tadelte sie, und bevor Redfern es verhindern konnte, warf sie das Buch mit den Pinups in den Müllschacht.
»Du wirst es nicht mehr brauchen, lieber Junge. Wir werden für eine ganz nette lange Zeit beisammen sein, nicht wahr? Und meinst du nicht wirklich auch, daß es gar nichts ausmacht, wenn eine Frau ein kleines *Jahrzehntchen* älter ist? Vor allem für einen so *erfahrenen* Mann wie dich?«
Sechsundfünfzig Tage, kalkulierte er, während er den charakteristischen Geräuschen der Zusatztriebwerke lauschte. Sechsundfünfzig Tage mit dem General, dem Major, Mr. Cowper ... und Miß Garney.
Es würde eine *sehr* lange Reise werden.

Die Kunst, mit den Fingern zu rechnen

Jedermann weiß, daß das Rechnen im Dezimalsystem, das auf den zehn Ziffern von Null bis Neun beruht, alle anderen Systeme hervorgebracht hat und sich weltweit durchsetzte, da es zugleich das einfachste und beste ist. Wie bei vielen Dingen, die ›jeder weiß‹, stimmt bei dieser Feststellung etwas nicht ganz. Es ist nämlich nicht so.

Gewiß, es sieht nicht danach aus, als könne eines der älteren Systeme wieder Bedeutung erlangen. Augenblicklich ist die Chance, daß wir auf das babylonische Sexagesimalsystem (auf 60 basierend) zurückgreifen, verschwindend gering – obwohl es sich partiell noch hartnäckig hält, da wir die Stunde in 60 Minuten, den Kreis in 360 Grad aufteilen. Es existieren Spuren anderer Systeme in Begriffen wie dem englischen ›score‹ (20 Stück) und dem französichen Wort für 80 ›quatrevingt‹ (= 4 × 20), die uns an ein untergegangenes Zwanzigersystem denken lassen, und in Ausdrücken wie ›ein Dutzend‹ und ›ein Gros‹, die vom Zwölfersystem abgeleitet scheinen.

In der Science-Fiction führten die meisten Spekulationen über Zahlensysteme auf das 12-er-System, das ›Duodezimalsystem‹, doch fällt es schwer, das zu begründen. Von entsprechender Seite wird ins Feld geführt, daß ein 12-Ziffern-System die Schreibweise gewisser Brüche aus dem Dezimalsystem, wie z. B. $^1/_3$ und $^1/_6$ vereinfacht, doch scheint dies ein schwacher Ausgleich zu dem gewaltigen Aufwand der Umstellung. Die Vor- oder Nachteile des Duodezimalsystems einmal ganz beiseite gelassen, bedenke man nur einmal die Kosten eines solchen Wechsels. Das bedeutet zunächst, daß das Dezimalsystem unserer Währung entweder den Bach hinuntergeht, um von einem völlig neuen ersetzt zu werden, oder daß es als schwerfälliger Anachronismus in Art des britischen Währungssystems dahinsiecht. Und dieser Preis wird erst der Anfang sein. Wissenschaft heißt Messung und Auslegung; ohne Messungen bleiben die Auslegungen schemenhaftes Umhertasten. Messung aber bedeutet Zahlen. Stellt man unser Zahlensystem um, so muß fast der ganze Korpus niedergelegten menschlichen Wissens umgeschrieben werden: Laborberichte und Steuererklärungen, Kostenvoranschläge und Zeitstudien, Erkenntnisse über die Reaktion von Mu-Mesonen und Kenntnisse über die Transaktionen an der New Yorker Wertpapierbörse.

Der Plan, die wesentlichen Aufzeichnungen der Welt von einem Zahlensystem in ein anderes zu übertragen, irritiert uns. Sein

Kostenaufwand läßt sich kaum in Millionen Dollars ausdrücken, eher vielleicht in Lebensjahren.
Wenn dem so ist, warum fördert man dann dieses Projekt?
Die Antwort ist einfach die, daß Maschinen keineswegs gerissener sind als ein russischer Bauer.
Wir haben nicht die Absicht, die Russen herabzusetzen, sondern stellen lediglich fest, daß der ›UNIVAC‹ und unser Russe eine Menge Gemeinsamkeiten aufweisen – eine davon ist der Mangel an Geschicklichkeit, um Multiplikation und Division im Dezimalsystem auszuführen.
Wir nehmen mal eine einfache Multiplikation – z. B. 87 × 93 – und wollen dann sehen, wie sie von uns, von unserem Russen und von ›UNIVAC‹ gelöst wird. Sie und ich, die wir einige Jahre höherer Schule hinter uns gebracht haben, schreiben eine knappe kleine Operation folgendermaßen an:

87 × 93	
783	
261	
8091	

Das war nicht schwierig. Im Notfall hätten wir es im Kopf ausrechnen können.
Und trotzdem würde unser Russe die Sache ziemlich schwierig finden, weil er zufällig nicht auf der höheren Schule war. (Und UNIVAC ja genauso wenig.) In einem solchen Fall würde unser Russe das ausführen, was man ›Russische Multiplikation‹ oder auch manchmal ›Vermittlung und Verdopplung‹ (was soviel heißt wie ›Halbierung und Verdopplung‹) nennt. Es beruht hauptsächlich darauf, daß man zwei Zahlenkolonnen nebeneinanderschreibt. Die erste Reihe beginnt mit einer unsrer angegebenen Zahlen, die nun fortlaufend halbiert wird, bis nichts mehr zu halbieren bleibt. Unser Russe versteht sich nicht sehr gut aufs Teilen, wenns um Brüche geht, deshalb läßt er sie einfach wegfallen – zum Beispiel gibt er als die Hälfte von 25 12 an. Die zweite Zahlenreihe beginnt mit der anderen Zahl, die nun so lange verdoppelt wird, wie die erste halbiert wurde. Also sieht das Ganze folgendermaßen aus:

87	93
43	186
21	372
10	744
5	1488
2	2976
1	5952

Wenn er damit fertig ist, sieht unser Russe die linke oder halbierte Spalte nach geraden Zahlen durch. Davon findet er zwei, die vierte Zahl: 10, und die sechste: 2. Die diesen beiden Zahlen in der rechten Spalte gegenüberliegenden streicht er nun aus, also die 744 und 2976. Nun addiert er die in der rechten Spalte verbleibenden Zahlen:

$$\begin{array}{r} 93 \\ 186 \\ 372 \\ 1488 \\ \underline{5952} \\ 8091 \end{array}$$

Nachdem er nun, wie es scheint, alle möglichen Umwege genommen hat ist er nun doch zur gleichen Antwort wie wir gekommen.

Das mag auf den ersten Blick keine große Leistung sein, bis man innehält und an die Unfähigkeit unsres Russen beim Multiplizieren denkt. Jetzt erscheint uns die Lösungsart ziemlich raffiniert. Unser Russe ist also doch ein ganz gewitzter Bursche.

Vielleicht auch nicht, das steht dahin, jedenfalls hätte er uns ausgelacht, hätten wir ihn beschuldigt, sich mit dem binären Zahlensystem zu behelfen.

Doch hat er sich tatsächlich damit beholfen, genauso wie UNIVAC und dessen elektronische Brüder dies heute tun.

Um zu sehen wie UNIVAC dies tut, wollen wir einige einzelne Zahlen herausgreifen und sehen, was in ihnen steckt.

Unsere eigenen Dezimalzahlen – 87 zum Beispiel – sind nur einfach eine Kurzschrift für (in diesem Fall) 8×10^1 plus 7×10^0. Je länger die Zahl, desto kürzer die Kurzschriftschreibweise. 1956 zum Beispiel, ist die Kurzschrift für 1×10^3 plus 9×10^2 plus 5×10^1 plus 6×1^0. Oder

$$\begin{array}{rcr} 1 \times 10^3 & = & 1000 \\ 9 \times 10^2 & = & 900 \\ 5 \times 10^1 & = & 50 \\ 6 \times 10^0 & = & \underline{6} \\ & & 1956 \end{array}$$

(Falls Ihre Schulzeit schon lange zurückliegt: 10^1 bedeutet einfach 10; 10^0 bedeutet zehn dividiert durch zehn, also 1. Egal wie lange Ihre Schulzeit zurückliegt sollten Sie noch wissen, daß 10^2 zehn mal zehn bedeutet, also 100, und so weiter.)

Es wurde bereits in vielen Science-Fiction Stories gesagt (anderswo nicht so häufig), daß dies das natürliche Zählsystem des Homo Sapiens ist, denn haben wir nicht zehn Finger an den Händen? In der Theorie wollen wir uns damit nicht allzu sehr beschäftigen; wenn es stimmt, wird es sich wohl beweisen lassen, wenn unsre Forschungsraketen auf 12- oder 20-fingrige Extraterrestrier stoßen. (Oder auch, wenn unsere Archäologen entdecken sollten, daß die Babylonier 6 mal so viele Finger hatten wie wir.) Und wenn wir nun einmal annehmen, daß dieses Märchen stimmt, können wir die Methode von UNIVAC ganz einfach erklären, indem wir nämlich sagen, daß er – da er eben keine 10 Finger zum Zählen hat – ein einfacheres System benutzen muß. Dieses einfachere System heißt ›binäres‹ oder ›dyadisches‹, und die meisten Zahlen der Welt werden nun in dieses System übersetzt, um in Computer eingegeben werden zu können.

Das binäre System unterliegt den gleichen Gesetzen wie das dezimale. Es kann jede finite Zahl wiedergeben; man kann damit Additionen, Subtraktionen, Multiplikationen, Divisionen, Exponentengleichungen und andere arithmetische Prozesse, die dem Menschen und UNIVAC bekannt sind, ausführen. Der einzige Unterschied ist, daß das System auf der Zahl 2 basiert anstatt auf 10. Es läßt acht der zehn Dezimalzahlen – 0 1 2 3 4 5 6 7 8 9 – fallen und behält nur 0 und 1 bei.

Natürlich kann man auch damit zählen. 1 ist eins, 10 ist zwei; 11 ist drei; 100 ist vier; 101 ist fünf; 110 ist sechs; 111 ist sieben; 1000 ist acht; 1001 ist neun; 1011 ist zehn, usw. Man kann damit subtrahieren und addieren:

	Vier	100
plus	Drei	11
	=	111

Man kann damit multiplizieren und dividieren:

	Sechs	110
dividiert durch	Drei	11
	=	10

Und man kann diese ganzen Aufgaben ziemlich einfach lösen, ohne daß es notwendig wäre, Multiplikationstabellen auswendigzu lernen, sodaß man seine Schülerabende frei behält für Baseballspielen und Klingelpartien.

Wir wollen uns noch einmal das Multiplikationssystem unsres Russen ins Gedächtnis rufen; wir wollen es nun leicht abwandeln. Wir werden nun beide Zahlenreihen, die rechte und die linke teilen und anstatt irgend eine Zahl auszustreichen, wollen wir eine 1 neben die ungeraden und eine 0 neben die geraden Zahlen setzen. Also folgendermaßen:

87	1	93	1
43	1	46	0
21	1	23	1

10	0		11	1
5	1		5	1
2	0		2	0
1	1		1	1

Nun, Sie sollten wissen, was Sie da gerade ausgeführt haben – unser Russe wüßte es sicher nicht – Sie haben tatsächlich zwei Dezimalzahlen in ihre binären Äquivalente übersetzt. Von unten nach oben gelesen ist 1010111 binär 87, 1011101 binär 93.

Um zu verstehen, was das bedeutet, müssen wir uns zurückrufen, wie wir die Dezimalzahlen aufgegliedert hatten. Eine binäre Zahl zerfällt auf die gleiche Weise in Teile; nur daß diese Teile ein Vielfaches der Potenzen von zwei, nicht der Potenzen von 10 sind. 1010111 ist dem nach eine Kurzschreibweise für:

$$\begin{array}{r}
1 \times 2^6 = 64 \\
0 \times 2^5 = 0 \\
1 \times 2^4 = 16 \\
0 \times 2^3 = 0 \\
1 \times 2^2 = 4 \\
1 \times 2^1 = 2 \\
1 \times 2^0 = 1 \\
\hline
87
\end{array}$$

was also unsre Ausgangszahl war.

Wenn man UNIVAC Zahlen wie 87 und 93 eingibt, kommt seine Verdauung durcheinander – er wird sie tatsächlich nicht annehmen, ehe sie vorverdaut sind. Man muß sie also in binäre Zahlen umsetzen (›bidgets‹ oder ›bits‹), wie wir es oben durchgeführt haben. Mit binären Zahlen wie 1010111 und 1011101 kann UNIVAC tatsächlich sehr gut umgehen. Sie multiplizieren? Überhaupt keine Schwierigkeit! UNIVAC würde auf seine elektronische Art etwa so verfahren:

$$\begin{array}{r}
1010111 \\
\times\ 1011101 \\
\hline
1010111 \\
0 \\
1010111 \\
1010111 \\
1010111 \\
0 \\
1010111 \\
\hline
1111110011011
\end{array}$$

Das mag erschreckend aussehen, weil es ungewohnt ist; doch es ist immer noch das gleiche alte Produkt von 87 × 93; es ist die Kurzschrift für:

$$
\begin{array}{r}
1 \times 1^{12} = 4096 \\
1 \times 2^{11} = 2048 \\
1 \times 2^{10} = 1024 \\
1 \times 2^{9} = 512 \\
1 \times 2^{8} = 256 \\
1 \times 2^{7} = 128 \\
0 \times 2^{6} = 0 \\
0 \times 2^{5} = 0 \\
1 \times 2^{4} = 16 \\
1 \times 2^{3} = 8 \\
0 \times 2^{2} = 0 \\
1 \times 2^{1} = 2 \\
1 \times 2^{0} = 1 \\
\hline
8091
\end{array}
$$

Betrachten Sie die Einfachheit! Gewiß, die Zahl ist lang; aber bedenken Sie, zu welch einfacher Operation das Ganze wird. Addition zum Beispiel wird einfaches Zählen (Binäres Zählen natürlich – 1, 10, 11, 100 usw. Man kann sie als ›eins‹, ›zehn‹, ›elf‹, und ›hundert‹ und so weiter bezeichnen, das macht kaum etwas aus.) Um Zahlenreihen wie

$$
\begin{array}{r}
101 \\
100 \\
110 \\
111 \\
\hline
10110
\end{array}
$$

zu addieren, schreibt man einfach die Einsen der rechten Reihe (1, 10; man schreibt 0 und behält eins); dann zählt man die Einsen der mittleren Reihe, indem man natürlich mit der Eins beginnt, die man behalten hatte (1, 10, 11; man schreibt eins und behält eins); dann zählt man die Einsen der linken Kolonne, wobei man wieder an die behaltene Eins denken muß (1, 10, 11, 100, 101; man schreibt eins und behält 10; nun schreibt man 10).

Das ist, wie ich annehmen möchte, ungefähr so einfach, wie eine arithmetische Operation nur sein kann, und das Multiplizieren ist fast genauso leicht. Bei der Multiplikation handelt es sich hauptsächlich darum, eine Zahl hinzuschreiben, die entsprechend weit nach links gerückt wird, oder darum, sie überhaupt nicht zu notieren (das hängt davon ab, ob die Ziffer, mit welcher multipliziert wird, ›1‹ oder ›0‹ ist). Danach ist es nur noch Addition, und Addition ist, wie wir gesehen haben, hauptsächlich Zählen. Keine Multiplikationstabellen! Kein langweiliges Auswendiglernen! Kein Wunder, daß unser Russe und UNIVAC davon begeistert sind!

Wenn die binäre Arithmetik einen Mangel hat, dann ist es der, daß sie so außerordentlich leicht ist und deshalb stumpfsinnig wird.

Doch die Welt ist voll von langweiligen Operationen, die irgendwo ausgeführt werden. Wir haben zwei gute Methoden gefunden, sie zu behandeln – entweder, sie an Maschinen zu übergeben (wie an UNIVAC) die nicht fähig sind, Langeweile zu empfinden, oder zu lernen, sie in mechanischer Routine zu bewältigen.

Meine Frau meint (wie wohl die meisten Frauen von Zeit zu Zeit) daß es völlig unwesentlich ist, welche Art von Veränderung sie vorschlägt, ich finde doch ein Dutzend guter Gründe, um die Dinge zu belassen, wie sie sind. Da der Mensch nun einmal beständig ist, finden die meisten von uns Einwände gegen jegliche Art von Umstellungen. (Lieber den Spatz in der Hand ...!) Da der Mensch aber auch lernfähig ist, überwinden wir unsere Vorurteile oft, wenn die Veränderung Vorteile erwarten läßt.

Wir wollen einmal betrachten, welches die Einwände und die Vorteile der Umstellung zum binären System sein können. Nicht, daß dies tatsächlich verhindert werden könnte, denn die wortlose Stimme der Computer stellt eine überzeugende Mehrheit gegenüber dem menschlichen Veto dar, doch wir wollen einmal sehen, ob dies dem ermüdbaren, fehlergebeugten Menschen irgendwelche Vorteile bieten kann.

Die Mängel stechen gleich ins Auge, zuallererst mit der reinen Länge der binären Zahl in Vergleich mit ihrer dezimalen Entsprechung. Und doch ist eine binäre Zahl nicht *so* viel länger als eine dezimale (ungefähr drei mal so lang), um ipso facto nicht in Frage zu kommen. Es ist Tatsache, daß alle wirklich langen Zahlen für jegliches Zahlensystem unhandlich sind. Wissenschaftler drücken im vorherrschenden Dezimalsystem lange Zahlen entweder als Approximationen (z. B. 3×10^{47}) oder in Ausdrücken ihrer Primfaktoren und Exponenten ($19^3 \times 641^5 \times 1861$) oder in anderen Multiplikations- oder Kurzschreibweisen aus. Selbst in den Schlagzeilen unserer Tageszeitungen liest sich besser 6,5 Milliarden DM als 6500000000 DM.

Für die Zahlengrößen des ›Hausgebrauchs‹ – sagen wir, bis zu einer Million, scheint es nicht, als spräche hier die Länge gegen die binäre Schreibweise. Man wird 20 Ziffern des binären Systems brauchen (gegenüber 7 des Dezimalsystems) und eine solche Zahl – um eine aufs Geratewohl zu nehmen – wie 101001111001011000010 ist schon gräßlich. Aber ist denn 1372866 – sein Dezimaläquivalent – so reizvoll dagegen?

Die Zahl selbst mag vielleicht gar nicht so schlecht sein; vielleicht könnte man die Art, wie wir sie lesen, etwas verbessern. Nehmen wir zum Beispiel 1111110011011 Die ist Ihnen gerade vor ein paar Seiten begegnet (unser alter Bekannter, das Produkt von 87 und 93), und doch haben Sie es eben nicht erkannt. Ist denn sein

Wiedererkenntniswert wirklich so niedrig? Oder fehlt uns die Übung im Lesen (und im Errichten von Schreibweisen) solcher Zahlen?

Sie werden sich erinnern, daß wir im Dezimalsystem, um das Lesen langer Zahlen zu vereinfachen, Dreiergruppen gebildet haben. 5000000000000 ist ziemlich schwer zu lesen, dagegen eröffnet sich 5.000.000.000.000 ziemlich leicht als fünf Billionen. Warum sollten wir nicht eine entsprechende Schreibweise für binäre Zahlen finden? Es gibt keinen Grund, Dreiergruppen zu bilden; wir wollen es mit Fünfergruppen versuchen und drücken das Produkt von 87 × 93, also 8091 folgendermaßen aus: 111.11100.11011.

Nun, das ist eine Hilfe, aber wie es oft der Fall ist, wirft ein kleiner Fortschritt auf einem Gebiet das Licht auf ein vernachlässigtes anderes, das noch zu lösen wäre. Das vernachlässigte Problem ist in unsrem Fall die lautlose Aussprache. Wir sind alle Lippenleser; selbst wenn die Bewegung der Lippenmuskeln so stark unterdrückt wird, daß sie fürs bloße Auge nicht erkennbar ist, formt der Kehlkopf doch alle Laute, die wir lesen – oder an die wir denken. Und Gruppen wie einseinseins Komma einseinseinsnull null Komma einseinsnulleinseins lassen sich nun einmal nicht sehr gut aussprechen.

Ein Problem formulieren zu können bedeutet aber bereits einen Schritt zu seiner Lösung. Es ist offensichtlich, daß keine Schwierigkeit darin besteht, den Teilen der binären Zahl besser auszusprechende phonetische Werte zuzuordnen.

Tatsächlich bedient man sich schon weitgehend eines solchen Systems. Wenn Sie in einer turbulenten Nacht in die Bank of Ireland – eine Bar in Chelsea – gehen, treffen sie vielleicht auf zwei Offiziere der Handelsmarine, die ein lockeres privates Gespräch führen, bei dem keine Lauscher oder Mitsprecher erwünscht sind, trotz der geräuschvollen Umgebung. Sie werden feststellen, daß es vermutlich Funker sind, die miteinander mit Hilfe des Kodes sprechen. Es gibt ein weit verbreitetes Aussprachesystem für die Punkte und Striche des Morsealphabets: ›dit‹ ist ein Punkt, ›Dah‹ ist ein Strich. Wenn wir nun dieses System für unsre Binärzahlen übernehmen, opfern wir dabei etwas von seiner Leistung – zweifellos könnte man von gewissen phonetischen Grundsätzen aus ein geschlosseneres und klareres System erarbeiten. Aber es bietet einen großen Vorteil: Es funktioniert. Das brauchen wir nicht zu überprüfen oder zu bezweifeln, wir wissen, daß es funktioniert; während Jahrzehnten hat es bei unzähligen Funkern in der ganzen Welt funktioniert.

Wir wollen ›1‹ als ›dit‹ und ›0‹ als ›dah‹ aussprechen. 111.11100.11011 wird dann zu dididit didididahdah dididahdidit. –

Und wir bemerken nun etwas Merkwürdiges. Wir hatten schon festgestellt, daß dem Binärsystem der Fehler innewohnt, daß seine Zahlen nach Definition *immer* weniger kompakt sind als die entsprechenden Dezimalzahlen.

Wenn wir nun die Dezimalzahl 8091 in den Morsekode übertragen wollen, muß sie folgendermaßen ausgedrückt werden: dahdahdahdidit dahdahdahdahdah dahdahdahdahdit didahdahdahdah. Das sind vier Gruppen à fünf ›bits‹ oder insgesamt 20 ›bits‹.

Doch das binäre Äquivalent benötigt nur drei Gruppen mit insgesamt 13 ›bits‹, wie wir gesehen haben.

Unser Zugeständnis war offensichtlich übereilt. In diesem besonderen Fall zumindest – und es ist schließlich ganz und gar kein unwichtiger – kann man das Binärsystem kompakter darstellen als das dezimale.

Nachdem wir einen solchen Fall gefunden haben, sollten wir ermutigt sein, nach anderen zu suchen.

Als ich ungefähr zehn Jahre alt war, schlugen wir Kinder die Zeit tot, indem wir bei langen Autoreisen ein Zahlenspiel machten. Wir griffen ein gemeinsames Phänomen heraus – Kühe oder Fords oder ›Zu Verkaufen‹ - Schilder an den Farmen – und sahen, wer nach der abgemachten Zeit am meisten ausfindig gemacht hatte! Dies beschäftigte uns meistens während der ersten ein bis zwei Meilen und hielt uns davon ab, den Fahrer zu stören; es funktionierte aber auch kaum länger als zwei Meilen.

Der Haken bei der Sache war, daß wir mit unseren Fingern zählten. Das funktionierte natürlich prächtig, solange die Zahl unter 10 lag. Es ging noch ganz gut bis 20, zur Not bis 30 – es war schließlich kein Hexenwerk, zu behalten, daß wir beim zweiten oder dritten Durchgang des Fingerzählens waren. Doch erreichten wir Zahlen, deren Höhe darüber lag, setzten wir sehr wenig Vertrauen in unser unterschiedliches Erinnerungsvermögen, um zu wissen, wie oft wir auf 10 gezählt hatten, und dann gingen gewöhnlich die Raufereien los.

Wir zählten natürlich mit dem Dezimalsystem.

Hätten wir mit dem Binärsystem mehr Erfolg gehabt?

Spreizen Sie Ihre 10 Finger ab (wir wollen uns erst gar nicht in semantische Streitereien einlassen, ob der Daumen ein Finger ist oder – ich denke, Sie verstehen mich) und nun wollen wir sehen, was wir damit anfangen können.

Wir werden zuerst eine Regel aufstellen. Ein ausgestreckter Finger bedeutet ›1‹, ein gekrümmter Finger bedeutet ›0‹.

Ballen Sie nun die Fäuste und beginnen Sie zu zählen: Strecken Sie den rechten kleinen Finger aus. Das ist eins – sowohl im binären wie im Dezimalsystem.

Ziehen Sie den kleinen Finger zurück und strecken Sie nun den rechten Ringfinger aus. Das lesen Sie als 10 (oder im Dezimalsystem als zwei).

Lassen Sie den Ringfinger ausgestreckt und legen Sie den kleinen Finger dazu. Lesen Sie: 11 (dezimal 3).
Krümmen Sie wieder beide Finger und strecken Sie nun den Mittelfinger der rechten Hand aus. Gelesen: 100 (binär) oder 4 (dezimal).
Und so weiter. Sie werden merken, daß es eine Menge Übung oder angeborene Geschicklichkeit erfordert, die Finger so zu bewegen – bis Sie sich natürlich die Sache erleichtern, indem Sie das Ganze an der Tischkante ausführen.
Ihre Finger sind nun tatsächlich zu Ziffern geworden. Achten Sie darauf, daß Sie jede Zahl von 00000.00000 (beide Hände zu Fäusten geballt) bis 11111.11111 (beide Hände ausgestreckt). Wenn Sie das nächste Mal eine erträglich große Anzahl zählen wollen – sagen wir die Menge der Wagen, die während einer Stauung vor Ihnen in der Schlange stehen, oder die Anzahl der Ballwürfe, die auf einen Baseballspieler abgegeben werden, dann können Sie das System mal ausprobieren. Er funktioniert überall für Werte von 0 bis 1023. Gewiß, bei einigen offensichtlichen Größenordnungen, zum Beispiel, wenn man fortlaufend ausgestreckte oder gekrümmte Haltungen von Handgelenken oder Ellbogen zählt oder ähnliches, wird man bald Zahlen erreichen, die auf keine Weise angenehm zu zählen sind.
Darüber hinaus, ist Ihre augenblickliche Endsumme jederzeit erkennbar (Im Dezimalsystem ist dies beim Fingerrechnen nicht möglich, da tatsächlich jeder einzelne Finger gezählt werden muß, um diese Endsumme zu erhalten); hier lesen Sie es fast ab. Nehmen wir zum Beispiel an, Sie sind mit einem Bekannten auf einer Wanderung (und haben, sagen wir, Ihren Schrittzähler verloren) und Ihr Freund möchte wissen, wieviele Schritte Sie in einer festgesetzten Zeitspanne gehen können. Sie zählen mit Hilfe der Finger und haben am Ende der Zeit den kleinen Finger, Zeigefinger und Daumen der linken Hand und Daumen und Ringfinger der rechten Hand ausgestreckt. Sie lesen nun gemäß unserer Regel an Ihren Händen ab, daß Sie 10011.10010 Schritte gegangen sind, und Sie geben ihm diese Information über unsere Ausspracheregel weiter: ›didahdahdidit didahdahdìdah.‹
Nun kann es natürlich sein, daß Ihr Freund ein alter Spießer ist, der noch das alte Dezimalsystem benutzt, so werden wir eventuell für ihn übersetzen müssen. Das ist ja ziemlich leicht, wenn Sie noch an die dezimalen Äquivalente unsrer Finger denken:

Linke Hand

Kleiner Finger:	$2^9 = 512$
Ringfinger:	$2^8 = 256$
Mittelfinger:	$2^7 = 128$
Zeigefinger:	$2^6 = 64$
Daumen:	$2^5 = 32$

Rechte Hand

Daumen:	$2^4 =$	16
Zeigefinger:	$2^3 =$	8
Mittelfinger:	$2^2 =$	4
Ringfinger:	$2^1 =$	2
Kleiner Finger:	$2^0 =$	1

Um dementsprechend Ihre Fingerzählung ins Dezimalsystem zu übertragen, müssen Sie nun nur die Äquivalente der Finger addieren. Für das zuvor genannte 10011.10010 lesen Sie also:

linker kleiner Finger:	512
linker Zeigefinger:	64
linker Daumen:	32
rechter Daumen:	16
rechter Ringfinger:	2
	626

Und teilen Sie Ihrem Freund mit, daß Sie 626 Schritte gegangen sind.

Wie versprochen, haben wir einen anderen Fall gefunden, wo ein sinnvoller Einsatz der binären Schreibweise zu einer weit knapperen Darstellung führt als die dezimale – nämlich bei einem Faktor von 100, wie sich herausstellt. Wir wollen uns nun von den genannten ›Nachteilen‹ des Binärsystems abwenden, um einen kurzen Blick auf einige seiner attraktiveren Züge zu werfen.

Wir erinnern daran, daß sich bereits gezeigt hat, daß die binäre Arithmetik so einfach ist, wie das Arithmetik nur sein kann. Das ist es, was es so unvergleichlich passend für UNIVAC macht, doch selbst auf einer niederen Ebene der Computerentwicklung bietet es erfreuliche Aspekte. Denken Sie zum Beispiel an die herrlich kleinen Tischrechenmaschinen, die man für das binäre System entwerfen könnte. Keine Räder und Getriebe mehr – deshalb bräuchte man schließlich für Rechnungen normaler Größenordnung keine Kraftquelle mehr, um sie anzutreiben. Um Additionen und Subtraktionen von, sagen wir, zehnstelligen Zahlen auszuführen (und Multiplikationen und Divisionen benötigen nur wenig mehr!) bräuchte man nur eine Reihe von zehn Hebeln mit einer Einstellung für oben (›1‹) und unten (›0‹). Natürlich müßte man für eine solche Rechenmaschine auch nicht viel Geld aufwenden. Sie könnten sie selbst bauen. Oder Sie könnten natürlich auch Ihren eingebauten Zehn-Stellen-Binär-Computer benutzen, von dem wir bereits sprachen, den nämlich, der Ihnen am Ende Ihrer Arme gewachsen ist.

Zum Beispiel: Sie wollen Ihr Haus verkleiden; Sie haben 13 4 × 8 Steinplatten und stellen fest, daß Sie 650 Quadratfuß

Wand zu verkleiden haben. Frage: Wieviel Steinplatten müssen Sie noch kaufen?

Das ist bestimmt nicht die schwierigste Rechnung der Welt, doch wir wollen sie mal mit Hilfe der binären Arithmetik ausführen, indem wir unsre Finger als Computer benutzen. Zuerst müssen wir die Maßangaben ins Binärsystem übertragen – aber nur deshalb, weil wir überhaupt mit Dezimalzahlen angefangen haben; es ist nicht fair, die Umrechnungszeit als Teil der Zeit, die zur Lösung des Problems notwendig ist, zu berechnen.

In Binärzahlen haben wir 1101 100 × 1000 Platten zur Verfügung und 10100.01010 Quadratfuß Wand zu verkleiden.

1101 × 100 × 1000 ist offensichtlich fast eine Art Flächendarstellung; Sie stellen 01101 an Ihrer linken Hand dar und 00000 an der rechten Hand; das sind soviele Steinplatten, wie Sie – hm, zur Hand haben, sozusagen. Die Subtraktion

10100.01010	qm Wand zu bedecken
— 01101.00000	qm vorhandener Steinplatten
00111.01010	qm fehlende Steinplatten

ist dann nur noch eine Frage der Betrachtung der folgenden Finger, die man von rechts her liest, indem man die an den Fingern gezeigte Ziffer von der entsprechenden Zahl der geschriebenen Zahlenfolge, von der zu substrahieren ist, subtrahiert und die ›entliehenen‹ Zahlen behält. (Erinnern Sie sich noch, wieviel Schwierigkeiten Sie mit dem ›Behalten‹ hatten, als Sie die Grundsätze der Dezimalsubtraktion lernten? Dann geben Sie die Binärsubtraktion nicht auf, wenn Sie ein paar Minuten brauchen, das Wesen des Behaltens hier zu verstehen.)

Das Resultat ›schreiben‹ Sie, eine Ziffer zugleich, auf Ihre Hand. Das heißt, in der Zeit, da Sie die Ziffer Ihres rechten Daumens von der geschriebenen Zahl subtrahieren, zeigen die restlichen Finger Ihrer rechten Hand bereits die letzten vier Ziffern der Antwort an. Wenn Sie das vollzogen haben, können Sie die Antwort ablesen.

Wie wir schon zeigten, beträgt die Anzahl der noch zu kaufenden Steinplatten 111.01010 (wir haben bei der linken Hand auch die Nullen angegeben, um die Position aller fünf Finger in der Subtraktion aufzuzeigen. Eine Platte mißt 1.00000 qf; 111.01010 dividiert durch 1.00000 ergibt klar 111 und eine Bruchzahl. Da man aber nicht den Teil einer Platte kaufen kann, nimmt man zu den 111 1 dazu und erhält 1000. Antwort: Sie müssen 1000 Steinplatten kaufen. (Oder in Dezimalzahlen 8.)

Das wirkt schwierig? Es muß noch einmal betont werden, man sollte die Sache aus der Perspektive der relativen Schwierigkeit heraus betrachten. Und schließlich ist das wohl Ihre erste Binärrechnung. Machen Sie ruhig noch ein paar; wenn Sie erst einmal sechs hinter sich gebracht haben, ist es überhaupt nicht mehr schwierig; nach hundert wird es schon halb automatisch gehen; und nach tausend ...

Doch warten Sie einen Augenblick, ehe Sie die tausend in Angriff nehmen; vielleicht wird es Sie trösten zu wissen, daß es in der binären Arithmetik einige Sonderfälle gibt, die niemals schwierig sind, auch nicht beim ersten Mal.

Zum Beispiel: Die Multiplikation oder Division mit Potenzen von 2 ist offensichtlich ein solcher Fall; Sie rechnen nur auf und zählen die Nullen zusammen. Gewiß, das Dezimalsystem hat eine entsprechende Situation bei den Potenzen von 10. Doch muß man in diesem Punkt dem Binärsystem den Vorteil zusprechen, denn in jeder finiten Reihe befinden sich mehr Potenzen von 2 als von 10.

Doch wenn Sie etwas wirklich Leichtes sehen wollen, betrachten Sie den merkwürdigen Fall des Problems 1023–*n*.

Wir wollen willkürlich 626 für *n* setzen (da wir zufällig das binäre Äquivalent bequem zur Hand haben – jede andere Zahl unter 1023 würde es genauso tun). Führen Sie das an Ihren Fingern aus. Nehmen Sie zuerst die binäre Darstellung von 1023:

11111.11111

Dann streichen Sie das, und stellen Sie mit Ihren Fingern das binäre Äquivalent von 626 dar:

10011.10010

Machen Sie sich keine Sorgen wegen der Subtraktion! Das haben Sie doch schon gemacht! Nur drehen Sie Ihre Methode, die Fingerzeichen zu lesen, um; lesen sie einen ausgestreckten Finger als ›0‹, einen gekrümmten als ›1‹ und Sie bekommen:

$$\begin{array}{r} 11111.11111 \\ -\ 10011.10010 \\ \hline 01100.01101 \end{array}$$

Um es anders zu sagen: jede Zahl *n* ist in binärer Schreibweise immer die ›Umkehrung‹ der Zahl 1023–*n*. Nicht genug damit, die gleiche Regel kann auf die Fälle 511–*n*, 255–*n*, 127–*n* etc. angewendet werden, also auf jede Zahl, deren binäre Schreibweise aus lauter Einsen besteht, wie Sie vielleicht schon bemerkt haben werden. Versuchen Sie es nur einmal!

Man könnte vielleicht einwenden, daß solche Sonderfälle verhältnismäßig selten sind. Das stimmt schon, doch im Dezimalsystem sind sie nicht nur selten; dort existieren sie gar nicht. Und wir haben bei weitem noch nicht die ganze binäre Trickkiste

geleert! Es ist in der Tat kaum möglich, daß irgend ein Leser nur einen einzigen Abend darauf verwendet, Versuche mit der binären Arithmetik durchzuführen, ohne irgendwelche Additionskürzungen zu entdecken.
Das Dezimalsystem?
Was für ein seltsamer, plumper, verschrobener alter Hut!

Signale

Wenn ein Astronom wissen möchte, wo sich der Planet Neptun am 4. Juli 2753 n. Chr. befinden wird, so kann er, wenn er Lust dazu hat, den Rest seines Lebens damit zubringen, mit Bleistift und Papier gewisse Berechnungen auszuführen. Besitzt er eine stabile Gesundheit und einen beweglichen Geist, lebt er eventuell lange genug, um zu einer Lösung zu kommen. Doch wird er vorzugsweise die Dienste eines elektronischen Computers in Anspruch nehmen, für den es – wenn er erst einmal programmiert und in Gang gesetzt ist – die Affäre einiger Stunden ist, die Antwort auszuspucken. Der Astronom kann in der Zwischenzeit zu seinem Gin-Tonic greifen oder auch über das nächste Problem nachdenken, das er dem Computer eingeben möchte. Es sind natürlich nicht nur die Astronomen, denen die Computer ihre arithmetischen Rechnungen abnehmen. In der Industrie, im Finanzwesen, in den Organen der Regierung und in fast allen Lebensbereichen werden die Computer immer mehr zur festen Einrichtung, um auf schwierige Fragen schnelle Antworten zu geben.

Ein großes Problem, um diesen Einsatz zu erleichtern, das die Computerherstellern jährlich viele Millionen Dollars kostet, ist die Tatsache, daß die Computer meist auf eine Diät von Binärzahlen gesetzt sind. Die gewöhnlichen Dezimalziffern 0, 1, 2, 3, 4, 5, 6, 7, 8, 9, die wir jeden Tag benutzen, bringen ihre Verdauung durcheinander. Sie bevorzugen die einfachen Binärziffern 0 und 1, das ist alles. Mit ihnen kann der Computer jede finite Menge ebenso eindeutig darstellen, wie wir mit fünf mal soviel Ziffern im Dezimalsystem; darüber hinaus kann er seine zwei Ziffern elektronisch »schreiben«, indem er solche einfachen Regeln befolgt wie »Ein Stromstoß bedeutet 1, kein Stromstoß bedeutet 0«.

In der Praxis sind nun viele Computer mit automatischen Übersetzern ausgerüstet, die, ehe irgend etwas einsetzt, die eingegebene Information in Form von Dezimalzahlen ins Binärsystem übersetzt, die die Computer verdauen können. Nur einige wenige – es sind plumpe Burschen! – arbeiten zur Zeit direkt mit dem Dezimalsystem.

Doch tatsächlich hat die binäre Arithmetik wesentliche Vorteile gegenüber der dezimalen ... wenn man sie einmal begriffen hat! Nur die Tatsache, daß sie nicht schnell genug zu beherrschen war, hat es notwendig gemacht, den zusätzlichen, im übrigen unnötigen Schritt der Umrechnung einzufügen.

Die wesentliche Schwierigkeit des Binärsystems liegt im Aussehen der Binärzahlen selbst. Sie wirken unschön, linkisch und merkwürdig. Sie sehen aus wie das Gestotter einer elektrischen Schreibmaschine bei der eine Type hängt, und sie lassen sich auch nur sehr schwer aussprechen. Eine Zahl wie 11110101000 wird von den wenigsten Menschen schnell erkannt werden, obwohl die meisten Zahlencomputer wissen, daß dies die Summe von 2^{10} plus 2^9 plus 2^8 plus 2^7 plus 2^5 plus 2^3 – d. h. nach der dezimalen Schreibweise 1960 – ist.

Um mit diesem Problem zu Rande zu kommen, haben einige Fachleute ihre eigene Schreib- und Sprechweise unterteilt. Nach dem System, mit dem bei den Bell Telephone Laboratorien gearbeitet wird, stellt sich die oben genannte Zahl folgendermaßer dar, aufgeteilt in Gruppen von drei Ziffern:

11,110,101,000

und wird dann nach jeder Dreiergruppe (oder auch kleineren) getrennt wie ihr dezimales Äquivalent ausgesprochen. Die erste binäre Gruppe 11 ist die Entsprechung der Dezimalzahl 3; die zweite, 110 die der Dezimalzahl 6; die dritte, 101 die von 5. (000 bedeutet in beiden Schreibweisen 0.) Die obengenannte Zahl würde dann gelesen: »Drei, sechs, fünf, null«.

Ein anderer Vorschlag, den der Autor macht, ginge dahin, die Binärzahl in Fünfergruppen zu gliedern und sie entsprechend den ›dits‹ und ›dahs‹ des Morsekodes auszusprechen. 1960 würde dann folgendermaßen geschrieben:

1,11101,01000

und ausgesprochen ›dit,didididahdit,dahdidahdahdah‹.

Offensichtlich hat jeder dieser Vorschläge seine Vorteile gegenüber der Möglichkeit, gar kein System zu verwenden – d. h. die Zahl ungegliedert niederzuschreiben und auch so auszusprechen ›eins eins eins eins null eins null eins null null null‹. Doch es scheint, wenn auch nur nach heuristischen Prinzipien, daß Schreibweisen, die speziell für das Binärsystem entwickelt wurden, gewisse Vorzüge bieten. Eine solche Regelung wäre zweifelsohne schwieriger zu erlernen als Methoden, deren Bezeichnungen aus bereits bekannten Bereichen stammen. Doch könnte man ein System entwicklen, das zugleich ökonomischer und eindeutiger wäre.

Eine solche Möglichkeit wurde bereits von Joshua Stern vom National Bureau of Standards entworfen, nach der die Binärzahlen in Vierergruppen gegliedert werden sollen:

111,1010,1000

und nach der ausgewählten Menge benannt werden, so würde aus dem binären 10 ›ap‹([1]), aus 100 ›bru‹, aus 1000 ›cid‹, aus

1,000 ›dag‹, und schließlich aus 1,0000,0000 ›hi‹. Als weitere Namen in diesem System kämen ausschließlich ›eins‹ für 1 und ›null‹ für 0 hinzu. Das binäre Äquivalent von 1960 würde demnach gelesen wie ›bruapeinshi, cidapdag, cid‹.

Wir werden sehen, daß Sterns Vorschlag eine eingebaute Gedächtnishilfe besitzt, da nämlich die neuen Bezeichnungen alphabetisch arrangiert sind. ›ap‹ hat eine Null, ›bru‹ zwei Nullen, ›cid‹ drei Nullen und so weiter.

Ein solcher Vorschlag bietet Additionsmöglichkeiten und Erleichterungen, die denen der herkömmlichen Bezeichnungen – Ergebnisse jahrtausenderlanger Arbeit – aus dem Dezimalsystem durchaus nahe kommen. Dennoch wird es nützlich sein, die anderen Möglichkeiten auszuschöpfen, nach denen ein vernünftiges Namensystem aufgebaut werden könnte.

Zu Beginn wollen wir uns vornehmen, unsere Binärzahlen in doppelte Dreiergruppen zu gliedern, die durch ein Komma nach (oder um genauer zu sein vor) jedem Gruppenpaar getrennt werden. Unsere binäre Schreibweise des dezimalen Jahrs 1960 wird dann zu:

11 110,101 000

und wir können uns nun an eine Überlegung zur Aussprache machen. Wenn wir eine Halbgruppe von drei Ziffern als die einzige ›Wurzel‹ des Zahlworts betrachten, bekommen wir acht mögliche ›Wurzeln‹, für die es eine Aussprache zu finden gilt:

000
001
010
011
100
101
110
111

Die gesamte Doppelgruppe von sechs Ziffern bedeutet 8 × 8 oder 64 mögliche Fälle. Wenn wir jeder der acht Wurzeln eine Aussprache zuordnen, und wenn wir hinzufügen, was sich bei anderen Lauten als notwendige Aussprachehilfe erwiesen hat, könnten wir einen Apparat von 64 Worten erstellen, mit dessen Hilfe sich jede finite Binärzahl darstellen läßt. Das Problem der Aussprache beschränkt sich selbstverständlich nicht auf den Fall, da ein Techniker einem anderen seine Ergebnisse laut vorliest. Wir hatten festgestellt, daß wir alle in bestimmtem Maß die Laute, deren Abbild wir lesen, im Kopf vokalisieren. Das Wort ›Katze‹ zu lesen bedeutet, den Klang des Wortes ›Katze‹ im Kopf zu haben, und wenn der Geist nicht sofort fähig ist, den entsprechenden Lautablauf zu konstruieren, kommt der Leser ins Straucheln. (Diesen Punkt wird jeder akzeptieren, der einmal versucht hat, eine Fremdsprache nur mit Büchern zu erlernen.) Tatsächlich wird das Lesen oft von einer schwachen Bewegung der Lippenmuskeln begleitet, die zu verständlichem Sprechen verstärkt werden kann.

Unsre erste Ausspracheregel besagt, daß es nicht notwendig ist, jeder Ziffer der Binärzahl ein Wortäquivalent zuzuordnen, ob diese Worte nun ›eins‹ und ›null‹, ›dit‹ und ›dah‹ oder andere Lautfolgen sind. Wir können vielmehr jede Ziffer als Buchstaben betrachten, und das Wort, das sie in ihrer Gesamtheit bilden, richtig aussprechen – wie wir doch auch das Wort ›Katze‹ als Gesamtheit aussprechen und nicht ›ka, a, te, zet, e‹.

Eine Ausgangsbasis für diesen Versuch gibt uns vielleicht die Zuordnung von Vokalen zur Ziffer 0, (wenn auch nur, weil 0 wie ein Vokal *aussieht*) und die von Konsonanten zur Ziffer 1.

Nützlich wäre ein Konsonant, dessen Realisation variabel ist, je nachdem ob er vorn oder hinten im Mund artikuliert wird: ›t‹ und ›d‹ sind im Englischen eine solche Gruppe. Wir können dann einen dieser Werte der einfachen 1 zuordnen, einen der doppelten 1 usw.

Wir wollen der einfachen 1 das Phonem ›t‹ zuordnen, der doppelten 1 das Phonem ›d‹. Wenn wir die Betrachtung der dreifachen 1 noch etwas zurückstellen und den bis jetzt unbesprochenen Vokal von 0 als neutrales ›uh‹ bestimmen, können wir die ersten sieben binären Grundlagegruppen folgendermaßen aussprechen:

000 (uh)
001 (uh) t
010 (uh) t (uh)
011 (uh) d
100 t (uh)
101 t (uh) t
110 d (uh)

Der achte Fall, 111, kann auf verschiedene Arten widergegeben werden, doch im Großen und Ganzen scheint es vernünftig, ihn als den Laut ›tee‹ wiederzugeben.

Wir haben nun phonemische Entsprechungen für jeden der acht möglichen Fälle:

Dezimal	*Binär*	*Binäre Aussprache*
0	000	uh
1	001	ut
2	010	utuh
3	011	ud
4	100	tuh
5	101	tut
6	110	duh
7	111	tee

Wir können weiterzählen, indem wir Gruppen kombinieren, ut-uh (001 000), ut-ut (001 001), ut-uttuh (001 010), usw. Demnach muß das binäre Äquivalent von 1960 gelesen werden als ›Ud-duh, tut-uh‹.
Es ist denkbar, daß ein solches System, wenn klar ausgesprochen und aufmerksam zugehört wird, in verschiedenen Anwendungsbereichen nützlich sein kann, doch können wir es weit verbessern, wenn wir nur ähnliche Prinzipien anwenden, um o verschiedene Vokalklänge zuzuordnen. Eine solche Klangreihe, die sich geradezu aufdrängt, ist die des Buchstaben O: das einfache o wie in ›hot‹, das doppelte o wie in ›cool‹ und für das dreifache o nehmen wir, genau wie im Fall ›tee‹ als Ersatz den Klang des Buchstaben selbst ›oh‹.
Aus unseren ersten Gruppen wird dann:

Dezimal	*Binär*	*Binäre Aussprache*
0	000	Oh
1	001	Oot
2	010	Ahtah
3	011	Odd
4	100	Too
5	101	Tot
6	110	Dah
7	111	Tee

und weiter:

8	001 000	Oot-oh
9	001 001	Oot-oot
10	001 010	Oot-ahtah

usw. Die Aussprachemöglichkeit wurde in gewisser Weise verbessert, obwohl wir uns durchaus noch einiger Mängel bewußt sind. Der Unterschied zwischen den Phonemen ›ahtah‹ und z. B. ›odd-dah‹, der Aussprache von 011 110, ist nicht groß genug, um genügen zu können. Auf jeden Fall wird das binäre Äquivalent von 1960 nach den obengenannten Grundsätzen ›odd-dah, tot-oh‹ ausgesprochen.
An dieser Stelle sollten wir einige neue Überlegungen einführen. Wir sind bis jetzt hauptsächlich nach logischen Prinzipien vorgegangen, doch wird es schwierig sein, die These aufrecht zu erhalten, daß Logik die einzige oder auch nur die hauptsächliche Grundlage zur Erstellung irgendeiner Sprache sei. Unregelmäßigkeiten und Ausnahmen mögen an sich gute Dinge sein, ebenso wie fortschreitende Erkennbarkeit und abnehmende Mehrdeutigkeit. Es mag genügen, eine nur annähernde Verbindung zwischen Symbol und Lautfolge zu haben, wie dies ja beim geschriebenen Englisch der Fall ist.
Da der Autor glaubt, daß eine willkürliche Wahl zusätzlicher Laute das Erkennungsvermögen erhöht, hat er sich in deren Aus-

wahl gewisse persönliche Freiheiten erlaubt. Der Konsonant L wurde dem ›oh‹ hinzugefügt, wodurch ›ohl‹ entsteht; allen Wurzellauten, die mit einem Vokal beginnen, wurde ein Konsonant vorgeschoben, wenn sie alleine stehen oder als zweiter Teil eines zusammengesetzten Wortes; gewisse zusätzliche Laute wurden ans Ende mancher Wurzeln gesetzt, wenn diese als erster Teil eines zusammengesetzten Wortes auftreten; ›dah‹ wird zum Diphtong ›dye‹; usw. Die endgültige Ausspracheliste sieht dann folgendermaßen aus:

Binär	*Aussprache in der ersten Gruppe*	*Aussprache wenn alleinstehend oder in der zweiten Gruppe*
000	ohly	pohl
001	ooty	poot
010	ahtah	pahtah
011	oddy	pod
100	too	too
101	totter	tot
110	dye	dye
111	teeter	tee

Das dezimale 1960 wird in der binären Übersetzung dann folgendermaßen ausgesprochen ›Oddy-dye, totter-pohl‹.
Doch wollen wir dieser Aussprache noch eine weitere Verbesserung hinzufügen. Die Lesegewohnheiten von Dezimalzahlen beinhalten eine weitere Bequemlichkeit zum Lesen langer Zahlen oder um Annäherung zu konstatieren. Bei einer Zahl wie

1,864,191,933,507

lesen wir gewöhnlich ›Billionen‹, ›Milliarden‹, ›Millionen‹, usw., obwohl kein bestimmtes Symbol diese Worte darstellt: Wir lesen sie, weil wir bestimmen, wie hoch die Größenordnung der gesamten Reihe ist, indem wir die Anzahl der Dreiergruppen zählen. Der gesprochene Ausdruck ›zwei Millionen‹ ist eine Möglichkeit, das auszudrücken, was wir manchmal als 2×10^6 schreiben. Von der obengenannten Zahl können wir sagen, daß ihre Höhe sich auf beinahe ›zwei Billionen‹ beläuft, was das Äquivalent wäre zu ›beinahe 2×10^{12}‹.
Eine ähnliche Regelung für die binäre Schreibweise könnte nützlich sein, um die Zahl-Gruppen, (d. h. Doppelgruppen von sechs Ziffern) die noch kommen, anzukünden. Eine ungewöhnlich lange Zahl könnte so verbessert werden, eine Zahl wie 101001, 111011,001010,000100 würde gelesen ›Totter-oot-drei Gruppen, teeter-odd, ooty-pahtah, ohly-too‹. Durch die Aussage ›eine Gruppe‹ würden wir verstehen, daß die ganze Zahl annähernd das Produkt der davor ausgesprochenen Zahl mal 2^6 oder 64 (1,000000) ist. ›Zwei Gruppen‹ würde besagen, daß die vor-

angegangene Zahl mit 2^{12} multipliziert werden müßte, ›drei Gruppen‹ mit 2^{18} usw. Oder in Binärschreibweise:

Eine Gruppe	$\times\ 10^{1,000000^{1}}$
Zwei Gruppen	$\times\ 10^{1,000000^{10}}$
Drei Gruppen	$\times\ 10^{1,000000^{11}}$
Vier Gruppen	$\times\ 10^{1,000000^{100}}$

Und so weiter, so lange, bis, was wir in runden Dezimalzahlen ›Oh, ungefähr drei Millionen‹ nennen würden, in runden Binärzahlen folgendermaßen ausdrücken: ›Oh, ungefähr ooty-poot, drei Gruppen.‹

Man könnte es vielleicht als unsauber bezeichnen, einen aus dem Dezimalsystem geborgten Terminus zu verwenden, um binäre Mengenangaben zu machen. Doch wäre eine solche Unschicklichkeit nicht ohne Vorgänger – das Wort ›tausend‹ zum Beispiel steht in etymologischer Verbindung zu ›Dutzend‹ und ist offensichtlich eine dezimale Anleihe aus dem Duodezimalsystem. Da unsere Hauptbetrachtungen nicht der Logik und Schicklichkeit gewidmet sind, sollten wir uns überlegen, ob die Gruppennumerierung nicht nur dann eintreten sollte, wenn – da sie zwischen zwei binären Ausdrücken steht – wenig Möglichkeit zur Verwechslung besteht, und es sollte die Wahl offen bleiben, die Benennung zu unterlassen. Mit dieser letzten Verbesserung wird unser gesprochener Begriff des Binäräquivalenten von 1960 zu ›Oddy-dye, eine Gruppe, totter-pohl‹.

Wir können nun feststellen, daß wir ein zufriedenstellendes Aussprachesystem für binäre Zahlen entwickelt haben, und wollen uns nun mit der Frage befassen, ob uns vergleichbare Grundsätze zu einer geschlosseneren und verständlicheren Methode der grafischen Darstellung dieser Mengen führen können. Der lähmende Schlag, den gerade eine ordentlich lange Zahl in binärer Schreibweise gegen die sinnliche Wahrnehmung führt, ist bekannt. Obwohl Festlegungen über die Einteilung in Gruppen oder über das Aufstellen von Annäherungen, wie sie oben gezeigt wurden, nützlich sein können, wird es sich erweisen, daß die binäre Schreibweise präziser Messungen in sich gewisse Fehlermöglichkeiten birgt, zum Beispiel: Einer der geläufigsten Fehler bei der Notierung von Zahlen entsteht aus einer Umstellung der Ziffern, und da Binärzahlen gewöhnlich dreimal mehr Ziffern aufweisen als ihre dezimalen Entsprechungen, kann man sagen, daß sie die Möglichkeit, Fehler zu begehen, auf das Dreifache steigern.

Wir haben uns vorhin entschlossen, binäre Zahlen in Doppelgruppen von je drei Ziffern zu schreiben. Da jede Gruppe acht mögliche Fälle beinhaltet, könnten wir wie die Techniker bei Bell jede einzelne Gruppe durch ihren dezimalen Äquivalenten darstellen, so daß das dezimale 1960, das wir binär als 011 110, 101 000 darstellten, auf diese Art zu B36,50 würde. Doch können wir wieder hoffen, in einem einzigartig entworfenen System binärer Zahlen Vorteile zu finden.

Der Autor hat mit einem System Versuche gemacht, das weniger gemein hat mit Schreibweisen für den menschlichen Gebrauch, sondern das vielmehr eine gewisse Ähnlichkeit mit Platten hat, die von, oder für Maschinen hergestellt wurden. Zum Beispiel eine ziemlich simple ›Rechenmaschine‹, die für Schulprüfungsdokumente und für vergleichbare Papiere bestimmt ist, beachtet nicht das geschriebene Symbol, sondern seine Stellung auf dem Papier – Schachfelder, schwarzgedruckte Kästen usw. Ein Rechenbrett ermittelt Summen, indem es tatsächlich die Stellung des Raums zwischen der Perle am Anfang und der am Ende der Schnur ermittelt.

In der Tat könnte ein solches System nach dem Modell des Rechenbretts entworfen werden, wozu ein folgendermaßen bedrucktes Papier notwendig wäre:

Jede senkrechte Reihe von acht Punkten kann jede Drei-Ziffer-Gruppe darstellen. Um den Binäräquivalenten von 1960 darzustellen, würde man den 4. Punkt der ersten Reihe, den siebten in der zweiten, den sechsten in der dritten und den ersten in der 4. Reihe umranden. Der erste Punkt in jeder Reihe würde 000, der zweite 001 und so weiter darstellen.

Doch wenn wir den Gebrauch vorgedruckten Papiers zulassen, wäre eine Serie Zeichnungen zweier Quadrate, eines über dem anderen, ein geschlosseneres Bild, nämlich so:

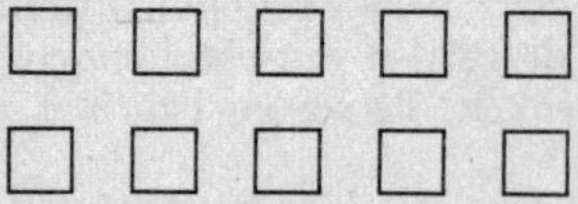

Jedes Paar von Rechtecken besteht aus acht Geraden. Wenn wir nun jeder Seite der beiden Rechtecke einen Wert von 000 bis 111 zuordnen, würde ein einfaches Kreuz oder ein Punkt den Wert dieser Gruppe angeben.

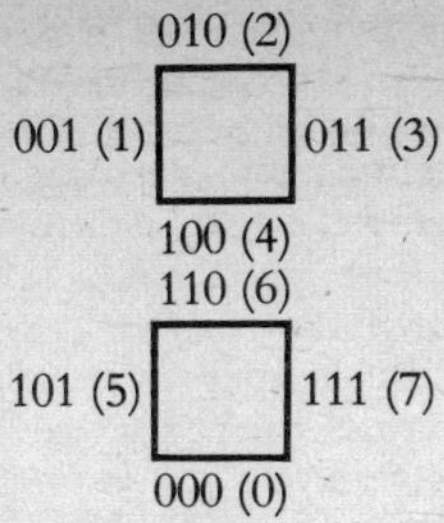

Ein senkrecht angeordnetes Rechteckpaar, bei dem die linke Seite des unteren Rechtecks angekreuzt wurde, würde bedeuten, daß die entsprechende Gruppe den Wert 101 oder 5 aufweist.
Einige Leser werden vielleicht bemerkt haben, daß das bisherige System die Gruppen von 000 bis 111 aufgegeben wurde, daß nun die Gruppe 000 zuletzt angeführt wird. Der Grund dafür liegt darin, daß wir ein adäquates Symbol für alle Nullmengen bereits besitzen, nämlich 0, das in allen Systemen eindeutig ist. (Die einzige Ausnahme ist das monadische System auf der Basis 1. Da es keine positionale Schreibweise zuläßt, braucht es auch keine Nullen.) Das O-Symbol hier zu benutzen, paßt natürlich nicht in unseren Plan, Seiten der Rechtecke anzukreuzen, doch dieser ist ja selbst nur eine Station auf dem Weg zu einer vernünftigen Schreibweise, die kein vorgedrucktes Papier erfordert.
Wir können eine solche Schreibweise finden, indem wir die Rechtecke selbst zeichnen, oder indem wir nur deren notwendige Seiten zeichnen. Um 001 darzustellen, bräuchten wir nur die erste Seite des ersten Rechtecks zu zeichnen. Für 010 brauchen wir zwei Seiten, die linke und die obere. Für 011 brauchen wir drei Linien. Spätestens jetzt finden wir das Geradezeichnen mühselig und überlegen, ob wir nicht, da nur die letzte Gerade die notwendige Information überträgt, eine Möglichkeit finden könnten, uns die übrigen zu schenken. Ist das möglich?
Das ist möglich, wenn wir zum Beispiel das Rechteck sprengen und ihm mit Pfeilen die Bewegung im Uhrzeigersinn verleihen:

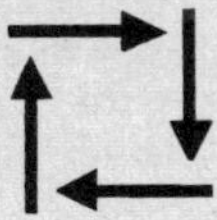

Jeder Pfeil hat eine einzige Bedeutung. ↑ bedeutet immer 001; ←bedeutet immer 100. Um die Pfeile des oberen Rechtecks von denen des unteren zu unterscheiden, können wir einen kurzen Strich durch die Pfeile des unteren Rechtecks machen; demnach bedeutet ↓ 111, nicht 011. Wenn wir soweit gekommen sind, stellen wir fest, daß wir immer noch überflüssigen Ballast mit herumtragen; der Schaft des Pfeils ist überflüssig, nur der Kopf übermittelt uns schon alle notwendige Information. Wir erstellen demnach diese kleine Tabelle:

Dezimal	*Binärziffern*	*Binärdarstellung*
0	000	
1	001	
2	010	
3	011	
4	100	
5	101	
6	110	
7	111	

und unser Binaräquivalent von 1960 kann geschrieben werden als 

Der Autor möchte nicht behaupten, daß in dieser Diskussion alle Fragen gelöst wären und daß das Binärsystem nun über die gleiche Beweglichkeit und Geschlossenheit wie das Dezimalsystem verfüge. Selbst wenn dies der Fall wäre, so besitzt doch das Dezimalsystem viele hilfreiche Kunstgriffe, zu denen hier keine Parallelen aufgezeigt werden können – der Unterschied zwischen Kardinal- und Ordinalzahlen, die allgemeine Regel, Brüche auszusprechen, usw. Es scheint jedoch wahrscheinlich, daß viele Ärgernisse, die aus der Umstellung von Binär- und Dezimalsystem erwachsen, durch die Anwendung von Grundsätzen wie den folgenden gemildert werden können und daß zusätzliche Vorteile mit relativ geringen Schwierigkeiten erkauft werden können – z. B., wenn bestehende Computer Binärzahlen in einer grafischen Darstellung wie der oben genannten drucken und prüfen.

Tatsächlich scheint es dann nur noch ein kleiner Schritt zu sein zum gesprochenen Diktat an den Computer über Binärzahlen und Anweisungen und auch, falls dies gewünscht wird, zur gesprochenen Antwort, aber da der Autor nicht seinen vorliegenden Beitrag mit früheren Publikationen auf dem Gebiet der Science Fiction vermischen möchte, wird er solche Vorschläge der Prüfung durch akademischere Geister überlassen.

Dezimal	*Binärziffern*	*Binärdarstellung*	*Aussprache*[1]
0	000	o	pohl
1	001	⅄	poot
2	010	>	pahtah
3	011	Y	pod
4	100	<	too
5	101	ʞ	tot
6	110	⋗	dye
7	111	Ұ	tee
8	001 000	⅄o	ooty-pohl
9	001 001	⅄⅄	ooty-poot
10	001 010	⅄>	ooty-pahtah
11	001 011	⅄Y	ooty-pod
12	001 100	⅄<	ooty-too
13	001 101	⅄ʞ	ooty-tot
14	001 110	⅄⋗	ooty-dye
15	001 111	⅄Ұ	ooty-tee
16	010 000	>o	ahtah-pohl
17	010 001	>⅄	ahtah-poot
18	010 010	>>	ahtah-pahtah
19	010 011	>Y	ahtah-pod
20	010 100	><	ahtah-too
30	011 110	Y⋗	oddy-dye
40	101 000	ʞo	totter-pohl
50	110 010	⋗>	dye-pahtah
100	001,100 100	⅄,<<	poot one group, too-too
1,000	001 111,101 000	⅄Ұ,ʞo	ooty-tee one group totter-pohl
1,000,000	011,110 100,- 001 001,000 000	Y,⋗<,⅄⅄,oo	pod three group dye-too ooty-poot ohly-pohl OR "Oh, about pod three groups."

[1] Anmerkung des Übersetzers: Die Aussprachesymbole beziehen sich auf die englische Realisation.